KB131255

정글 북

정글북

The Jungle Book

러디어드 키플링 중단편집 오숙은 옮김

THE JUNGLE BOOK
by RUDYARD KIPLING (1894)

모글리의 형제들

날이 아주 따뜻한 시오니산의 저녁 7시. 아빠 늑대가 낮잠에서 깨어나 몸을 긁적이고 하품을 하더니 네발을 번갈아 기지개를 켜면서 발끝에 묻은 졸음을 떨쳐 냈다. 엄마 늑대는 낑낑거리는 네 마리 새끼 위로 기다란 회색 주둥이를 떨군 채 누워 있었다. 달빛이 그들의 동굴 입구를 비춰 주고 있었다. 아빠 늑대가 하품을 하며 말했다. 「아홈! 또 사냥을 나갈 시간이네.」 아빠 늑대가 언덕 아래를 향해 막 달리려는 순간, 꼬리가 텁수룩한 작은 그림자 하나가 동굴 문턱을 넘어와서 낑낑거렸다. 「오, 늑대의 우두머리시여, 행운을 빕니다. 그리고 고귀하신 자제분들에게도 행운과 희고 억센 이빨이 함께해 세상의 굶주린 자들을 절대 외면하지 않기를.」

자칼인 타바키였다. 인도 늑대들은 접시핥기 타바키를 경멸한다. 못된 장난을 치고 돌아다니며 이야기나 옮기고, 쥐를 잡아먹거나 마을의 쓰레기 더미를 뒤져 가죽 조각을 찾아 먹기 때문이다. 한편으로는 타바키를 두려워하기도 하는데, 타바키는 곧잘 실성해 버리고, 일단 신성히면 자기가 누구를 두려워했는지 깡그리 잊어버린 채 숲을 내달리며 보이는 것은 죄다 물어뜯기 때문이다. 타바키가 제정신이 아닐 때는 호랑이마저 그를 피해 다닌다. 광기란 야생 동물에게 닥칠 수 있는 가장 수치스러운 일이기 때문이다. 우리는 그런 것을 광견병이라 부르지만 그들은 데와니, 즉 광기라고 부르며 달아난다.

「들어와서 직접 봐.」 아빠 늑대가 딱딱하게 말했다. 「여긴 먹을 거라곤 전혀 없어.」

「늑대한테야 없겠지요. 하지만 저 같은 미천한 녀석에게는 바싹 마른 뼈 하나도 진수성찬인 걸요. 우리 기두르 로그(자칼 부족)야 고르고 말고 할 게 있나요?」 타바키는 종종걸음으로 동굴 안쪽으로 들어가더니 고기 조각이 붙은 수사슴의 뼈를 찾아내고는 앉아서 기분 좋게 뼈 끝을 씹어 먹었다.

「덕분에 정말로 잘 먹었습니다.」 그가 입술을 핥으며 말했다. 「고귀하신 자제분들이 정말 잘생겼군요! 눈이 참 크네요! 무척 어리고요! 그렇고말고요. 제가 기억하기로 왕의 자제들은 떡잎부터 다르다고 합니다마는.」

사실 타바키는 부모의 면전에서 그 자녀들을 칭찬하는 것만큼 불길한 행동은 없다는 걸 누구보다도 잘 알고 있었다. 실제로 엄마 늑대와 아빠 늑대가 불편한 표정을 짓는 걸 보니 그는 기분이 좋았다.

타바키는 그런 장난에 즐거워하면서 잠자코 앉아 있다가 곧이어 심술궂게 말했다.

「거물인 시어 칸이 사냥터를 옮겼다지요. 다음 달이 떠 있는 동안에는 이 근처 구릉지에서 사냥할 예정이라고 저한테 말하더군요.」

시어 칸은 32킬로미터 떨어진 와인궁가강 근처에 사는 호랑이였다.

「누구 맘대로!」 아빠 늑대가 버럭 화를 내며 말했다. 「정글의 법칙에 따르면 정당하게 미리 경고하지도 않고 자기 구역을 바꾸어선 안돼. 시어 칸이 온다면 주변 16킬로미터 이내의 모든 동물이 두려워할 거야. 게다가 나는, 요즘 두 마리 몫을 사냥해야 한단 말이야.」

「시어 칸의 어머니가 그를 괜히 룽그리(절름발이)라고 불렀겠어요.」 엄마 늑대가 조용히 말했다. 「시어 칸은 태어날 때부터 한쪽 발을 절었대요. 그래서 고작 가축이나 죽이게 된 거고요. 와인궁가 계곡 사람들이 화가 났으니 이제 여기 와서 우리 마을 사람들을 화나게 하려는 거지요. 사람들은 그가 멀리 가버렸을 때 그를 찾아 정글을 샅샅이 뒤질 테고, 풀숲에 불을 놓으면 우리와 우리 아이들은 달아날 수밖에 없겠죠. 정말이지, 고마운 짓만 골라서 하는군요!」

「두 분이 고마워하더라고 전해 드릴까요?」 타바키가 물었다.

「나가!」 아빠 늑대가 소리쳤다. 「나가서 네 주인이나 따라다니며 사냥해. 하룻밤 동안 그만큼 괴롭혔으면 됐잖아.」

「갑니다.」 타바키가 조용히 말했다. 「저 아래 덤불에 있는 시어 칸의 소리가 들리실 테니, 굳이 제가 소식을 전하시 않아도 될걸 그랬네요.」

아빠 늑대는 귀를 기울였다. 작은 강으로 급하게 내려가는 어두운 골짜기에서 아무것도 잡지 못해 성난 듯 그르렁거리는 호랑이의 거슬리는 성난 콧소리가 들려왔다. 정글 전체가 듣거나 말거나 상관없다는 듯했다.

「바보 녀석 같으니!」 아빠 늑대가 말했다. 「밤 사냥을 시작하면서 저런 소리를 내다니! 우리 골짜기 수사슴들이 제가 잡아먹던 와인궁가의 살찐 수송아지 같은 줄 아나 보지?」

「쉬이! 오늘 밤 시어 칸이 사냥하는 건 수송아지도 수사슴도 아니에요.」 엄마 늑대가 말했다. 「인간을 사냥하는 거예요.」 쿵쿵거리던 콧소리는 어느새 가르릉거리는 소리로 바뀌어 사방으로 퍼져 나가는 것 같았다. 그것은 한뎃잠을 자는 나무꾼들이나 집시들을 혼란스럽게 만드는 메아리였다. 그 소리에 달아나다가 때로는 그 호랑이의 입 속으로 직행할 수도 있었다.

「인간이라니!」 아빠 늑대가 하얀 이빨을 모두 드러내면서 말했다. 「하! 인간을 잡아먹어야 할 만큼 저수지에 딱정벌레와 개구리가 충분하지 않다는 거로군요. 우리 구역도 그런가 봐요!」

근거 없이 명령하는 법이 없는 정글의 법칙은 모든 짐승에게 인간을 잡아먹는 것을 금하고 있다. 예외가 있다면 새끼들에게 죽이는 방법을 가르치기 위해 인간을 죽일 때뿐인데, 그럴 때는 자기 무리나 부족의 사냥터 밖에서 사냥해야 한다. 이 법칙이 만들어진 진짜 이유는 인간을 죽이면 조만간 총을 들고 코끼리를 탄 하얀 인간들과 징과 폭죽, 횃불을 든 갈색 인간들 수백 명이 찾아오기 때문이다. 그렇게 되면 정글의 모든 이가 고통받는다. 동물들 스스로 그렇게 정한 이유는 인간이란 모든 동물 중에서 가장 약하고 가장 힘이 없기 때문이며, 인간을 건드리는 건 정정당당하지 않기 때문이다. 그리고 인간을 잡아먹으면 옴이 옮고 이빨이 빠진다는 말도 있는데, 그건 사실이다.

가르릉거리는 소리가 점점 커지더니 호랑이가 습격할 때 내는 커다란 〈어홍!〉 소리가 났다.

이윽고 호랑이답지 않은 시어 칸의 울부짖음이 들려왔다. 「놓쳤군요.」 엄마 늑대가 말했다. 「뭐였을까요?」

아빠 늑대가 몇 발짝 달려나가자 시어 칸이 덤불을 휘적거리며 사납게 중얼거리는 소리가 들렸다.

「저 바보가 아무 생각 없이 나무꾼의 모닥불에 덤벼들다 발을 데었나 봐요.」 아빠 늑대가 혀를 차며 말했다. 「타바키가 그 옆에 있고요.」

「뭔가 올라오고 있어요.」 엄마 늑대가 한쪽 귀를 쫑긋거렸다. 「준비하세요.」

덤불 속의 수풀들이 보일 듯 말 듯 바스락거렸고, 아빠 늑대는 엉덩이를 낮추며 달려들 준비를 했다. 여러분이 그곳에 있었다면, 다음 순간 세상에서 가장 멋진 장면을 보았을 것이다. 늑대가 펄쩍 뛰어오르다가 공중에서 멈추는 장면을. 그는 상대가 무엇인지 보기도 전에 펄쩍 뛰며 달려들었디기도중에 우뚝 멈추었다. 그 결과 그는 공중 120~150미터 정도 수직으로 뛰어올랐다가 거의 제자리에 착지했다.

「인간이잖아!」 그가 놀라서 소리쳤다. 「인간의 새끼예요. 봐요!」

그의 눈앞에는 보잘것없는 나뭇가지 하나를 손에 쥔 채, 이제 막 걸음마를 뗀 벌거숭이 갈색 아기가 서 있었다. 보들보들하고 보조개가 있는 어린 것이 밤중에 늑대의 동굴을 찾아온 것이었다. 아이가 아빠 늑대의 얼굴을 보고 웃었다.

「저게 인간의 새끼예요? 한 번도 본 적 없어요. 이리 데려와 봐요.」 엄마 늑대가 말했다.

늑대는 자기 새끼를 옮기는 데 익숙해지면, 필요한 경우 알도 깨뜨리지 않고 입에 물어 옮길 수 있다. 아빠 늑대는 아기의 등을 꽉 물고 새끼들 사이에 아이를 내려놓았지만 아이의 몸에는 이빨 자국 하나 없었다.

「정말 작네요! 털이 하나도 없고. 게다가 겁도 없어요!」 엄마 늑대가 부드럽게 말했다. 아기는 따뜻한 안쪽으로 들어가려고 늑대 새끼들을 밀치고 있었다. 「어머! 우리 아이들과 나란히 젖을 먹어요. 이게 인간의 새끼로군요. 자기 아기들과 함께 인간의 아기를 품은 늑대가 있었을까요?」

「이따금 그런 일이 있었다고 들었어요. 하지만 우리 무리에선 없었고, 내 평생 본 적도 없어요.」 아빠 늑대가 말했다. 「털이라고는 전혀 없고, 한 발로 건드리기만 해도 죽을 것 같네요. 하지만 봐요, 우리를 쳐다보고도 전혀 무서워하지 않아요.」

동굴 입구로 들어오던 달빛이 가려졌다. 시어 칸이 그 커다랗고 네모난 머리와 어깨를 동굴 안으로 불쑥 집어넣었던 것이다. 그 뒤에서 타바키가 빽빽 소리치고 있었다. 「주인님, 주인님, 그게 이 안으로 들어갔습니다!」

「시어 칸이 찾아 주니 영광이군요.」 말로는 그렇게 인사했지만 아빠 늑대의 눈은 이글거리고 있었다. 「시어 칸에게 뭐가 필요하지요?」

「내 사냥감을 찾고 있다. 인간의 새끼가 이리 들어갔다.」 시어 칸이 말했다. 「그 부모는 달아났고. 그걸 건네라.」

아까 아빠 늑대가 말한 대로, 시어 칸은 나무꾼의 모닥불을 향해 덤벼들었다가 발을 데어 잔뜩 화가 나 있었다. 그러나 아빠 늑대는 동굴 입구가 좁아서 호랑이가 들어올 수 없다는 걸 알았다. 지금 그 자리에서도 공간이 없어, 어깨와 앞발이 꼭 끼인 꼴이 영락없이 통에 몸이 낀 채로 싸우려는 사람 같았다.

「늑대는 자유로운 부족입니다. 늑대는 무리 지도자의 명령을 따르지 가축이나 죽이는 줄무늬 맹수의 명령은 듣지 않지요. 인간의 아기는 우리 것입니다. 설사 죽인다고 해도 우리가 죽입니다.」 아빠 늑대가 말했다.

「설사 죽인다고 해도라니, 죽이지 않을 수도 있다는 말이군! 그게 말이 되는 소리냐? 내가 죽인 황소를 걸고 말한다, 당연한 내 몫을 차지하려고 너희 개 소굴에 내 코를 처박아야 한단 말이냐? 내가 누구냐, 나는 시어 칸이다!」

호랑이의 포효가 천둥처럼 동굴에 울렸다. 엄마 늑대가 새끼들을 떨쳐 내고는 앞으로 뛰쳐나갔다. 엄마 늑대는 어둠 속 두 개의 녹색 달 같은 눈으로 시어 칸의 이글거리는 두 눈을 노려보았다.

「나 락샤(악마)가 대답해 주마. 룽그리, 인간의 새끼는 내 거야. 내 거란 말이다! 그 아이는 죽임을 당하지 않을 것이다. 무럭무럭 자라서 우리 무리와 함께 달리고 우리 무리와 함께 사냥할 거야. 두고 봐, 어린 새끼 사냥이나 하고 개구리를 먹고 물고기나 잡는 너는 그의 사냥감이 될 테니까! 이제 알아들었지, 내가 죽인 물사슴(나는 굶주린 소는 잡아먹지 않아)을 걸고 명령한다. 어서 네 어머니한테 돌아가. 정글의 맹수가 불에 데기나 하고, 태어날 때보다 더 절뚝거리는군. 어서 썩 물러가!」

아빠 늑대가 깜짝 놀라서 쳐다보았다. 그는 다섯 마리 늑대와 정정당당하게 싸워서 엄마 늑대를 차지했던 옛날 일을 까맣게 잊고 있었다. 당시 엄마 늑대는 무리 속에서 지내고 있었는데, 그저 칭찬으로 락샤라고 불린 것이 아니었다. 시어 칸은 아빠 늑대와 맞설 수는 있어도 엄마 늑대를 상대할 수는 없었다. 지금 그 동굴에서는 모든 것이 엄마 늑대에게 유리했고 죽을 때까지 싸우려 덤빌 것이었다. 그래서 시어 칸은 으르렁거리며 동굴 입구에서 몸을 빼곤 이렇게 소리쳤다.

「개도 제집에서는 왕 노릇을 하지! 하지만 인간의 새끼를 키우는 걸 보고 무리에서 뭐라고 할지 두고 보자고. 그 아기는 내 거야. 결국엔 내 아가리에 들어오게 될 거다, 이 털북숭이 꼬리를 한 도둑놈들아!」

　엄마 늑대는 가쁘게 숨을 몰아쉬며 새끼들 위로 쓰러졌다. 아빠 늑대가 진지하게 말했다.

　「시어 칸 말이 맞아요. 언젠가는 이 아이를 무리에 보여 줘야 해요. 그때에도 아이를 지켜줄 수 있겠어요?」

　「지켜야죠!」 엄마가 헐떡거리며 말했다. 「이 아기는 발가 벗은 채 밤중에 혼자서, 배가 몹시 고픈 채로 찾아왔어요. 그런데도 겁을 먹지 않았어요! 봐요, 벌써 우리 아기 하나를 한쪽으로 밀쳐 버렸잖아요. 그 절름발이 망나니는 이 아이를 죽이고 와인궁가 계곡으로 달아날 거고, 그사이 마을 사람들은 복수심에 불타 우리 모두의 보금자리를 쑥대밭으로 만들며 돌아다닐 거예요! 이 아기를 지킬 거냐고요? 지키고 말고요. 가만히 누워 있거라, 꼬마 개구리야. 오, 그래. 개구리라는 뜻으로 널 모글리라고 부르마. 모글리, 시어 칸이 너를 사냥했듯이 네가 시어 칸을 사냥할 때가 올 거야!」

　「하지만 무리에서 뭐라고 할까요?」 아빠 늑대가 걱정했다.

　수컷 늑대가 결혼하면 무리를 떠나야 한다는 것은 엄연한 정글의 법칙이다. 그러나 새끼들이 제 발로 설 만큼 자라면 수컷은 새끼들을 무리 회의에 데려와야 하는데, 회의는 보통 한 달에 한 번, 다른 늑대들이 새끼들을 알아볼 수 있도록 보름달이 뜰 때 열렸다. 그런 확인 과정이 끝나면 새끼들은 가고 싶은 곳을 마음껏 갈 수 있다. 새끼들이 처음으로 수사슴을 죽일 만큼 자랄 때까지는 무리의 어른 늑대가 새끼 늑대를 죽이는 건 어떤 이유로도 허용되지 않는다. 이를 어기는 경우 살해자는 발견 즉시 그 자리에서 죽임을 당했다. 조금만 생각해 보면 그게 당연하다는 걸 알 것이다.

아빠 늑대는 새끼들이 조금 달릴 수 있을 때까지 기다렸다가 무리의 회의가 열리는 날 밤에 새끼들과 모글리, 엄마 늑대를 데리고 회의 바위로 갔다. 그곳은 늑대 1백 마리가 숨을 수 있는 커다란 돌과 바위들로 뒤덮인 산꼭대기였다. 남다른 힘과 기민함으로 무리를 이끄는 회색의 몸집 큰 늑대, 고독한 아켈라가 자기 바위에서 길게 몸을 뻗고 앉아 있었고, 그 아래로 크기와 색깔이 제각각인 늑대 40여 마리가 앉아 있었다. 수사슴쯤은 혼자서 감당할 수 있는 오소리색의 노련한 늑대들부터 자기도 그들만큼 힘이 세다고 생각하는 검은색의 세 살짜리 젊은 늑대들까지 온갖 늑대가 있었다. 고독한 늑대는 이제 1년째 그들을 이끌고 있었다. 그는 어릴 때 두 번이나 늑대 덫에 걸렸고, 죽도록 두드려 맞고 팽개쳐진 경험도 한 번 있었으므로 인간의 행동이나 관습을 잘 알았다.

회의 바위에서 말이 오가는 일은 거의 없었다. 새끼들은 제 어미와 아비가 앉은 둥근 원의 한가운데서 서로 엉켜서 뒹굴고, 이따금 나이 많은 늑대 한 마리가 새끼에게 조용히 다가가서 요모조모 뜯어보고는 소리 없이 제자리에 돌아가 앉곤 했다. 때로는 자기 새끼가 잘 보이지 않을까 봐 달빛 속으로 멀찍이 새끼를 밀어넣는 어미도 있었다. 아켈라는 자기 바위에서 소리치곤 했다. 「그대들은 법칙을 잘 알 것이오. 법

칙을 알고 있소! 오 늑대들이여, 똑똑히 보시오!」 그러면 초
조한 어미들이 따라 외치곤 했다. 「오 늑대들이여, 보시오,
똑똑히 보시오!」

마침내 차례가 되자 엄마 늑대의 빳빳한 목털이 곤두섰
다. 아빠 늑대가 〈개구리 모글리〉를 가운데로 밀어넣었고,
그들이 모글리의 이름을 말하는 동안 모글리는 달빛에 반짝
이는 자갈 몇 개를 가지고 놀며 웃었다.

아켈라는 두 발에 얹은 머리를 들지도 않은 채 계속해서
단조롭게 외쳤다. 「똑똑히 보시오!」 그때 바위 뒤쪽에서 숨
죽인 으르렁 소리가 들렸다. 이윽고 시어 칸이 외치는 목소
리가 들렸다. 「그 아이는 내 거야. 나한테 넘겨. 자유로운 부
족이 인간의 새끼와 무슨 상관이 있다는 거야?」

아켈라는 귀도 쫑긋하지 않았다. 그저 이렇게만 말했다.
「늑대들이여, 똑똑히 보시오! 자유로운 부족이 자유로운 부
족 아닌 자의 명령과 무슨 상관이 있겠소? 똑똑히 보시오!」

여기저기서 그르렁대는 소리가 나더니, 네 살 된 젊은 늑대
한 마리가 시어 칸이 한 질문을 그대로 아켈라에게 던졌다.
「자유로운 부족이 인간의 새끼와 무슨 관계가 있습니까?」

정글의 법칙에 따르면 무리가 받아들이게 될 새끼에 관해
논쟁이 있을 경우, 무리에서 그 어미와 아비를 제외하고 적
어도 둘이 그 새끼를 위해 발언해야 한다.

「누가 이 어린 새끼를 위해 발언하겠소?」 아켈라가 물었
다. 「자유로운 부족 중에 발언할 자 있습니까?」 아무 대답
이 없었다. 엄마 늑대는 만에 하나 싸움이 벌어진다면 목숨

을 건 최후의 싸움을 하리라고 각오했다.

그때, 늑대가 아닌 동물 중 유일하게 무리 회의에 참석할
수 있던 발루가 나섰다. 발루는 새끼 늑대들에게 정글의 법
칙을 가르치는 잠꾸러기 갈색 곰이었다. 나이 많은 발루는
딱딱한 개암 열매나 뿌리, 꿀만 먹기 때문에 어디든 원하는
대로 다닐 수 있다. 발루가 뒷발로 일어서더니 툴툴거렸다.

「인간의 새끼, 인간의 새끼라고 했소? 내가 인간의 새끼를
위해 말하리다. 인간의 새끼는 전혀 해롭지 않아요. 나는 비
록 말재주는 없지만 진실을 말하지요. 그 아이가 무리와 함
께 달리게 하고, 다른 동물들과도 어울리게 하세요. 내가 직
접 그 아이를 가르치겠소.」

「발언자가 하나 더 필요합니다.」 아켈라가 말했다. 「방금
우리 어린 새끼들을 가르치는 교사 발루가 발언했습니다.
발루에 이어 발언할 자 있습니까?」

검은 그림자 하나가 원 안으로 내려앉았다. 흑표범 바기
라였다. 바기라는 온몸이 먹물처럼 새까맸지만 물결무늬 실
크처럼 빛을 받으면 표범 무늬가 언뜻언뜻 드러나곤 했다.
다들 바기라를 알았고 아무도 그의 길을 가로막지 않았다.
바기라는 타바키만큼 교활하고, 야생 물소만큼 대담하며,
상처 입은 코끼리만큼 거침이 없었기 때문이다. 그러나 그의
목소리는 나무에서 떨어지는 야생 꿀처럼 달콤했고, 피부는
솜털보다 부드러웠다.

「오, 아켈라여, 그리고 자유로운 부족들이여.」 그가 가르
랑거렸다. 「나에겐 여러분의 회의에 끼어들 권리가 없습니

다. 하지만 정글의 법칙에 따르면 새로 들이는 새끼와 관련해 꼭 죽여야 할 때가 아닌 경우, 의문이 생긴다면 값을 치르고 그 새끼의 목숨을 살 수 있습니다. 하지만 누가 그 값을 치를 수 있고 누구는 안 되는지는 법칙에 따라 정해져 있지 않지요. 그렇지 않습니까?」

「그렇지! 잘한다!」 항상 굶주려 있는 젊은 늑대들이 소리쳤다. 「바기라의 말대로 합시다. 대가를 주고 저 아이를 사면 됩니다. 그게 법칙입니다.」

「나한테는 여기서 말할 권리가 없으니 여러분의 허락을 요청하는 바요.」

「좋소, 말하시오.」 스무 마리의 목소리가 외쳤다.

「털도 안 난 새끼를 죽이는 건 부끄러운 일입니다. 뿐만 아니라 저 아이가 자라면 여러분한테는 더 나은 먹잇감이 될 겁니다. 아까 발루가 저 아이를 위해 발언했습니다만, 내가 발루의 말에 황소 한 마리를 추가하지요. 여러분이 법칙에 따라 저 아이를 받아들이겠다면 여기서 8백 미터 거리에서 방금 죽은 살찐 황소 한 마리를 내겠습니다. 그래도 어렵겠습니까?」

10여 마리가 왁자지껄하게 목소리를 냈다. 「무슨 상관이야? 어차피 저 아이는 겨울비를 맞으면 죽을 텐데. 햇볕에 타 죽을 거고. 발가벗은 개구리가 뭐가 해롭겠습니까? 무리와 함께 살게 합시다. 바기라, 황소가 어디 있다고요? 인간의 새끼를 받아들입시다.」 그러자 아켈라가 굵은 목소리로 외쳤다.

「똑똑히 보시오, 똑똑히 보시오, 오 늑대들이여!」

모글리는 여전히 자갈을 가지고 노느라 늑대들이 한 마리씩 다가와 자기를 살펴보는 것도 몰랐다. 마침내 모든 늑대가 죽은 황소를 찾아 언덕을 내려가고 아켈라와 바기라, 발루, 그리고 모글리의 늑대 식구들만 남았다. 시어 칸은 아직도 어둠 속에서 으르렁거리고 있었다. 모글리를 건네주지 않았다고 몹시 화가 난 것이다.

「그래, 실컷 으르렁거려라.」 바기라가 콧수염을 들썩이며 말했다. 「때가 되면 이 벌거숭이가 너의 그 으르렁거리는 소리를 바꿔 놓을 테니까. 내가 알기로 인간은 그래.」

「잘 해결됐군요.」 아켈라가 말했다. 「인간이든 인간의 아이든 아주 현명하니 조만간 이 아이가 우리를 도울 수도 있을 거요.」

「맞아요, 필요한 때에 도움이 될 겁니다. 누구도 영원히 무리를 이끌 수는 없으니까요.」 바기라가 말했다.

아켈라는 아무 말도 하지 않았다. 그는 모든 무리의 모든 지도자에게 닥치는 그때를 생각하고 있었다. 그도 힘이 점점 빠지고 기력이 쇠하면 마침내 늑대들에게 죽임을 당하고 새 지도자가 등장할 것이다. 그리고 그 지도자도 때가 되면 죽임을 당할 것이다.

「아이를 데려가시오.」 아켈라가 아빠 늑대에게 말했다. 「그리고 자유로운 부족의 일원에 걸맞게 훈련을 시키시오.」

그렇게 모글리는 황소 한 마리와 발루의 훌륭한 연설 덕택에 시오니 늑대의 무리로 받아들여지게 되었다.

이제 독자 여러분은 10년, 또는 11년의 세월을 건너뛰고 모글리가 늑대 무리 속에서 지내던 그 멋진 삶에 관해서는 짐작하는 것으로 만족해야 한다. 그 이야기를 전부 쓴다면 너무 많은 분량의 책이 나올 테니까. 모글리는 늑대 새끼들과 함께 자랐다. 물론 늑대 새끼들은 모글리가 어린이가 되기도 전에 거의 성장했다. 엄마 늑대와 아빠 늑대는 모글리에게 할 일과 정글에 있는 것들의 의미를 가르쳤다. 풀밭 속의 작은 바스락거림 하나하나, 따뜻한 밤공기의 숨결 하나하나, 머리 위 올빼미의 낌새 하나하나, 박쥐가 한동안 나무에 매달려서 남긴 발톱의 각종 흔적, 그리고 연못에서 작은 물고기들이 펄떡이며 일으키는 온갖 작은 물보라까지 빠짐없이 가르쳤다. 이것들은 사업가가 사무실에서 하는 일처럼 모글리에게는 중요한 일이었다. 모글리는 무언가를 배우고 있지 않을 때에는 햇볕을 쬐며 앉아 낮잠을 잤고, 그러다 배를 채우고, 그러다 밤이 되면 다시 잤다. 몸이 더럽게 느껴지거나 더울 때에는 숲속 연못에서 헤엄을 쳤다. 꿀이 먹고 싶을 때에는 나무에 올라가 꿀을 땄다. 발루는 꿀과 개암 열매가 날고기만큼이나 좋다고 말했다. 나무를 타는 방법은 바기라가 가르쳐 주었다.

　바기라는 나뭇가지 위에 몸을 뻗고서 모글리를 부르곤 했다. 「이리 와, 동생.」 처음에 모글리는 나무늘보처럼 매달려 있었지만 나중에는 회색 원숭이처럼 대담하게 나뭇가지 사이를 날아다니곤 했다. 무리가 모일 때면 모글리도 회의 바위 위에 자리를 잡고 앉았고, 그가 매섭게 노려보던 어떤 늑대든 눈을 내리깐다는 사실을 알게 되면서부터는 장난으로 노려보곤 했다.

때로는 늑대 친구들의 발바닥에 박힌 기다란 가시를 빼주기도 했다. 늑대들은 털 사이에 박힌 크고 작은 가시 때문에 몹시 괴로워했기 때문이다. 밤이면 모글리는 산을 내려가 사람들의 경작지로 가서 오두막에서 지내는 마을 사람들을 매우 호기심 어린 눈으로 바라보았다. 그러나 사람들을 믿지는 않았다. 바기라가 정글 속에 아주 교묘하게 감춰진 상자를 보여 주며 그게 사람들이 놓은 덫이라고 말해 주었다. 그네모 상자에는 떨어지는 문이 달려 있었는데, 하마터면 모글리는 그 안으로 발을 디딜 뻔했던 것이다.

모글리는 바기라와 함께 따뜻하고 컴컴한 숲 한가운데로 들어가는 것이 무엇보다 좋았다. 졸리는 날이면 하루 종일 자고, 밤에 사냥하는 바기라를 지켜보는 것도 더없이 좋았다. 바기라는 배가 고플 때면 닥치는 대로 먹잇감을 죽였고, 모글리도 마찬가지였다. 그러나 한 동물만큼은 예외였다. 모글리가 정글 물정을 알 만큼 성장하자마자 바기라는 늑대 무리가 황소의 목숨을 값으로 치르고 모글리를 샀기 때문에 절대 소를 건드려서는 안 된다고 일러 주었다. 「정글은 모두 네 거야. 그리고 넌 충분히 강하니까 모든 걸 죽여도 되지만 네 목숨을 구해 준 황소를 생각해서 절대 소를 죽이거나 먹어선 안 돼. 크든 작든 어떤 소도 말이야. 그게 정글의 법칙이야.」 모글리는 그 말을 철저히 지켰다.

모글리는 자기가 세상 교훈을 배우고 있다는 걸 더는 의

식하지 않고 그저 먹을 것 외에는 아무 고민이 없는 소년답게 튼튼하게 무럭무럭 자랐다.

한두 번인가 엄마 늑대가 시어 칸은 믿을 만한 동물이 아니라고, 그리고 언젠가는 모글리가 시어 칸을 죽여야 할 날이 올 거라고 말해 주었다. 어린 늑대라면 그 충고를 늘 마음에 새기고 다녔겠지만, 모글리는 어린 소년에 지나지 않았기 때문에 그 충고를 잊어버렸다. 그래도 모글리가 인간의 말을 할 수 있었다면 자기는 늑대라고 말하고 다녔을 것이다.

시어 칸은 정글에서 모글리와 늘 마주치고 있었다. 아켈라가 점점 늙고 쇠약해지면서 그 절름발이 호랑이는 무리의 젊은 늑대들과 매우 친해졌기 때문이다. 젊은 늑대들은 시어 칸을 따라다니며 찌꺼기를 얻어먹었다. 아켈라가 힘이 있어 제대로 영역을 돌볼 수 있었다면 결코 허락하지 않을 일이었다. 젊은 늑대들과 친해진 시어 칸은 젊은 늑대들에게 아부하면서 그렇게 젊고 훌륭한 사냥꾼들이 어째서 다 죽어 가는 늑대와 인간의 새끼를 지도자로 두고 있느냐며 고개를 갸우뚱거리곤 했다. 「들리는 말로는 회의에서 너희는 그 꼬마의 눈을 제대로 쳐다보지 못한다면서.」 시어 칸이 그렇게 말하면 젊은 늑대들은 그르릉거리며 털을 곤두세우곤 했다.

곳곳에 눈과 귀를 열어 놓고 있던 바기라는 이런 일을 어느 정도는 알고 있었으므로 이따금 모글리에게 언젠가 시어 칸에게 죽을 수도 있다고 길게 잔소리하곤 했다. 모글리는 웃음을 터뜨리며 이렇게 대답했다. 「나한테는 무리가 있고 바기라도 있는데 무슨 걱정이에요. 그리고 비록 게으르신하지만 발루도 나를 위해 한두 번쯤은 주먹을 날려 주겠죠. 무서울 게 뭐가 있어요?」

날이 무척 따뜻한 어느 날, 바기라에게 새로운 생각이 떠올랐다. 무언가 들은 얘기가 있었던 것이다. 그 얘기를 했던 건 아마 호저(豪豬) 이키였을 것이다. 정글 깊은 곳에서 모글리가 바기라의 아름다운 검은 몸을 베고 누워 있을 때, 바기라가 물었다. 「작은 형제, 시어 칸이 너의 적이라는 말을 내가 얼마나 자주 했더라?」

「저 야자나무의 열매 수만큼 많이.」 당연한 일이지만 모글리는 그 말을 몇 번 들었는지 셀 수 없을 정도였다. 「그건 왜요? 나 졸려요, 바기라. 그리고 시어 칸은 꼬리가 길고 공작새 마오처럼 말소리도 시끄러워서 다가오면 모를 수가 없는걸요.」

「하지만 지금 이렇게 자고 있을 때가 아니야. 그건 발루가 알고, 내가 알고, 무리도 아는 사실이야. 심지어 바보 멍청이 같은 사슴들도 알아. 타바키도 너한테 그렇게 말했잖아.」

「하! 하!」 모글리가 말했다. 「얼마 전 타바키가 찾아와서 무례한 말을 했어요. 내가 벌거벗은 인간의 새끼이고 땅감자를 파는 일도 못 할 거라고. 그래서 타바키의 꼬리를 잡고 야자나무에 대고 두 번 휘둘러 주면서 예절을 좀 가르쳐 줬어요.」

「어리석은 짓을 했구나. 타바키는 말썽꾼이기는 하지만 너와 밀접하게 관련된 중요한 것들을 얘기해 주었을 텐데. 두 눈 뜨고 똑바로 봐, 작은 형제! 시어 칸은 너를 사랑하는 자들이 두려워서 정글에서는 감히 너를 죽이지 못하는 거야. 하지만 명심해야 해. 아켈라는 이제 많이 늙어서 수사슴을 잡아먹을 힘도 없어질 날이 곧 올 거야. 그때가 되면 더는 지도자가 아니겠지. 네가 처음 회의에 왔을 때 너를 보살펴 주던 많은 늑대들 역시 나이가 들었고, 젊은 늑대들은 시어 칸의 말대로 인간의 새끼는 무리와 함께 지낼 수 없다고 믿지. 얼마 후면 너는 인간 어른이 될 거야.」

「인간이 뭔데 형제들과 함께 달려선 안 되는 거예요?」 모글리가 말했다. 「난 정글에서 태어났어요. 정글의 법칙에 순종하며 살았고. 그리고 우리 무리 중에 내가 가시를 빼주지 않은 늑대가 있으면 나와 보라 그래요. 그들은 누가 뭐래도 내 형제들이라고요!」

바기라는 몸을 쭉 늘여 기지개를 펴더니 반쯤 눈을 감았다.

「작은 형제. 내 턱밑을 만져 봐.」

모글리는 갈색의 튼튼한 손을 내밀어 실크 같은 바기라의 턱 바로 아래쪽을 만져 보았다. 커다랗게 내려가는 근육의, 반짝이는 털에 완전히 가려진 부분에 조그만 반점처럼 털 없는 부분이 있었다.

「이 정글에서 나 바기라에게 그 반점이 있다는 건 아무도 몰라. 그건 목줄의 흔적이야. 사실 나는 인간들 사이에서 태어났어. 그리고 내 어머니가 죽은 것도 인간들 사이에서였고. 어머니는 우데이포르의 왕궁 우리 안에서 숨을 거두었어. 네가 발가벗은 아기로 회의에 나타났을 때 내가 너의 몸

값을 냈던 건 그 때문이야. 그래, 나 역시 인간들 틈에서 태어났으니까. 나는 한 번도 정글을 보지 못하고 자랐지. 인간들이 먹이를 담은 쇠 냄비를 창살 사이로 건네며 나를 먹여 키웠어.

　그러던 어느 날 밤 문득 나는 흑표범 바기라지 인간의 장난감이 아니라는 생각이 들었어. 그래서 한 발로 단번에 그 바보 같은 자물쇠를 부숴 버리고 떠났어. 그리고 인간의 방식을 배웠기 때문에 정글에서 나는 시어 칸보다 더 무서운 존재가 되었지. 그렇지 않아?」

　「맞아요.」 모글리가 끄덕였다. 「정글의 모두가 바기라를 무서워해요. 모글리만 빼고.」

　「그래, 너는 인간의 아이니까.」 그 흑표범이 매우 다정하게 말했다. 「그리고 내가 이 정글로 돌아온 것처럼, 너는 결국 인간들에게 돌아가야 해. 너의 형제인 인간들에게로. 만약 회의에서 죽임을 당하지 않는다면 말이야.」

　「하지만 왜? 무엇 때문에 나를 죽이고 싶겠어요?」 모글리가 물었다.

　「나를 봐.」 바기라가 말했다. 모글리는 바기라의 두 눈 사이를 가만히 쳐다보았다. 그 커다란 흑표범은 30초 만에 고개를 돌려 버렸다.

　「바로 그것 때문이야.」 바기라는 나뭇잎들 위로 발을 놀리며 말했다. 「나조차 네 눈 사이를 쳐다보지 못하니까. 심지어 인간들 사이에서 태어났고, 너를 사랑하는 나조차도 못해. 늑대들은 네 눈을 똑바로 쳐다볼 수 없어서 너를 미워하는 거야. 네가 현명하니까. 네가 그들의 발에 박힌 가시를 빼주었으니까. 네가 인간이니까.」

「그런 줄은 몰랐는데.」 모글리가 시무룩하게 말했다. 그리고 짙고 검은 눈썹을 찌푸렸다.

「정글의 법칙이 뭐야? 우선 공격하고 그다음 짖는다. 그런데 너는 조심성이 없어서 다들 네가 인간이란 사실을 알아보는 거야. 부디 현명하게 행동해. 아켈라는 벌써 수사슴을 사냥할 때마다 점점 더 힘들어해. 내 생각엔 다음번에 아켈라가 사냥감을 놓치면 아마 무리는 아켈라에게서 그리고 너에게서 등을 돌릴 거야. 그들은 바위에서 회의를 소집하겠지. 그러고는…… 그러고는…… 그렇지!」 바기라가 벌떡 일어나며 말했다. 「골짜기에 있는 인간의 오두막으로 얼른 내려가. 거기서 인간들이 키우는 붉은 꽃을 가져오는 거야. 때가 되면 그게 나나 발루보다, 또는 너를 사랑하는 무리의 늑대들보다 더 막강한 친구가 될 거야. 붉은 꽃을 구해 와.」

바기라가 말하는 붉은 꽃이란 불이었다. 정글의 어떤 동물도 불을 적절한 이름으로 부르지 못할 터였다. 맹수들은 모두 죽도록 불을 무서워하면서 그것을 묘사하는 온갖 방식을 지어낸다.

「붉은 꽃?」 모글리가 되물었다. 「땅거미가 질 때 인간의 오두막 바깥에서 자라는 거 말이죠? 가져올게요.」

「인간의 아이라 다르긴 다르구나.」 바기라가 자랑스레 말했다. 「그것은 작은 단지 안에서 자란다는 걸 명심해. 하나만 재빨리 구해다가 필요할 때를 위해 잘 지켜라.」

「알았어요!」 모글리가 말했다. 「갔다 올게요. 하지만 바기라, 확실해요?」 모글리는 흑표범의 아름다운 목에 둘렀던 팔을 풀고는 그 큰 눈을 가만히 들여다보았다. 「이 모든 게 정말로 시어 칸이 꾸미는 짓이에요?」

「나를 풀어 준 부러진 자물쇠에 대고 맹세하지. 틀림없어, 어린 형제.」

「그럼 나는 나를 구해 준 황소에 대고 맹세해요. 그 목숨 값을 그대로 시어 칸에게 갚아 줄게요. 아니 어쩌면 그 이상으로요.」 모글리는 그렇게 말하고 뛰어내렸다.

「인간이 다 됐군, 완전히 인간이야.」 바기라가 혼잣말을 하며 다시 누웠다. 「그래, 시어 칸. 10년 전 너의 개구리 사냥만큼 불길한 사냥은 없었어!」

모글리는 숲을 가로질러 멀리멀리 힘차게 달렸다. 심장이 뜨거워졌다. 저녁 안개가 피어오를 무렵에는 동굴에 도착해 가쁜 숨을 내쉬면서 골짜기를 내려다보았다. 새끼 늑대들은 밖에 나가고 없었지만, 동굴 안쪽에 있던 엄마 늑대는 모글리의 숨소리를 듣고 꼬마 개구리에게 무슨 문제가 생겼다는 것을 알았다.

「아들아, 무슨 일이니?」 엄마 늑대가 물었다.

「시어 칸에 관한 쓸데없는 얘기예요.」 모글리가 대답했다. 「난 오늘 밤에 경작지에서 사냥할 거예요.」 그러고는 덤불숲을 지나 골짜기 바닥의 개울을 향해 내달렸다. 개울에서 그는 주위를 살폈다. 무리가 사냥하는 소리가 들렸고, 쫓기는 물사슴의 울음소리와, 궁지에 몰리자 돌아서는 그 사슴의 콧김 소리가 들렸던 것이다. 이윽고 젊은 늑대들이 심술 궂고 모질게 컹컹대는 소리가 들렸다. 「아켈라! 아켈라! 고독한 늑대의 힘을 보여 달라고 하자. 우리 지도자에게 기회를 줘! 아켈라, 덤벼 봐요!」

고독한 늑대 아켈라는 펄쩍 뛰어올랐지만 사슴을 놓친 게 틀림없었다. 그의 이빨이 딱 하고 부딪히는 소리가 났고, 이윽고 물사슴이 앞발로 그를 쓰러뜨렸는지 깨갱 하는 소리가 들려왔다.

모글리는 더 기다릴 것도 없이 앞으로 내달렸다. 뒤쪽에서 들리는 함성이 점점 희미해질 때쯤 그는 마을 사람들이 사는 경작지 안으로 달려가고 있었다.

「바기라의 말이 맞았어.」 모글리는 가쁜 숨을 몰아쉬며 어느 오두막 창문 옆 가축을 먹이려고 베어 둔 잡초 더미 속에 웅크렸다. 「내일은 아켈라와 나에게 중요한 날이 될 거야.」

이윽고 그는 창문에 얼굴을 대고 난로에서 타는 불을 지켜보았다. 밤중에 인간의 아내가 일어나더니 불에 검은 덩어리를 먹었다. 아침이 되어 차가운 안개가 하얗게 내렸을 때에는 인간의 아이가 안쪽에 흙을 바른 고리버들 항아리 하나를 가져와 붉고 뜨거운 숯 덩어리들로 항아리를 채웠고, 그것을 담요로 싸고는 외양간의 소들을 돌보러 나갔다.

「저게 다야?」 모글리가 중얼거렸다. 「인간의 아이가 저걸 할 수 있다면 무서워할 것도 없겠네.」 그래서 그는 성큼성큼 모퉁이를 돌아서 그 소년과 마주쳤다. 그리고 소년의 손에서 항아리를 가로채 안개 속으로 사라졌고, 소년은 무서워서 울었다.

「인간들은 나랑 많이 닮았네.」 모글리는 어젯밤에 인간 여자가 했던 대로 항아리 안에 바람을 불어 넣으며 말했다. 「내가 먹을 걸 주지 않으면 이것도 죽어 버리겠지.」 모글리는 잔가지와 마른 나무껍질을 그 붉은 것 위로 떨궈 주었다. 산을 반쯤 올라왔을 때, 검은 털에 맺힌 아침 이슬이 월장석처럼 반짝이는 바기라를 만났다.

「아켈라가 사냥감을 놓쳤어.」 흑표범이 말했다. 「어젯밤 늑대들이 아켈라를 죽일 뻔했는데 너까지 함께 죽인대. 밤새 그들이 너를 찾아서 산을 뒤지고 있었어.」

「간밤에 경작지에 가 있었어요. 난 준비됐어요. 봐요!」 모글리는 불이 든 단지를 내밀었다.

「잘했어! 인간들이 마른 나뭇가지를 그 속에 찌르는 걸 본 적 있어. 그러면 곧잘 나뭇가지 끝에서 붉은 꽃이 피어나지. 넌 무섭지 않지?」

「그럼요. 뭐가 무섭다고. 그러고 보니 기억이 나는 것도 같아요. 그게 꿈이 아니라면 말이에요. 늑대가 되기 전에 나는 붉은 꽃 옆에 누워 있었어요. 따뜻하고 기분 좋던걸요.」

그날 하루 종일 모글리는 동굴 안에 앉아서 불 단지를 돌보고 마른 나뭇가지를 그 안에 집어넣으면서 그것이 어떻게 변하는지 지켜보았다. 그는 마음에 드는 나뭇가지 하나를 찾아냈고, 그날 저녁 타바키가 동굴에 와서 거들먹거리며 그에게 회의 바위에 가야 한다고 말했을 때 모글리는 타바키가 달아날 때까지 웃어 주었다. 그 후 모글리는 회의 바위로 가면서도 여전히 웃음을 멈추지 않았다.

이제 무리의 지도자 자리가 비어 있다는 걸 알리기라도 하듯 고독한 늑대 아켈라는 자기 바위가 아닌 그 옆에 누워 있었다. 시어 칸과 그를 따르며 찌꺼기나 주워 먹는 늑대들은 우쭐대며 보란 듯이 어슬렁거렸다. 바기라는 모글리 가까이에 엎드렸고, 불 단지는 모글리의 무릎 사이에 놓여 있었다. 모두 한자리에 모이자, 시어 칸이 입을 열었다. 아켈라가 한창 힘이 넘쳤을 때에는 감히 엄두도 못 냈을 일이었다.

「시어 칸에겐 아무 권리가 없어.」 바기라가 소곤거렸다. 「그렇게 말해. 시어 칸은 개의 아들이라고. 그러면 겁을 먹겠지.」

모글리가 벌떡 일어서서 소리쳤다. 「자유로운 부족이여. 시어 칸이 무리를 이끌고 있습니까? 호랑이가 우리 지도자와 무슨 상관이 있습니까?」

「지도자 자리가 비어 있고, 발언을 요청받은 이상······.」 시어 칸이 말을 시작했다.

「누가 요청했나요?」 모글리가 물었다. 「우리 모두 이 소나 잡는 사냥꾼에게 알랑거리는 자칼입니까? 우리 무리의 지도자는 무리하고만 관계가 있습니다.」

「조용히 해, 인간의 새끼는!」 여기저기서 고함소리가 터져 나왔다. 「모글리도 말할 권리가 있네. 그 아이는 우리 법칙을 지켜 왔잖나!」 마침내 무리의 원로들이 호통쳤다. 「죽은 늑대의 말을 들어 보지!」

무리의 지도자가 사냥감을 놓쳤을 경우, 그 지도자는 남은 평생 동안 죽은 늑대로 불린다. 그러나 대체로 그런 삶도 머지않아 끝나고 만다.

아켈라가 늙수그레해진 머리를 힘겹게 들었다.

「자유로운 부족이여, 그리고 그대들 시어 칸의 자칼들이여. 내가 여러분을 이끌고 사냥을 다닌 세월이 어언 열두 계절이오. 그 오랜 기간 동안 누구 하나 덫에 걸리거나 불구가 되지 않았소. 이제 나는 내 사냥감을 놓쳤소이다. 하지만 여러분은 그것이 음모였음을 알 것이오. 나를 미심쩍은 수사슴에게 데려가 내 약점이 드러나게 만들었던 것이오. 아주 영리한 술책이었소. 이제 여러분에겐 이 회의 바위에서 나를 죽일 권리가 있소. 그러니 이렇게 물으리다. 〈누가 이 고독한 늑대의 숨통을 끊을 것인가?〉 정글의 법칙에 따르면 나에겐 여러분을 하나씩 차례대로 상대할 권리가 있소.」

한동안 침묵이 이어졌다. 어느 늑대도 감히 목숨을 걸고 아켈라와 싸우려 하지 않았기 때문이다. 결국 시어 칸이 으르렁거렸다. 「제길! 우리가 이 이빨 빠진 바보와 할 일이 뭐 있다고? 그는 어쨌든 죽은 목숨이야! 지나치게 오래 산 건 저 인간의 새끼야. 자유로운 부족이여, 인간의 새끼는 처음부터 내 먹이였소. 그를 나에게 주시오. 이 인간 늑대 놀이는 아주 신물이 나니까. 그는 열 번의 계절 동안 정글을 어지럽혔소. 저 아이를 내게 넘기시오. 그러지 않으면 앞으로 계속 여기서 사냥하면서 여러분에게 뼛조각 하나 내주지 않을 거니까! 그는 인간이오, 인간의 새끼. 그리고 나는 뼛속까지

저 녀석을 증오하오!」

그러자 무리의 반 이상이 소리쳤다. 「인간이지, 인간! 인간이 우리와 무슨 상관이야? 그가 속한 곳으로 보냅시다.」

「그러다가 마을 사람들이 모두 우리와 원수가 된다면?」 시어 칸이 으르렁거렸다. 「안 될 말이오. 저 아이를 나에게 주시오. 그는 인간이고, 우리 중 누구도 그의 눈을 똑바로 보지 못합니다.」

아켈라가 다시 고개를 들고 말했다. 「그는 우리의 음식을 먹고, 우리와 함께 자고, 우리를 위해 사냥감을 몰았소. 그리고 정글의 법칙을 단 한 번도 어긴 적이 없습니다.」

「그리고 그를 받아들일 때 내가 황소 한 마리를 지불했습니다. 황소 한 마리의 가치는 별 게 아니지만, 나 바기라의 명예는 소중하니 싸워서라도 지키겠습니다.」 바기라가 가장 부드러운 목소리로 말했다.

「황소 한 마리는 10년 전 얘기야!」 무리가 으르렁거렸다. 10년 전에 먹은 뼈다귀를 우리가 뭐 하러 신경 쓰겠어?」

「서약은 어쩌고?」 바기라가 입술 밑으로 하얀 이빨을 드러내며 말했다. 「당신들은 자유로운 부족이 아닌가?」

「인간의 새끼는 누구도 정글의 부족과 함께 달릴 수 없어!」 시어 칸이 포효했다. 「그를 나에게 넘겨.」

「그는 피만 다를 뿐 우리의 형제요.」 아켈라가 말을 이어 갔다. 「물론 여러분은 여기서 그를 죽일 테지요. 솔직히 내가 너무 오래 살았군요. 여러분 중에는 소를 먹는 늑대도 있고, 시어 칸의 가르침을 받으며 캄캄한 밤에 마을의 집 문간에서 어린아이들을 잡아 오는 늑대도 있다고 들었소. 그런 자들은 겁쟁이니, 겁쟁이들은 똑똑히 들어라. 내가 죽는 건 자명한 사실이다. 내 목숨은 아무 가치가 없겠지만, 그래도 조금이라도 가치가 있다면, 인간의 새끼 대신 내 목숨을 내놓겠다. 지도자가 없는 그대들에게 명예란 잊어버린 사소한 문제겠지만, 무리의 명예를 위해서 이렇게 약속한다. 만약 그대들이 저 아이가 자기 자리를 찾아가도록 해준다면, 나는 죽는 순간이 다가와도 그대들에게 이빨 하나 드러내지 않겠다. 나는 싸우지 않고 죽겠다. 그렇게 되면 적어도 무리 중 셋은 목숨을 구하게 될 것이다. 내가 할 수 있는 건 거기까지다. 그대들이 그렇게 해준다면, 아무런 잘못도 하지 않은 형제, 정글의 법칙에 따라 대변하고 받아들인 형제를 죽임으로써 얻게 될 수치는 면하게 될 것이다.」

「그는 인간이야, 인간, 인간이라고!」 무리가 으르렁거렸다. 늑대들 중 대부분이 꼬리를 흔들기 시작한 시어 칸의 주변으로 모여들기 시작했다.

「이제 일은 네 손에 달렸다.」 바기라가 모글리에게 말했다. 「싸움 말고는 할 수 있는 게 없어.」

모글리가 일어섰다. 그의 손에는 불 단지가 들려 있었다. 이윽고 모글리는 두 팔을 쭉 뻗으며 회의에 모인 동물들 앞에서 하품을 했다. 그러나 속은 분노와 슬픔으로 이글거리고 있었다. 늑대들은 과연 늑대인지라, 그를 얼마나 미워하는지 한 번도 그에게 말한 적이 없었기 때문이다.

「여러분, 똑똑히 들으십시오!」 모글리가 외쳤다. 「이렇게 개처럼 재잘거릴 필요가 없습니다. 나는 내 목숨이 다할 때까지 늑대이겠지만, 오늘 밤 여러분이 저에게 계속 인간이라고 하는 바람에 그 말이 꼭 진실처럼 느껴지네요. 그러니 저는 더 이상 여러분을 형제라고 부르지 않겠습니다. 대신에 인간들이 그러는 것처럼 개라고 부를 겁니다. 여러분이 무엇을 할지, 무엇을 하지 않을지는 여러분이 결정할 문제가 아닙니다. 그건 내가 결정합니다. 그리고 여러분이 이 사실을 똑똑히 이해할 수 있도록, 나, 인간이 여러분 개들을 두렵게 할 붉은 꽃 하나를 가져왔습니다.」

그는 불 단지를 바닥으로 던졌다. 벌건 숯 몇 개가 바싹 마른 이끼 덩어리에 닿자 화르르 불꽃이 올랐고 회의에 모인 동물들은 너울거리는 불꽃을 보고 겁에 질려 뒤로 물러섰다.

모글리가 죽은 나뭇가지를 불에 넣자 딱딱 소리를 내며 불이 붙었고, 모글리는 겁먹은 늑대들 사이에서 불붙은 나뭇가지를 머리 위로 빙빙 돌렸다.

「네가 주인이다.」 바기라가 낮은 목소리로 말했다. 「아켈라를 죽음에서 구해라. 그는 항상 네 친구였으니.」

평생 단 한 번도 자비를 구해 본 적 없는 우울한 늙은 늑대 아켈라는 벌거벗은 그 소년이 어깨 위로 검고 긴 머리카락을 찰랑이며, 타오르는 나뭇가지의 불빛으로 그림자들을 펄쩍 뛰고 벌벌 떨게 만드는 모습을 애처롭게 바라보았다.

「그렇지!」 모글리가 천천히 주변을 둘러보고 아랫입술을 비죽거리며 말했다. 「너희는 확실히 개로구나. 나는 너희들을 떠나 내 부족에게 갈 거야. 만약 그들이 정말 나의 부족이라면 말이야. 이제 정글은 나에게 문을 닫았으니, 나는 너희의 말과 너희와 보낸 시간을 잊어야겠지. 하지만 난 너희보다는 자비를 베풀 거야. 왜냐하면 피만 다를 뿐 너희들과는 형제였으니까. 약속할게, 인간들 틈에서 내가 인간이 된다고 해도 너희가 나를 배신했듯 인간을 위해 너희를 배신하지는 않겠다고.」 그가 발로 불을 차자 불꽃들이 날아올랐다. 「우리 중 누구와도, 그리고 무리와도 전쟁은 하지 않겠어. 하지만 내가 떠나기 전에 갚아야 할 빚이 있다.」 그는 시어 칸이 멍하니 불꽃을 보며 앉아 있는 곳으로 성큼성큼 걸어가서는 그 호랑이 턱밑의 털을 한 움큼 붙잡았다. 만약의 경우를 위해 바기라가 바싹 다가와 있었다. 「일어서라, 개야!」 모글리가 소리쳤다. 「인간이 말하면 일어서야지, 아니면 네 털을 불태워 버릴 테다!」

시어 칸은 귀를 머리에 납작 붙이고 있었고 불붙은 나뭇가지가 코앞까지 다가오자 눈을 질끈 감았다.

「이 소 사냥꾼은 아까 말하기를 내가 어렸을 때 나를 죽이지 않았으니 이제 나를 죽이겠다고 했다. 그렇게 따지고 보면, 우리 인간은 개를 때린다! 어디 수염이라도 움직여 보시지, 절름발이 룽그리. 그랬다가는 네 목구멍에 붉은 꽃을 쑤셔 넣어 주마!」 그는 나뭇가지로 시어 칸의 머리를 때렸고, 호랑이는 잔뜩 겁을 먹고 끙끙거리며 우는 소리를 했다.

「하! 불에 그슬린 정글 고양이야, 썩 물러나라! 하지만 명심하는 게 좋을 거야. 다음에 내가 인간으로서 이 회의 바위에 올 때는 머리에 시어 칸의 가죽을 쓰고 올 테니. 그리고 나머지는 들어라. 아켈라는 자유롭게 떠나 원하는 대로 살아갈 거야. 너희는 그를 죽여서는 안 된다. 아켈라를 죽이는 건 내 뜻이 아니니까. 그리고 너희는 더 이상 여기 앉을 자격도 없어. 뭐 대단한 척 혀를 늘어뜨리고 있지만 나한테 쫓겨나는 개에 지나지 않으니까. 어서 썩 가버려!」

불은 나뭇가지 끝에서 거세게 타오르고 있었고, 모글리는 원 주변의 오른쪽 왼쪽으로 가지를 후려쳤다. 불꽃에 털이 탄 늑대들은 울부짖으며 달아났다. 마침내 그곳에는 아켈라와 바기라, 그리고 모글리의 편에 섰던 열 마리 정도의 늑대만 남았다. 다음 순간 모글리의 속에서 무언가가 아파 오기 시작했다. 그는 지금까지 한 번도 아파 본 적이 없었기 때문에 숨을 멈추고 흐느꼈고 눈물이 뺨을 타고 흘러내렸다.

「이게 뭐지? 이게 뭐야?」 그가 말했다. 「난 정글을 떠나고 싶지 않아. 그리고 이게 뭔지 모르겠어. 바기라, 내가 죽어 가는 건가요?」

「아니, 작은 형제. 그건 인간들한테서 나오는 눈물일 뿐이야.」 바기라가 대답했다. 「이제 드디어 너는 인간이 된 거야. 더는 인간의 아이가 아니라. 이제 정글의 문이 너에게는 닫혀 버렸어. 모글리, 그냥 떨어지게 놔둬. 그건 눈물일 뿐이니까.」 그래서 모글리는 자리에 주저앉아 심장이 부서져라 울었다. 살면서 울어 본 적은 그때가 처음이었다.

「이제 난 인간들에게 갈 거예요. 하지만 엄마한테 작별 인사를 해야겠어요.」 모글리가 말했다. 그는 엄마 늑대와 아빠 늑대가 사는 동굴로 내려갔다. 그리고는 엄마 늑대의 털에 파묻혀 울었고, 네 마리 새끼들도 구슬프게 울부짖었다.

「나를 잊지 않을 거지?」 모글리가 물었다.

「네 흔적을 쫓을 수 있는 한은 절대 잊지 않을게.」 새끼 늑
대들이 다짐했다. 「네가 인간이 되어도 언덕 밑으로 찾아오
면 우리가 말을 걸어 줄게. 그리고 밤이면 경작지에 내려가
서 너랑 같이 놀게.」

「곧 와야 해!」 아빠 늑대가 말했다. 「우리 꼬마 개구리, 곧
다시 오렴. 네 엄마와 나는 이제 늙었으니까.」

「곧 돌아오렴, 내 아들. 잘 들어라, 인간의 아이야. 난 내
새끼보다 널 더 많이 사랑했단다.」

「꼭 다시 올게요.」 모글리가 말했다. 「그때는 회의 바위에
시어 칸의 가죽을 펼쳐 놓을 거예요. 저를 잊으시면 안 돼
요! 정글의 친구들에게도 저를 잊지 말라고 전해 주세요!」

날이 밝아 올 무렵 모글리는 인간이라 불리는 알 수 없는
동물을 만나기 위해 홀로 산비탈을 따라 경작지로 내려갔다.

시오니 무리의 사냥 노래

새벽이 밝아 올 때
물사슴이 울었지
한 번, 두 번, 또 한 번!
그러자 암사슴 한 마리가 뛰어올랐네—

암사슴 한 마리가 뛰어올랐네
야생 사슴들이 목을 축이는
숲속 연못에서.
홀로 정찰하던 내가 보았지,
한 번, 두 번, 또 한 번!

새벽이 밝아 올 때
물사슴이 울었지
한 번, 두 번, 또 한 번!
그러자 늑대 한 마리가 살며시 돌아가서 ─
늑대 한 마리가 살며시 돌아가서
기다리던 무리에게
그 말을 전했다네
우리는 그 발자국을 뒤졌고
찾아내어 으르렁대며 쫓아갔네
한 번, 두 번, 또 한 번!

새벽이 밝아 올 때
늑대 무리가 외쳤다네
한 번, 두 번, 또 한 번!
정글 속의 발은 발자국을
남기지 않는다네!
눈은 어둠 속을 볼 수 있다네
어둠 속을!

짖어라, 상대에게 짖어라! 들어라!
오 들어라!
한 번, 두 번, 또 한 번!

카의 사냥

얼룩의 무늬는 표범의 기쁨이며,
멋진 뿔은 들소의 자랑이다.
몸을 깨끗이 하라, 사냥꾼의 힘은
가죽의 광택이 말해 주기 때문이다.
수소가 널 날려 버릴 수 있다거나
눈썹 짙은 물사슴이 널 들이받을 것 같아도
일을 멈추고 우리에게 알려 줄 필요는 없다.
우리는 열 번의 계절 전에 그것을 알았으니.
낯선 이의 새끼들을 괴롭히지 말고,
형제자매처럼 그들을 맞아 주어라.
비록 그들이 작고 통통할지라도,
그 어미가 곰일 수도 있으니.
「나 같은 사냥꾼은 없어!」
처음 사냥한 새끼는
교만한 마음에 그렇게 말하지만
정글은 크고 새끼는 작으니

스스로 생각하고 조용해지게 놔두어라.
　　　　　　　　　　　　　　── 발루의 가르침

　여기서 소개하는 이야기는 모글리가 시오니 늑대 무리에서 쫓겨나기 얼마 전에 벌어진 일이다. 그 무렵 발루는 모글리에게 정글의 법칙을 가르쳐 주고 있었다. 몸집이 크고 진지한 그 늙은 갈색 곰은 이토록 영특한 제자가 생겨서 기뻤다. 어린 늑대들은 기껏해야 자기 무리나 부족에서 써먹을 정도까지만 정글의 법칙을 배우려 했고, 다음과 같은 사냥 노래를 외울 수 있게 되는 즉시 달아나 버렸기 때문이다.「소리 없는 발걸음, 어둠 속을 보는 눈, 굴속에서도 바람 소리를 듣는 귀, 하얗고 날카로운 이빨. 이 모든 것이 우리 형제들의 표식이지만, 혐오스러운 타바키와 하이에나는 예외라네.」그러나 인간의 새끼 모글리는 이보다 훨씬 많은 것을 배워야 했다. 흑표범 바기라는 자기의 귀염둥이가 잘 배우는지 보려고 어슬렁거리며 정글을 헤치고 가끔씩 찾아왔다. 모글리가 발루 앞에서 그날 배운 내용을 낭송하는 동안 바기라는 나무에 머리를 기대고 만족스레 가르랑거렸다. 소년은 나무를 잘 타는 만큼이나 헤엄도 잘 쳤고, 헤엄을 잘 치는 만큼이나 달리기도 빨랐다. 그래서 정글 법칙을 가르치는 교사 발루는 모글리에게 숲과 물의 법칙도 가르쳤다. 튼튼한 나뭇가지와 썩은 나뭇가지를 어떻게 구별하는지, 지상 4.5미터 높이에서 벌집을 발견했을 때 야생벌들에게 어떻게 정중하게 말을 걸어야 하는지, 한낮에 나뭇가지에서 자는 박쥐 맹을 방해했을 때에는 어떻게 말해야 하는지, 연못에 뛰어들기 전에 그 안에 사는 물뱀들에게는 어떻게 경고하는지 등등을. 정글 식구 중 어느 누구도 방해받는 것을 좋아하지 않으며, 누구든 곧바로 침입자에게 덤벼들 준비가 되어 있기 때문이다. 그런 다음 모글리는 〈외부자의 사냥 외침〉을 배웠다. 그 것은 정글 부족이 자기 영역을 벗어나 사냥할 경우 대답을 들을 때까지 반복해서 크게 외쳐야 하는 소리인데, 알기 쉽게 옮기면 이런 뜻이다. 〈나는 배가 고프니 여기서 사냥하도록 허락해 주시오.〉 그러면 이런 뜻의 답을 듣게 된다. 〈그렇다면 먹기 위해서만 사냥하시오. 재미 삼아 사냥하면 안 됩니다.〉

이 모든 것을 보면 모글리가 익혀야 할 것이 얼마나 많은지 짐작할 만하다. 사실 모글리는 똑같은 내용을 수없이 반복하다 보니 몹시도 지겨워졌다. 어느 날 모글리가 찰싹 맞은 후 화를 내며 달아나 버리자, 발루는 바기라에게 한탄하듯 말했다. 「인간의 아이는 인간의 아이라니까. 그러니 모글리는 정글의 법칙을 모두 배워야 해.」

「하지만 모글리는 아직 어려.」 흑표범이 말했다. 사실 바기라가 자기 방식대로 했다면 모글리의 버릇을 망쳐 놓았을 것이다. 「그 작은 머리에 네가 하는 그 장황한 말을 다 담을 수나 있겠어?」

「정글에 너무 작아서 죽이면 안 되는 게 따로 있나? 천만에. 그래서 내가 이런 것들을 가르치는 거야. 모글리기 잊어

버리면 내가 때리는 것도 바로 그 때문이고, 아주 살살 때리지만.」

「살살이라니! 자네가 생각하는 살살이 뭔데, 이 무쇠 발늙은 곰 선생아?」 바기라가 툴툴거렸다. 「자네의 그 살살 때문에 오늘 모글리 얼굴이 온통 멍투성이잖아. 어휴!」

「뭘 몰라서 사고를 당하느니 머리부터 발끝까지 내 사랑의 매로 멍드는 게 나아.」 발루가 무척 진지하게 대답했다. 「지금은 모글리한테 정글의 만능 언어를 가르치고 있어. 그 언어를 익히면 새 부족과 뱀 부족, 그리고 모글리의 늑대 무리를 제외하고 네발로 사냥하는 모든 동물들이 보호해 줄 거야. 모글리가 그 언어들만 제대로 익히면, 정글의 모든 동물에게 보호를 요청할 수 있어. 그렇게 중요한 걸 배우는데 조금은 때려도 되잖아?」

「뭐, 그렇다면 그 아이를 죽이지 않게 조심해. 모글리는 네 무딘 발톱을 갈아댈 나무 기둥이 아니니까. 그런데 그 만능 언어가 어떤 거야? 나야 도움을 청하는 것보다 도움을 줄 가능성이 높지만.」 바기라가 한 발을 길게 뻗고는 파랗게 빛나는 날카로운 끝 같은 자기 발톱에 감탄했다. 「그래도 궁금하기는 하네.」

「모글리를 부르면 그 아이가 말해 줄 거야. 물론 그 아이가 하겠다고 해야겠지만. 이리 오렴, 작은 형제!」

「머리가 꿀벌 나무처럼 윙윙거린다고요.」 두 동물의 머리 위에서 부루퉁한 목소리가 들리더니, 모글리가 나무 기둥을 타고 미끄러져 내려왔다. 그는 땅에 내려오자 매우 화가 나서 씩씩거리며 이렇게 덧붙였다. 「바기라 때문에 온 거지, 늙은 뚱보 발루 때문에 온 게 아니에요!」

「어쨌든 나한테는 마찬가지다.」 발루는 가슴이 아프고 슬펐지만 그렇게 말했다. 「오늘 내가 가르쳐 준 정글의 만능 언어를 바기라에게 들려 주렴.」

「어느 부족의 언어요?」 자랑할 기회가 생기자 모글리가 신나서 말했다. 「정글엔 아주 많은 언어가 있잖아요. 난 모든 언어를 다 알아요.」

「조금은 알지, 하지만 많이 아는 건 아니야. 보라고, 바기라! 제자들이란 아무리 가르쳐도 스승에게 고마워할 줄을 몰라! 지금까지 이 늙은 발루를 찾아와 가르쳐 줘서 고맙다고 인사하는 늑대는 한 마리도 없었다니까. 그래, 사냥 부족의 언어를 말해 보시오, 대학자님!」

「너와 나, 우리는 한 핏줄이야.」 모글리는 정글의 모든 사냥 부족이 사용하는 곰의 억양을 넣어 말했다.

「잘했다! 그럼 새 부족의 언어로 말해 봐라.」

모글리는 새 부족의 언어로 문장 끝에 솔개의 휘파람 소리를 넣어 그 말을 반복했다.

「이번엔 뱀 부족 언어로 해봐.」 바기라가 말했다.

그 대답은 도저히 말로 설명할 수 없는 쉭쉭 소리였다. 모글리는 두 발을 깡충거리고 손뼉을 마주치며 스스로를 칭찬한 다음 바기라의 등으로 뛰어올랐다. 그는 바기라의 등 위에 옆으로 기대어 앉아 윤기 나는 털가죽에 대고 뒤꿈치를 두드리며 자신이 떠올릴 수 있는 가장 찌푸린 표정을 발루에게 지어 보였다.

「그래, 그래! 약간 멍이 들긴 했지만 가치가 있었어.」 갈색
곰이 다정히 말했다. 「언젠가 네가 날 기억해 줄 때가 오겠
지.」 이윽고 그는 바기라를 바라보며 모르는 게 없는 야생
코끼리 하티에게 만능 언어를 들려 달라고 얼마나 통사정을
했는지 하소연했다. 그리고 발루 자신은 뱀의 언어를 발음
할 수 없었기 때문에 하티에게 부탁해 모글리를 연못에 데려
가 어느 물뱀에게서 뱀의 말을 듣게 해준 일을 설명했고, 덕
분에 이제 모글리는 정글에서 벌어지는 온갖 사건으로부터
상당히 안전해졌다고 말했다. 뱀이든 새든 맹수든 모글리를
해치지 않을 것이기 때문이다.

「그렇게 되면 아무도 두려워할 필요가 없지.」 발루는 커다
란 털북숭이 배를 자랑스레 두드리며 말을 맺었다.

「모글리의 부족을 빼고 말이야.」 바기라가 낮게 중얼거렸
다. 그러더니 모글리를 향해 말했다. 「내 갈비뼈 조심해, 작
은 형제! 그렇게 들썩이며 춤추면 어떡해?」

모글리는 바기라의 어깨 털을 잡아당기고 세게 발길질하
면서 자기 말을 들어 달라고 떼쓰고 있었다. 두 동물이 그에
게 관심을 돌렸을 때 모글리는 목청 높여 소리치고 있었다.
「그렇다면 나도 나만의 부족을 만들 거예요. 그들을 이끌고
온종일 나뭇가지 사이를 다닐 거예요.」

「꿈꾸는 꼬마 몽상가님, 또 무슨 바보짓을 생각하는 거
야?」 바기라가 물었다.

「그래, 그리고 늙은 발루한테 나뭇가지랑 흙을 던질 거예

요.」 모글리가 계속 소리쳤다. 「그들이 그러겠다고 약속했다고요, 아야!」

「어휴!」 발루가 커다란 발로 바기라의 등에서 모글리를 잡아챘다. 곰의 커다란 앞발 사이에 누운 모글리는 그 곰이 화났다는 걸 알 수 있었다.

「모글리, 너 반다르 로그 원숭이 부족과 이야기하고 있었구나.」 발루가 말했다.

모글리는 흑표범 역시 화가 났는지 보려고 바기라를 쳐다보았다. 바기라의 눈은 옥돌처럼 단단히 굳어 있었다.

「넌 원숭이 부족이랑 같이 있었어. 법도 없고 닥치는 대로 먹어 치우는 회색 원숭이 부족이랑. 그건 정말 부끄러운 일이야.」

「발루한테 머리를 맞고 달아났는데, 회색 원숭이들이 나무에서 내려와서 나를 불쌍히 여겨 줬어요. 다른 누구도 날 돌봐 주지 않았는데.」 모글리는 여전히 누운 채 말했다. 그는 살짝 훌쩍였다.

「원숭이 부족이 불쌍히 여겼다고!」 발루가 코웃음을 쳤다.

「산속 개울이 멈춰 보라지! 여름 태양이 식어 보라지! 어림도 없어! 그다음엔 어떻게 됐니, 인간의 아이야?」

「그다음엔, 그다음엔 그들이 개암 열매와 맛난 먹을 것들을 줬어요. 그리고 나를 품에 안고 나무 꼭대기에 데려가서는 내가 꼬리가 없을 뿐이지 그들과 피를 나눈 형제라고 했고, 언젠가 그들의 지도자가 될 거라고 했어요.」

「회색 원숭이들에게 지도자는 없어.」 바기라가 말을 길렀다. 「거짓말이야. 그들은 항상 거짓말만 해.」

「아주 친절하던데요. 그러고는 다시 오라며 작별인사를 했고요. 왜 그동안 나를 원숭이 부족에게 데려가지 않은 거예요? 그들은 나처럼 두 발로 서요. 억센 발로 나를 때리지도 않고요. 하루 종일 놀아요. 나 좀 일으켜 줘요! 심술쟁이 발루, 어서 일으켜 달라고요! 다시 가서 원숭이들이랑 놀 거예요.」

「잘 들어, 인간의 아이야.」 곰이 무더운 밤의 천둥처럼 우르릉거리며 말했다. 「난 너에게 모든 정글 부족들의 법칙을 전부 가르쳤다. 나무에 사는 원숭이 부족의 법칙을 빼고 말이야. 그들에겐 법이라고는 없으니까. 그들은 추방자야. 그들은 자기 언어가 없어. 저 위 나뭇가지에서 귀 기울이고 엿보고 기다리면서 엿들은 훔친 언어를 쓰지. 그들의 방식은 우리 방식과 달라. 그들은 지도자가 없는 부족이야. 기억력도 아예 없어. 거들먹거리고 수다를 떨며 정글에서 위대한 일을 할 위대한 부족인 척 하다가도 개암 열매 하나만 떨어지면 깔깔 웃고는 모든 것을 잊어 버리지. 정글 부족인 우리는 그들과 결코 상종하지 않아. 우리는 원숭이가 물을 마시는 곳에서는 물도 마시지 않지. 원숭이가 가는 곳에는 가지 않고, 원숭이가 사냥하는 곳에선 사냥하지 않고, 원숭이가 죽는 곳에선 죽지 않지. 이날 이때까지 내가 반다르 로그 얘기 하는 걸 들은 적 있어?」

「아뇨.」 모글리가 소곤거리듯이 대답했다. 발루가 말을 마친 지금 숲속이 무척 조용해졌기 때문이다.

「정글 부족은 그들에 관해선 입에 올리지 않고 생각도 하지 않아. 그들은 수가 매우 많고, 간악하고 더럽고, 염치도 없어. 설사 그들에게 어떤 바람이 있다고 한들 정글 부족의 눈길을 끄는 것뿐이지. 하지만 녀석들이 우리 머리에 개암 열매와 오물을 던진다 해도 우리는 눈길도 주지 않는다고.」

발루가 말을 마치기가 무섭게 나뭇가지 사이로 딱딱한 열매들과 잔가지들이 쏟아져 내렸다. 이윽고 공중 높이 가느다란 나뭇가지 사이에서 기침하고 고함을 지르고 펄쩍펄쩍 뛰는 소리가 들려왔다.

「원숭이 부족은 금지된 부족이야.」 발루가 말했다. 「정글 부족에게는 금지되어 있지. 명심하거라.」

「금지되어 있어.」 바기라가 맞장구를 쳤다. 「하지만 난 여전히 발루가 미리 모글리한테 그들에 대해 경고했어야 했다고 생각해.」

「내, 내가? 모글리가 그런 더러운 것들하고 놀 줄 짐작이나 했겠어? 원숭이 부족과? 나, 참!」 머리 위에서 다시 딱딱한 열매와 쓰레기가 소나기처럼 쏟아졌다. 흑표범과 갈색 곰은 모글리를 데리고 얼른 자리를 떴다. 발루가 원숭이에 관해 한 말은 거짓 하나 없는 진실이었다. 원숭이는 나무 꼭대기에서 지내고 맹수들은 그 위를 쳐다볼 일이 거의 없기 때문에, 원숭이들과 정글 부족이 서로 마주칠 일은 전혀 없었다. 그러나 원숭이들은 병든 늑대나 상처 입은 호랑이, 곰을 발견할 때마다 상대를 괴롭히기 일쑤였고, 재미 삼아 또는

49

눈길을 끌기 위해 아무에게나 막대기와 딱딱한 열매를 던지곤 했다. 그러고 나면 의미 없는 노래를 부르고 꽥꽥거리고, 나무 위로 올라와서 싸우자고 정글 부족을 약 올리거나 아무것도 아닌 걸 가지고 저희들끼리 죽일 듯이 싸우기 시작하고는 죽은 원숭이들을 정글 부족이 볼 수 있는 곳에 내팽개쳤다.

그들은 늘 그들만의 지도자와 법과 관습을 만들고자 하면서도, 한 번도 만든 적은 없었다. 그들의 기억은 다음 날까지 지속되지 않았으므로, 항상 이런 말로써 문제를 정리해 버렸기 때문이다. 「반다르 로그가 지금 생각하는 것들을 정글 부족은 나중에야 생각할 거야.」 그리고 그 말로 큰 위안을 삼았다. 어떤 맹수도 그들에게 접근할 수 없었지만, 한편으로는 어떤 맹수도 그들을 관심 있게 보려고 하지 않았다. 그래서 모글리가 와서 그들과 놀아 주었을 때, 그리고 발루가 크게 화내는 소리를 들었을 때 그들이 그토록 좋아했던 것이다.

반다르 로그는 절대로 무언가를 계획하는 법이 없으므로, 그들은 무언가를 더 할 생각은 아니었다. 그러나 그들 중 하나가 제 딴에는 근사한 생각을 해내고 나머지 원숭이들에게 모글리를 데리고 있으면 쓸모가 있을 거라고 말했다. 모글리는 나뭇가지를 엮어서 바람막이를 만들 수 있으니, 모글리를 잡아와서 그 방법을 가르쳐 달라고 하자는 거였다. 모글리는 나무꾼의 아이였으므로, 온갖 본능을 물려받아 어떻게 하는지 생각하지 않고도 떨어진 나뭇가지들을 가지고 조그만 놀이 오두막을 만들어 내곤 했다. 나무 위에서 지켜보던 원숭이 부족에게는 이 오두막이 너무도 근사해 보였다. 그들은 이번에야말로 지도자를 가지게 될 것이고 정글에서 가장 현명한 부족이 될 거라고 떠들었다. 다른 모든 동물이 주목하고 부러워할 만큼 현명한 부족이. 그래서 그들은 아주 조용하게, 발루와 바기라와 모글리를 따라 정글 속을 나아갔다. 낮잠 시간이 되었고, 자기가 한 행동이 몹시도 부끄러웠던 모글리는 원숭이 부족과는 더 이상 상대하지 않겠다고 다짐하면서 흑표범과 갈색 곰 사이에서 잠이 들었다.

　그다음 모글리가 기억하는 것은 그의 팔다리를 붙잡은 단단하고 억센 작은 손들의 느낌, 이윽고 얼굴을 때리는 잔가지들의 느낌이었다. 출렁이는 나뭇가지 사이로 아래를 내려다보니 발루가 우렁찬 외침으로 정글을 깨우고 있었고 바기라는 이빨을 모두 드러낸 채 나무 위로 껑충 뛰어오르고 있었다. 반다르 로그족은 의기양양하게 고함을 지르고는 바기라가 도저히 따라가지 못할 높은 나뭇가지로 재빨리 올라가며 외쳤다. 「그가 우리를 봤어! 바기라가 우리를 봤어! 정글의 모든 부족이 우리의 재주와 기막힌 술책에 감탄하고 있다고!」 곧이어 그들은 날기 시작했다. 나무 사이를 누비는 원숭이 부족의 비행은 누구도 묘사하지 못할 그런 풍경 중 하나다. 그들 세계에는 그들만의 정식 도로와 교차로, 오르막과 내리막이 있는데, 지상 15~20미터 사이에 있으며, 높은 건 30미터에 있다. 필요하면 그들은 반중에도 이런 길을 통해 돌아다니곤 한다.

가장 힘센 원숭이 두 마리가 모글리의 겨드랑이를 붙잡고 한번에 6미터 거리를 훌쩍 뛰어넘으면서 나무 꼭대기 위를 그네 타듯 날아갔다. 그들끼리만 있었다면 그보다 두 배는 더 빨리 갈 수 있었겠지만 소년의 무게 때문에 속도를 내지 못했다. 모글리는 어지럽고 속이 울렁거렸지만 그 거친 질주가 신나는 건 어쩔 수 없었다. 그래도 언뜻언뜻 저 아래 땅이 까마득히 보이자 겁이 났고, 나무를 건너뛰는 동작의 마지막에 멈추듯 내동댕이쳐지는 끔찍한 순간에는 심장이 이 사이로 빠져나갈 것 같았다.

원숭이들은 나뭇가지의 약한 끝부분이 딱 소리를 내고 휘어질 때까지 나무의 위쪽으로 모글리를 데려갔다. 그러다 기침 소리와 환호성을 내며 허공을 날아올랐다가 밑으로 떨어지며 손이나 발로 그다음 나무의 아래쪽 가지를 잡고 매달렸다. 돛대 꼭대기에 올라간 사람의 눈에 드넓게 펼쳐진 바다가 보이듯, 때로 모글리는 드넓게 펼쳐진 녹색의 고요한 정글을 볼 수 있었다. 그러다가도 다음 순간 나뭇가지와 나뭇잎들이 그의 얼굴을 사정없이 때리고 나면 모글리와 그를 붙잡은 두 원숭이는 어느새 다시 땅 가까이 와 있곤 했다.

그렇게 껑충 뛰어오르고 떨어지고 함성과 괴성을 지르면서, 모든 반다르 로그족들은 포로가 된 모글리를 데리고 나무 사이의 길을 내달렸다.

한동안 모글리는 땅에 떨어질까 겁이 났다. 그러다가 점점 화가 치밀어 올랐지만 싸우는 건 좋지 않다는 걸 알고 있었다. 이윽고 그는 침착하게 생각하기 시작했다. 우선 할 일은 발루와 바기라에게 전갈을 보내는 것이었는데, 원숭이들이 달리는 속도를 보아하니 두 친구는 한참 뒤떨어져 있을 터였다.

아래를 내려다봐도 나뭇가지 꼭대기만 보일 뿐이었다. 그래서 위쪽을 쳐다보았더니 멀리 파란 하늘에 솔개 란이 보였다. 그는 균형을 잡고 맴돌며 정글을 지켜보면서 죽음을 맞을 동물을 기다리고 있었다. 란은 원숭이들이 무언가를 옮기고 있다는 것을 눈치채고는 그들이 나르고 있는 짐이 먹을 만한 것인지 알아보려고 수백 미터를 곤두박질치듯 내려왔다. 란은 나무 꼭대기로 끌려가는 모글리를 보고 놀라서 휘파람을 불었다. 이윽고 모글리가 솔개의 말을 하는 소리가 들렸다. 「너와 나, 우리는 한 핏줄이다.」 출렁거리는 나뭇가지의 물결이 소년의 모습을 가리고 있었지만, 란은 그 작은 갈색 얼굴이 다시 나타나는 걸 보려고 옆 나무로 방향을 틀었다. 「내가 가는 길을 잘 봐줘!」 모글리가 외쳤다. 「시오니 무리의 발루한테, 회의 바위의 바기라한테 전해 줘.」

「누구 이름으로 전하지, 형제?」 란은 한 번도 모글리를 본 적이 없었지만, 그에 관해선 물론 들어 알고 있었다.

「모글리, 개구리 모글리의 이름으로. 그들은 날 인간의 새끼라 불러! 내가 가는 길을 잘 봐줘 ─ 어!」

모글리는 허공에서 그네 타듯 흔들리고 있었기 때문에 마지막 말은 비명처럼 나왔지만, 란은 고개를 끄덕이고는 한 점 먼지처럼 작아질 때까지 높이 날아올랐다. 그리고 공중에 머물러서는 망원경 같은 눈으로, 모글리의 호송원들이 질주 하느라 흔들리는 나뭇가지들을 지켜보았다.

「그들은 절대 멀리 가지 않아.」 란은 껄껄 웃으며 말했다. 「시작한 일을 끝내는 법이 절대 없지. 반다르 로그족은 항상 새로운 걸 깨작거릴 뿐이야. 감히 예측건대 이번에는 화를 자초했군. 발루는 결코 풋내기가 아니고, 바기라는 염소보 다 더 큰 것도 죽일 수 있거든.」

이윽고 그는 날개를 흔들고 두 발을 밑으로 모으고 기다 렸다.

한편 발루와 바기라는 분노와 슬픔으로 날뛰고 있었다. 바기라는 한 번도 올라 본 적 없는 높이까지 올라가 보았지 만 나뭇가지들이 무게를 못 이기고 부러지는 바람에 미끄러 졌다. 그의 발톱에는 나무껍질이 잔뜩 끼었다.

「왜 모글리한테 경고하지 않은 거야!」 바기라는 불쌍한 발루를 향해 으르렁거렸다. 발루는 원숭이보다 빨리 달려 그들을 따라잡겠다는 희망으로 뒤뚱뒤뚱 뛰고 있었다. 「경 고도 하지 않으면서 그 주먹으로 반쯤 죽인다고 한들 무슨 소용이야?」

「서둘러! 어서 서둘러! 잘하면, 따라잡을지 몰라!」 발루 가 헐떡였다.

「그 속도로 잘도 그러겠다! 상처 입은 암소도 그 정도는 얼마든지 뛰어. 아이를 때리는 정글 법칙 선생, 그렇게 이리저리 구르다간 1.6킬로미터도 못 가서 터져 버릴걸. 가만히 앉아서 생각하라고! 계획을 세워야지. 지금은 뒤쫓을 때가 아니야. 우리가 너무 가까이 쫓아가면 녀석들이 모글리를 떨어뜨릴지도 몰라.」

「아이고! 으흑! 녀석들이 모글리를 끌고 가다 지쳐서 벌써 떨어뜨렸을지 몰라. 반다르 로그족을 누가 믿겠어? 내 머리에 죽은 박쥐를 떨어뜨려 줘! 바싹 마른 뼈나 먹으라고 던져 줘! 야생벌에 물려 죽게 벌집 안으로 날 밀어넣어 줘, 하이에나와 함께 나를 묻어 줘. 난 세상에서 가장 비참한 곰이니까! 아이고! 으흑! 오, 모글리, 모글리! 원숭이 부족에 대해 경고해 줄걸 왜 네 머리를 때렸을까? 아마도 나한테 맞아서 지금쯤 모글리는 오늘 배운 걸 다 까먹고 만능 언어도 잊어버린 채 정글에 혼자 있을 거야!」

발루는 두 발로 귀를 꼭 막고는 앞뒤로 구르면서 신음했다.

「적어도 조금 전에는 모든 언어를 정확하게 말했어.」 바기라가 짜증을 내며 말했다. 「발루, 자네는 기억력도 존중심도 없군. 만약 이 흑표범님이 호저 이키처럼 몸을 말고 울부짖는다면 정글의 식구들이 어떻게 생각할 것 같아?」

「정글의 식구들이 뭐라고 생각하든 무슨 상관이야? 지금쯤 모글리는 죽었을지도 몰라.」

「녀석들이 재미 삼아 모글리를 나무 위에서 떨어뜨리거나 게을러서 모글리를 죽게 만들지 않는 이상, 그리고 그런 일이 벌어지기 전에는 난 그 아이에 대해선 걱정하지 않아. 모글리는 지혜롭고 공부도 많이 했이. 그리고 무엇보다 정글 부족을 겁먹게 만드는 두 눈이 있잖아. 하지만, 정말 불길한 일이긴 하지만, 모글리는 지금 반다르 로그족의 수중에 있고 녀석들은 나무 위에 산다고. 정글의 누구도 두려워하지 않는단 말이야.」 바기라는 생각에 잠긴 채 앞발을 핥았다.

「내가 정말 바보로군! 뿌리나 캐 먹는 갈색 뚱보 바보!」 발루는 갑자기 어깨를 폈다. 「야생 코끼리 하티 말이 맞아. 〈저마다 두려워하는 게 있다.〉 그래, 반다르 로그는 비단구렁이 카를 두려워하잖아. 카는 녀석들처럼 나무를 오를 수 있으니까. 밤에는 어린 원숭이들을 훔치기도 해. 그 이름만 속삭여도 녀석들의 간악한 꼬리가 얼어붙어 버리지. 카한테 가보자.」

「카가 우리를 위해 뭘 해주겠어? 카는 발이 없으니 우리 부족도 아니잖아. 게다가 그 눈빛은 얼마나 사악한데.」 바기라가 반대했다.

「카는 나이가 아주 많고 아주 교활해. 무엇보다 늘 배고파하잖아.」 발루가 희망적으로 말했다. 「염소를 많이 주겠다고 약속하자.」

「카는 일단 한 번 먹고 나면 꼬박 한 달 동안 잠을 자. 지금쯤 자고 있을지도 모르지. 그리고 설사 깨어 있다고 해도, 자기 먹을 염소는 직접 잡겠다고 한다면?」

「만약 그렇더라도 자네와 내가 이유를 납득시키면 될 거야.」 여기서 발루는 색 바랜 갈색 어깨를 표범의 몸에 대고 비볐고, 곧이어 둘은 비단구렁이 카를 찾아 나섰다.

카는 오후의 햇살을 받으며 따뜻한 바위 선반에 몸을 뻗고서 아름다운 새 옷에 감탄하고 있었다. 지난 열흘 동안 꼼짝하지 않고 새 가죽으로 바꿔 입었던 것이다. 이제 그는 무척 화려한 모습이었다. 크고 뭉툭한 코가 붙은 머리를 땅 위로 휙휙 내밀었고, 9미터나 되는 몸을 비틀어 환상적인 매듭과 곡선을 그리면서 다가올 저녁 식사를 생각하며 입술을 핥고 있었다.

「식사는 아직 안 했군.」 알록달록 갈색과 노란색의 아름다운 외투를 보자마자 마음이 놓이는지 발루가 툴툴거리며 말했다. 「조심해, 바기라! 카는 가죽을 갈아입은 후엔 항상 눈이 잘 안 보이고 순식간에 공격하니까.」

카는 독사가 아니었다. 사실 그는 독사들을 겁쟁이로 보고 업신여겼다. 카의 힘은 바로 조르는 데 있었다. 일단 그 커다란 몸으로 누구의 몸이든 한 번 감으면 끝이었다. 「안녕, 좋은 사냥 하시기를.」 발루가 털썩 주저앉으며 소리쳤다. 그 종족의 뱀들이 다 그렇듯이 카는 귀가 약간 어두워서 처음에는 그 소리를 듣지 못했다. 곧이어 그는 있을지 모를 일에 대비해 몸을 웅크린 채 머리를 내렸다.

「모두 좋은 사냥 하시기를.」 카가 대답했다. 「아니, 발루. 여기는 웬일이오? 안녕하시오, 바기라. 적어도 우리 중 하나는 먹이가 필요하죠. 어디 사냥이 벌어진다는 소식이라도 있나요? 암사슴이나 새끼 수사슴이라도? 배 속이 마른 우물처럼 텅 비었어요.」

「우리는 사냥 중이에요.」 발루가 대연하게 말했다. 카를 재촉해서는 안 된다는 걸 잘 알고 있었다. 카는 너무 컸다.

「나도 같이 가도 될까요?」카가 물었다. 「여러분에게야 공격 한 번은 아무것도 아닐 테지요. 하지만 나, 나는 고작 원숭이 한 마리 잡을 기회를 위해 숲속 오솔길에서 몇 날 며칠을 기다리고 밤중에 한참 나무를 기어올라야 하죠! 쳇, 그것도 아니지! 요즘 나뭇가지들은 내가 젊을 때 나뭇가지와 달라요. 전부 다 썩은 잔가지 아니면 바싹 마른 큰 가지뿐이어서.」

「아마 그 문제는 당신의 엄청난 무게와 관련이 있겠지요.」발루가 말했다.

「내 몸이 아주 길어서요, 상당히 길지요.」카는 약간 자랑하듯 말했다. 「하지만 아무리 그래도 그건 새로 자란 나무가 부실한 탓이에요. 지난번 사냥에선 성공할 뻔했는데, 거의 성공했는데, 내 꼬리가 나무에 꽉 감기지 않아 미끄러지는 바람에 반다르 로그족이 잠을 깨버렸어요. 그들이 내게 얼마나 욕을 퍼부었던지.」

「〈발 없는 누런 지렁이〉라고 했겠지.」바기라는 마치 무언가를 기억해 내려 애쓰는 척 중얼거렸다.

「스스스! 녀석들이 나를 그렇게 불렀다고요?」카가 되물었다.

「지난번 달이 떴을 때 그들이 우리한테 그 비슷한 말을 외쳤던 것 같네요. 우린 녀석들한테 눈길도 주지 않았지만. 녀석들은 아무 말이나 지껄이잖아요. 심지어 당신더러 이빨이 다 빠져 버렸다느니, 숫염소의 뿔이 무서워서 새끼 염소보다 큰 것에 맞설 배짱이 없다느니 그런 말까지 하지요. 정말이지 반다르 로그족은 뻔뻔스러우니까.」 바기라는 술술 말을 이어갔다.

뱀이라는 동물은, 특히 카처럼 조심성 있고 나이 많은 비단뱀이라면 좀처럼 화를 드러내지 않는다. 그러나 발루와 바기라는 카가 먹이를 삼킬 때 쓰는 목덜미 양쪽의 커다란 근육이 물결치고 실룩거리는 것을 볼 수 있었다.

「반다르 로그 녀석들이 구역을 옮겼더군요.」 카가 조용히 말했다. 「아까 햇볕을 쬐러 나왔더니 나무 꼭대기에서 녀석들의 함성 소리가 들리더라고요.」

「그래요, 지금 우리가 쫓고 있는 것이 바로 반다르 로그족이에요.」 발루가 말했다. 그러나 그 말이 목구멍에 걸렸다. 그가 알기로 정글 부족이 그 원숭이들이 하는 짓에 관심을 보인 것은 이번이 처음이었기 때문이다.

「그렇다면 틀림없이 보통 일은 아니군요. 제 구역의 지도자 격인 두 사냥꾼이 반다르 로그의 자취를 쫓아 나섰으니.」 카는 부풀어 오르는 호기심에도 예의 바르게 대답했다.

「사실 나는 시오니 무리 어린 늑대들에게 정글의 법칙을 가르치는 늙고, 가끔은 아주 어리석은 교사에 지나지 않아요. 그리고 여기 바기라는……」

「그냥 바기라죠.」 흑표범이 말을 가로채고 딱 소리를 내며 입을 닫았다. 그는 겸손 같은 건 믿지 않는 표범이었다. 「문제는 이겁니다, 카. 그 개암 열매 도둑이자 야자 잎 소매치기 녀석들이 우리의 인간의 새끼를 훔쳐갔어요. 그 이이에 관해선 당신도 들어서 알고 있겠죠.」

「늑대 무리가 받아들인 인간 동물 이야기를 이키한테서 듣기는 했지만 믿지 않았어요. 이키는 가시가 있어 매우 건방진 데다 반쯤 주워들은 엉성한 이야기들밖에 모르니까.」

「하지만 그 이야기는 진짜예요. 그리고 지금까지 없던 대단한 인간의 새끼죠.」발루가 말했다. 「인간의 새끼 중 가장 착하고 가장 현명하고 가장 용감해요. 내 제자이기도 하고. 이 발루의 이름을 정글 전체에서 드높여 줄 거예요. 게다가 나는, 우리는, 그 아이를 사랑한답니다, 카.」

「츠, 츠!」카는 고개를 이리저리 흔들며 혀를 찼다. 「사랑이 무엇인지는 나도 알지요. 사랑이라면 나도 할 얘기가 많아요…….」

「당신의 얘기는 우리 모두가 배불리 실컷 먹고 난 맑은 날 밤에 들어야 제대로 감상할 수 있을 것 같군요.」바기라가 재빨리 말을 막았다. 「그 아이가 지금 반다르 로그에게 잡혀 있어요. 그리고 그들이 정글 부족 중 유일하게 카를 두려워한다고 알고 있습니다만.」

「그들은 나만을 두려워하지요. 충분히 그럴 이유가 있으니까.」카가 고개를 끄덕였다. 「수다스럽고 어리석고 으스대고, 으스대고 어리석고 수다스러운 게 그 원숭이들이에요. 그런데 인간 동물이 녀석들에게 잡혀 있다니 참 운이 없군요. 녀석들은 열매를 따다가 심심해지면 그 열매들을 밑으로 던지죠. 나뭇가지 하나로 뭔가 대단한 일을 해본답시고 반나절 걸려서 옮기고는 그걸 두 동강 내버리는 녀석들이고요.

60

그 인간 동물이 딱하게 됐군요. 녀석들이 나를 뭐라고 불렀더라, 〈노란 물고기〉? 그거였나요?」

「노란 벌레, 지렁이라고 했어요.」바기라가 말했다. 「차마 내가 입에 담을 수 없는 그런 것도 있었죠.」

「주인님에 관해 좋게 말하는 법을 일깨워 줘야겠군요. 아아, 스스스! 녀석들의 집 나간 기억력을 되찾아 줄 필요가 있겠어요. 그런데 녀석들은 댁네 아이를 어디로 데려간 거죠?」

「그건 정글만이 알겠지요. 아마도 해가 지는 쪽일 겁니다. 우린 당신이라면 알 거라고 생각했는데, 카.」발루가 말했다.

「내가? 어떻게? 난 녀석들이 내 앞에서 걸리적거리면 잡기는 하지만 반다르 로그를 사냥하지는 않아요. 개구리도 사냥하지 않고. 굳이 덧붙이자면 웅덩이의 녹색 찌꺼기도 먹지 않죠.」

「위, 위를 보세요! 위, 위쪽을! 휘요! 히요! 히요! 위를 보세요, 시오니 늑대 무리의 발루!」

발루는 그 목소리가 어디서 나왔는지 보려고 고개를 들었다. 활짝 편 날개 가장자리를 햇빛에 빛내면서 솔개 란이 아래로 내려오고 있었다. 잠잘 시간이 다 되었지만, 그동안 란은 그 곰을 찾아 온 정글을 뒤졌고, 빽빽한 나뭇잎들 때문에 그를 보지 못하다 이제 발견한 것이었다.

「무슨 일이죠?」발루가 물었다.

「반다르 로그들 틈에 있는 모글리를 봤어요. 모글리가 선

해 달라고 부탁했어요. 내가 지켜봤어요. 반다르 로그는 모글리를 강 너머에 있는 원숭이 도시, 차가운 소굴로 데려갔어요. 아마도 그들은 하룻밤, 아니면 열흘 밤, 어쩌면 한 시간은 거기 머물 거예요. 밤새 계속 지켜보라고 박쥐들한테 얘기해 놓았어요. 이상입니다. 거기 아래쪽 친구들, 모두 좋은 사냥 하시기를!」

「배부르게 먹고 잘 자요, 란!」 바기라가 외쳤다. 「다음 사냥 때 꼭 잊지 않고 당신 먹으라고 머리 남겨 둘게요. 최고의 솔개!」

「뭐, 이런 걸 가지고. 이건 아무것도 아니에요. 그 아이가 만능 언어로 말했어요. 그러니 이 정도는 해줘야지요.」 그러더니 란은 다시 원을 그리며 날아올라 둥지를 떠났다.

「모글리는 말하는 법을 잊지 않은 거야.」 발루가 뿌듯한 마음에 껄껄거리며 말했다. 「그렇게 어린 녀석이 나무 사이로 끌려가면서도 새들의 만능 언어를 기억해 냈다니!」

「그렇게 억지로 집어넣었으니까.」 바기라가 말했다. 「어쨌든 녀석이 자랑스럽군. 그럼 차가운 소굴로 가야겠어.」

그들 모두 그곳이 어디인지 알고 있었다. 그러나 거기까지 직접 가본 정글 부족은 거의 없었다. 그들이 차가운 소굴이라고 부르는 그곳은 정글에 파묻힌 채 버려진 고대 도시였는데, 동물들은 웬만하면 한때 인간이 살았던 장소를 이용하지 않기 때문이다. 멧돼지라면 모를까, 사냥하는 부족들은 그러지 않는다. 게다가 아무 데서나 산다고들 하는 원숭이가 그곳에 살았으니, 자존심이 있는 동물이라면 가뭄이 심한 시기에 반쯤 허물어진 그곳의 저수조나 저수지에 약간 고여 있는 물을 찾으러 갈 때가 아니라면 그 근처에는 얼씬도 하지 않았다.

「전속력으로 간다고 해도 밤이 절반은 지나겠어.」 바기라가 말했다. 발루는 무척 심각한 표정이었다. 「최대한 빨리 가야지.」 그가 초조하게 말했다.

「널 기다릴 시간 없어. 카와 내가 먼저 갈게, 발루. 우린 빠른 걸음으로 가야 하니까.」

「발로 걷든 아니든 난 여러분과 같은 네발 달린 친구들에게 뒤지지 않아요.」 카가 한마디 했다.

발루는 기를 쓰고 달려 보았지만 헐떡거리며 주저앉을 수밖에 없었다. 바기라와 카는 발루가 쫓아오게 두고 먼저 떠났다. 바기라는 표범의 날쌘 발로 걸음을 재촉했다. 거대한 바위비단뱀 카는 아무 말도 하지 않았지만 바기라만큼 부지런히 달리면서 나란히 속도를 맞추었다. 언덕 개울에 다다랐을 때에는 바기라가 앞섰는데, 그는 펄쩍 뛰어 개울을 넘었지만 카는 머리와 목 60센티미터 정도는 물 밖으로 내밀고서 헤엄을 쳤기 때문이다. 그러나 땅으로 올라온 후 카는 다시 바기라와 거리를 좁혔다.

땅거미가 지자 바기라가 말했다. 「나를 풀어 준 자물쇠에 두고 맹세하건대 당신의 속도는 정말 빠르군요.」

「난 배가 고파요. 게다가 녀석들이 나를 얼룩 개구리라 불렀으니.」 카가 말했다.

「벌레였어요. 지렁이, 그것도 노란 지렁이요.」

「뭐라 했든 마찬가지예요. 계속 갑시다.」 카는 땅을 덮칠 듯이 하면서 흔들림 없는 눈으로 가장 빠른 지름길을 찾으면서 계속 나아갔다.

한편 차가운 소굴에 있는 원숭이 부족은 모글리의 친구들 생각은 전혀 하지 않고 있었다. 그들은 사라진 도시에 소년을 데려온 후 한동안 굉장히 흡족해했다. 모글리는 그때까지 인도의 도시를 본 적이 없었다. 그 도시는 비록 폐허가 된 돌무더기나 다름없었지만 그래도 무척 아름답고 화려해 보였다. 오래전 어느 왕이 작은 언덕 위에 지어 놓은 도시였다. 돌로 포장된 흔적이 아직 남은 도로는 폐허가 된 문으로 이어져 있었고, 낡고 녹슨 문의 경첩에는 나무 쪼가리만 겨우 매달려 있었다. 나무들은 벽을 뚫고 안으로 또 밖으로 자라 있었다. 총안이 있는 흉벽은 무너지고 기울어져 있었고, 무성하게 늘어진 덤불 속 성벽 위에 솟은 탑의 창으로는 야생의 덩굴 식물이 늘어져 있었다.

언덕 꼭대기에는 지붕이 없는 거대한 궁전이 서 있었다. 안마당의 대리석과 연못은 쪼개져서 울긋불긋 얼룩이 져 있었고, 왕의 코끼리들이 살았던 마당의 작은 자갈들은 그 아래 풀과 어린 나무들이 자라면서 들어 올려진 채 흩어져 있었다. 그 궁전에서 내다보이는 집들은 지붕 없이 줄줄이 늘어서 있어 마치 어둠이 채워진 텅 빈 벌집 같았다. 네 개의 도로가 만나는 광장에 서 있던 석상은 형태를 알아볼 수 없는 돌덩이로 변해 있었고, 거리거리의 모퉁이에 있는 크고 작은 구덩이들은 한때 그곳이 공공 우물이었음을 말해 주었다. 그리고 부서진 돔 지붕을 이고 있는 사원의 양쪽으로는 야생 무화과나무가 싹을 틔우고 있었다.

원숭이들은 그곳을 자기들의 도시라고 불렀고, 숲속에 사는 정글 부족을 업신여기며 허세를 부렸다. 하지만 원숭이들은 그곳의 건물들이 무슨 목적으로 지어졌는지, 그리고 그 건물들을 어떻게 사용하는지는 전혀 몰랐다. 그들은 왕의 회의실이던 홀에 둥그렇게 둘러앉아 몸을 긁으며 벼룩을 잡거나 인간 흉내를 냈다. 아니면 지붕 없는 집들을 들락날락하며 석고 조각이나 낡은 벽돌 조각을 가져와 한구석에 모아 두곤 했는데, 그것들을 어디다 숨겨 두었는지 잊어버리고는 떼를 지어 서로 고함을 지르며 먹살잡이를 하다가도 느닷없이 장난을 쳤고, 왕의 정원에 있는 테라스로 내려가 소일거리로 장미나무와 오렌지나무를 흔들고는 떨어지는 과일과 꽃을 구경하곤 했다. 그들은 궁전에 있는 복도와 어두운 통로들, 수백 개나 되는 작고 컴컴한 방들을 죄다 들쑤시고 다녔다. 하지만 자기들이 무엇을 보았고 무엇은 보지 않았는지를 전혀 기억하지 못해서, 한 마리씩 두 마리씩, 또는 무리 지어 여기저기 돌아다니면서 서로 자기들이 인간이 하는 일을 하고 있다고 말했다. 그들은 저수조에서 물을 마시고 나면 물을 온통 흙탕물로 만들어 버렸고, 그런 다음 그 일을 두고 싸우다가도 이내 무리 지어 달리면서 외치곤 했다. 「이 정글에서 반다르 로그만큼 현명하고 착하고 똑똑하고 힘세고 상냥한 동물은 없어.」 그러고는 그 모든 짓을 다시 시작했다가 그 도시에 싫증이 나면 정글 부족의 관심을 끌기를 바라면서 나무 꼭대기에 올라갔다.

정글의 법칙을 배우면서 자란 모글리는 그런 생활이 마음에 들지도 않았고 이해되지도 않았다. 원숭이들은 그날 오후 늦게 모글리를 차가운 소굴로 끌고 갔다. 모글리라면 오랜 여행을 했으니 잠을 잤겠지만, 원숭이들은 자는 대신에 손을 맞잡고 춤을 추었고 그들의 바보 같은 노래를 불렀다.

원숭이 한 마리가 나서더니, 동료 원숭이들을 향해 연설을 했다. 모글리를 잡아 온 건 반다르 로그의 역사에서 새로운 일이라는 것이었다. 모글리가 나뭇가지와 막대기를 엮어 비와 추위를 막아 주는 보호막을 만드는 방법을 알려 줄 거라는 얘기였다. 모글리는 덩굴 몇 가닥을 꺾어 그 줄기들을 안으로 밖으로 엮기 시작했다. 원숭이들은 따라하려고 애쓰다가 얼마 안 가서 흥미를 잃고는 친구의 꼬리를 잡아당기거나 네발로 펄쩍펄쩍 뛰면서 기침을 했다.

「뭐라도 먹었으면 좋겠어.」 모글리가 말했다. 「난 이쪽 정글은 처음이야. 먹을 것 좀 가져다 줘, 아니면 여기서 사냥하게 해주든가.」

스무 마리에서 서른 마리 정도의 원숭이들이 딱딱한 열매와 야생 포포나무 열매를 가지러 우르르 뛰어갔다. 그러나 도중에 원숭이들끼리 싸움이 벌어졌는데, 얼마나 심하게 싸웠는지 돌아갈 때는 그나마 남은 과일을 가져갈 생각도 못했다. 모글리는 배가 고프기도 했지만 기분이 상하고 화가 치밀었다. 그래서 텅 빈 도시를 돌아다니면서 이따금 외부자의 사냥 소리를 내보았지만, 아무런 대답도 들리지 않았다. 정말로 불길한 곳에 와 있다는 느낌이 들었다.

「발루가 반다르 로그에 관해 했던 말은 전부 사실이었어.」 모글리는 혼자 생각했다. 「이들에겐 법칙도 없고, 사냥 외침도 없고, 지도자도 없어. 그저 바보 같은 말과 훔치고 도둑질하는 작은 손뿐이야. 그러니 내가 여기서 굶어 죽거나 죽임을 당한다고 해도 전부 다 내 탓이야. 그래도 우리 정글로 돌아가려고 애써 봐야지. 분명 발루가 나를 때리겠지만, 반다르 로그와 어울려 바보 같은 장미 이파리를 찾아다니느니 차라리 그게 나아.」

하지만 모글리가 성벽을 향해 걷기 시작하자마자 원숭이들이 그를 잡아끌면서, 모글리에게 네가 얼마나 행복한지 모르느냐며 나무라고, 고마워해야 한다며 그를 꼬집었다. 모글리는 이를 악물고 아무 말도 없이, 고함치는 원숭이들과 함께 빗물이 반쯤 고인 붉은 사암 저수지 위의 한 테라스로 향했다. 테라스 한가운데에는 폐허가 된 여름 별장이 있었다. 하얀 대리석으로 된 그 여름 별장은 정확히 1백 년 전에 왕비들을 위해 지은 것이었다. 둥근 지붕이 반쯤 무너져 내려서 옛날 왕비들이 궁전에 드나들 때 쓰던 지하 통로가 막혀 있었다. 통로 벽에는 대리석을 파내 그물처럼 만든 무늬 창살이 내어져 있었다. 아름답게 뚫어서 만든 우윳빛 대리석 창살 벽에는 마노·홍옥수·벽옥·청금석 등이 박혀 있었고, 언덕 뒤에서 떠오른 달이 숭숭 뚫린 대리석 구멍 틈새로 빛을 비추면서 검정 벨벳 자수 같은 그림자를 드리우고 있었다.

모글리는 쓰리고 졸리고 배도 고팠지만, 반다르 로그족이 동시에 스무 마리씩, 자신들이 얼마나 위대하고 현명하고 힘이 세고 상냥한지 자랑하고, 그들을 떠나고 싶어 하는 모글리가 얼마나 어리석은지 말하기 시작하면 웃지 않을 수 없었다. 「우리는 위대해. 우리는 자유로워. 게다가 얼마나 훌륭한지. 우린 정글 전체에서 가장 훌륭한 부족이야! 우리 모두 그렇게 말하거든. 그러니까 그건 분명 진실일 거야.」 그들이 소리쳤다. 「그러니 지금 네가 우리가 하는 말을 잘 들어 두었다가 정글 부족에게 전해 줘. 앞으로 그들이 우리를 주목하도록 말이야. 우리의 뛰어난 장점에 관해서 전부 다 얘기해 줄게.」

모글리는 아무런 반박도 하지 않았다. 원숭이들은 수백 마리씩 그 테라스 위로 모여서 반다르 로그족을 찬양하며 노래하는 원숭이 연사의 말에 귀를 기울였고, 연사가 숨을 쉬려고 노래를 멈출 때마다 다 함께 소리치곤 했다. 「정말이야. 우리 모두 그렇게 말하지.」

모글리는 원숭이들이 질문을 하면 고개를 끄덕이고 눈을 깜박이고는 〈그래〉 하고 대답했지만 원숭이들의 소음에 머리가 빙빙 도는 것 같았다. 「자칼 타바키가 이들 모두를 다 물어 버린 게 분명해.」 그는 혼잣말을 했다. 「이게 바로 데와니, 그러니까 광기야. 이들은 잠도 안 자나? 이제 달을 가리려 구름이 오고 있네. 구름이 충분히 커져서 어둠을 틈타 달아날 수 있으면 좋으련만. 하지만 너무 피곤해.」

성벽 아래 황폐해진 도랑 속에서 바로 그 구름을 두 친구가 지켜보고 있었다. 바기라와 카는 원숭이 부족이 수가 많을 때는 얼마나 위험한지 잘 알고 있었으므로 위험을 무릅쓰고 싶지 않아 기다렸다. 원숭이들은 100 대 1 정도로 수가 많지 않으면 절대 싸우지 않는데, 정글에서 그런 승산에 개의치 않을 동물은 거의 없었다.

「나는 서쪽 성벽으로 갈게요.」 카가 소곤거렸다. 「거기서 경사진 땅을 타고 재빨리 내려올 생각이에요. 녀석들이 수백 마리라고 해도 나한테 덤비지는 않을 겁니다, 하지만……」

「알아요.」 바기라가 말했다. 「발루가 여기 있었다면 문제없을 텐데. 하지만 할 수 있는 데까지 해봐야죠. 구름이 달을 가리면 난 테라스로 가겠어요. 원숭이들이 거기서 그 아이에 관해 무슨 회의 같은 걸 하고 있어요.」

「좋은 사냥 되시기를.」 카가 섬뜩하게 말하고는 서쪽 벽을 향해 미끄러져 갔다. 공교롭게도 성벽의 서쪽은 가장 덜 허물어진 쪽이었으므로 그 커다란 구렁이는 돌벽을 올라갈 방법을 찾느라 잠시 시간을 지체했다.

구름이 달을 가렸다. 다음엔 무슨 일이 생길까 궁금해하던 모글리는 테라스에서 바기라의 가벼운 발소리를 들었다. 소리도 없이 어느새 비탈을 달려 올라갔던 흑표범은 모글리를 둘러싸고 50겹, 60겹 원을 그리고 앉아 있던 원숭이들을 휘저으며 오른쪽, 왼쪽으로 몰았다. 그는 원숭이를 물면서 시간 낭비 하는 것보다 그게 더 낫다는 걸 알고 있었다. 두려움과 분노의 비명이 들렸고, 이윽고 비기리가 뒹굴며 발길실

하는 원숭이들에게 걸려 넘어지자 한 원숭이가 외쳤다. 「여기 한 놈밖에 없어! 녀석을 죽여! 죽여라!」 원숭이들이 떼로 난투극을 벌이며 바기라를 덮친 채 물고, 할퀴고, 찢고, 잡아당겼다. 그사이 대여섯 마리 원숭이는 모글리를 붙잡은 채 여름 별장의 벽 위로 끌고 가서는 부서진 돔 지붕의 구멍 사이로 밀쳐 버렸다. 족히 3미터는 되는 높이였으니 인간이 키운 소년이었다면 심하게 멍이 들었겠지만, 모글리는 발루가 가르쳐 준 낙법대로 가볍게 착지했다.

「거기 가만히 있어.」 원숭이들이 소리쳤다. 「네 친구를 죽이고 올 테니까. 나중에 와서 너랑 놀아 주마. 물론 독사 부족이 널 살려 둔다면 말이야.」

「너와 나, 우리는 한 핏줄이다.」 모글리는 재빨리 뱀의 소리로 말했다. 사방의 잔해 속에서 바스락거리고 쉭쉭거리는 소리가 들려왔고, 모글리는 확실히 들리도록 두 번째로 뱀 소리를 냈다.

「모두 볏을 내려.」 대여섯의 낮은 목소리가 들렸다. 인도의 오래된 유적지는 하나같이 머지않아 뱀들의 서식지가 된다. 이 오래된 여름 별장에도 코브라들이 살고 있었다. 「움직이지 마, 작은 형제. 자칫하면 네 발에 우리가 밟힐 수 있으니까.」

모글리는 최대한 꼼짝하지 않고 가만히 선 채로 창살을 통해 밖을 엿보면서, 흑표범을 에워싸고 벌어지는 무시무시한 싸움 소리에 귀를 기울였다. 고함 소리, 떠드는 소리, 치고 박는 소리, 그리고 바기라가 뒤로 물러났다가 뛰어오르고 몸을 비틀고 적의 무리 밑으로 파고들 때의 굵고 거친 기침 소리. 바기라는 난생처음 목숨을 걸고 싸우고 있었다.

「발루가 근처에 있을 텐데. 바기라가 혼자 왔을 리 없어.」 모글리는 그렇게 생각했다. 이윽고 큰 소리로 외쳤다. 「바기라, 탱크로 가요! 저수조를 향해 굴러가요! 굴러서 물에 뛰어들어요! 물 속으로!」

바기라는 그 소리를 들었다. 모글리가 안전하다는 걸 말해 주는 그 외침 소리에 바기라는 불끈 용기가 솟았다. 바기라는 소리 없이 원숭이들을 때리면서 필사적으로 저수지를 향해 조금씩 나아갔다.

이윽고 정글과 가장 가까운 무너진 성벽 위로 발루가 천둥 같은 전투의 함성을 울리며 나타났다. 늙은 곰은 최선을 다해 달렸지만 더 일찍 올 수가 없었다. 발루가 소리쳤다. 「바기라, 나 왔어! 올라갈게! 금방 갈 거야! 아후오라! 발 밑에서 돌이 미끄러지네! 기다려, 곧 갈 테니까, 정말이지 이 못된 반다르 로그 같으니!」

발루가 헐떡이며 테라스에 나타났지만 그의 모습은 곧바로 머리 꼭대기까지 원숭이의 물결에 뒤덮여 버렸다. 그러나 그는 몸을 던져 정확히 엉덩이로 떨어졌고, 두 앞발을 한껏 펼쳐서는 최대한 많은 원숭이를 끌어안더니, 탁탁 돌아가는 외륜선의 바퀴처럼 규칙적으로 퍽퍽퍽 때리기 시작했다.

쿵 하고 첨벙 하는 소리로 보아 바기라가 마침내 원숭이들이 쫓아갈 수 없는 저수조까지 간 모양이었다. 흑표범은 물 위로 고개만 내민 채 가쁜 숨을 몰아쉬고 있었고, 원숭이들은 붉은 돌계단의 셋째 단까지만 내려간 채 분을 못 이기고 날뛰었다. 그러면서도 표범이 발루를 도우러 나오기만 하면 사방에서 덮치려 벼르고 있었다. 바로 그때였다. 바기라는 물이 뚝뚝 떨어지는 턱을 쳐들고, 젖 먹던 힘을 다해 보호를 요청하는 뱀의 소리를 냈다. 「너와 나, 우리는 한 핏줄이다.」 바기라는 카가 마지막 순간에 꽁무니를 빼고 도망쳤다고 믿었던 것이다. 테라스 끝에서 원숭이들에게 깔려 숨도 제대로 못 쉬던 발루조차도, 그 큰 흑표범이 도움을 청하는 소리를 들으며 킥킥 웃을 수밖에 없었다.

마침 카는 서쪽 벽을 타고 오르는 데 성공했고 난간 갓돌 하나가 떨어져 나와 도랑에 빠질 만큼 세게 몸을 비틀면서 착지했다. 그는 땅바닥의 이점을 최대한 활용해 한두 번 몸을 말았다 펴면서 그 기다란 몸 곳곳이 제대로 움직이는지 확인했다. 그러는 동안에도 발루의 싸움은 계속되었고, 저수조 안의 원숭이들은 바기라 주변에서 고함을 질렀다. 박쥐 맹은 이리저리 날아다니며 그 대 전투 소식을 정글 전체에 알렸다. 결국 소식을 들은 야생 코끼리 하티는 크게 코나팔을 불었고, 멀리 흩어져 있던 원숭이 부족들이 잠을 깨고 황급히 나무 사이의 길을 따라서, 차가운 소굴의 동료들을 도우러 날 듯이 달려갔다. 이 요란스러운 싸움 때문에 몇 마일 거리에서 자던 새들까지 모두 일어났다.

이윽고 살육에 안달한 카가 소리 없이 곧장 도착했다. 비단뱀이 싸울 때는 온몸의 힘과 무게를 머리에 실어 강타를 날린다. 만약 기계를 다루는 전문가가 냉정하고 차분하게 조작하는 0.5톤 무게의 창이나 파쇄봉, 또는 해머를 상상할 수 있다면, 카가 어떻게 싸우는지를 대강 짐작할 수 있을 것이다. 1.2~1.5미터 길이의 비단뱀은 상대의 가슴을 제대로 맞추기만 하면 사람도 쓰러뜨릴 수 있는데, 알다시피 카의 몸길이는 9미터나 되었다. 그의 첫 번째 타격은 발루를 에워싼 무리의 한가운데를 향했고, 소리 없이 입을 다문 채 정확하게 날아갔다. 두 번째 타격은 필요 없었다. 원숭이들은 비명을 지르며 흩어졌다. 「카다! 카가 왔어! 도망쳐! 달아나!」

여러 세대 동안 원숭이들은 어린 원숭이가 말을 잘 듣도록 가르칠 때 카의 이야기를 들려주어 겁을 주곤 했다. 밤의 도둑 카는 이끼가 자라듯 소리 없이 나뭇가지 위를 미끄러져서 세상에서 가장 힘센 원숭이도 훔쳐 간다느니, 늙은 카는 죽은 나뭇가지나 썩은 그루터기 흉내를 얼마나 잘 내는지 가장 현명한 원숭이도 깜빡 속아서 그 나뭇가지에게 붙잡혀서는 결국…….

카는 원숭이들이 정글에서 두려워하는 전부였다. 어느 원숭이도 카의 힘이 어디까지인지 알지 못했고, 어느 누구도 그 얼굴을 쳐다볼 수 없었으며, 누구든 그의 몸에 갇히면 살아 나오지 못했다. 그래서 원숭이들은 겁에 질려 허둥거리며 집집의 벽과 지붕으로 달아났고, 발루는 안도의 한숨을 깊이 내쉬었다. 발루의 털가죽은 바기라의 것보다는 두꺼웠지만 원숭이들과 싸우느라 심하게 생채기가 나 있었다. 이윽고 카는 처음으로 입을 벌리고는 한 번 길게 쉬익 쉬익 소리를 냈다. 차가운 소굴의 원숭이들을 도우려고 급히 달리던 먼 곳의 원숭이들은 그 자리에 얼어붙은 듯 멈추더니 발밑의 나뭇가지들이 휘어지고 딱딱 금이 갈 만큼 벌벌 떨었다. 벽 위로, 또는 빈집으로 피신한 원숭이들은 비명을 멈추었다. 도시 위로 정적이 내려앉자, 바기라가 저수조를 빠져나와 젖은 몸을 흔드는 소리가 모글리의 귀에 들렸다.

곧이어 다시 대소란이 시작되었다. 원숭이들은 더 높은 벽 위로 뛰어올랐다. 그들은 커다란 석상의 목에 대롱대롱 매달리는가 하면 흉벽을 따라 펄쩍펄쩍 뛰면서 꽥꽥 소리를 질렀다. 그러는 동안 여름 별장 안의 모글리는 창살 구멍에서 눈을 떼지 않은 채 앞니 사이로 올빼미 소리를 내면서 원숭이들을 깔보고 비웃었다.

「인간의 아이를 저 덫에서 꺼내 와요. 난 더 이상 못 하겠어요.」 바기라가 숨을 몰아쉬었다. 「모글리를 데리고 돌아갑시다. 원숭이들이 다시 공격해 올지 모르니까.」

「원숭이들은 내가 명령할 때까진 움직이지 않을 겁니다. 다들 그대로 가만히 있스스스어!」 카가 쉭쉭거리자 도시엔 또 한 번 정적이 찾아왔다. 「더 일찍 올 수가 없었어요, 형제. 하지만 당신이 부르는 소리를 들은 것 같아서.」 카가 바기라에게 말했다.

「아, 싸우다가 소리가 나왔나 봅니다.」 바기라가 대답했다. 「발루, 다친 데 없어?」

「녀석들이 나를 잡아 뜯어서 백 마리 작은 곰으로 만들어 놓은 게 아닌가 몰라.」 발루가 한쪽씩 번갈아 다리를 무겁게 흔들며 말했다. 「아! 쓰라리군. 카, 우리가 당신에게 목숨을 빚진 것 같네요, 바기라와 내가.」

「신경 쓰지 마세요. 인간 동물은 어디 있죠?」

「여기, 구덩이 속에요. 올라갈 수가 없어요.」 모글리가 소리쳤다. 부서진 둥근 돔 지붕 아래 모글리의 머리가 보였다.

「아이를 데려가요. 이 아이가 공작새 마오처럼 춤을 추네요. 우리 어린 새끼들을 밟아 버릴지도 몰라요.」 안쪽에서 코브라들이 말했다.

「하!」 카가 껄껄 웃으며 말했다. 「이 인간 동물은 어딜 가나 친구를 사귀는군. 인간 동물아, 뒤로 물러나 있어라. 그리고 독사 부족이여, 몸을 숨기세요. 내가 이 벽을 무너뜨릴 테니.」

카는 꼼꼼히 살핀 끝에 대리석 장식 창살 가운데 색이 바래고 금이 가서 약해 보이는 지점을 찾아내더니 머리로 두어 번 가볍게 치면서 거리를 가늠했다. 이윽고 땅에서 1.8미터 정도 몸을 일으킨 그는 코부터 정면으로, 있는 힘껏 정확하게 타격했다. 장식 창살이 먼지와 잔해의 구름을 일으키며 부서져 내렸고, 모글리는 무너진 틈새로 뛰쳐나와 발루와 바기라 사이에 몸을 던지며 두 팔로 굵은 목을 하나씩 감았다.

「다친 데 없어?」 발루가 모글리를 부드럽게 껴안으며 물었다.

「쓰리고 배고프지만 멍 든 데 하나 없어요. 정말이지, 녀석들이 형제들한테 정말 심하게 굴었네요. 아니, 피가 나잖아요.」

「다른 녀석들도 마찬가지야.」 바기라가 테라스와 저수조 주변에서 죽은 원숭이들을 보며 입술을 핥으며 말했다.

「이건 아무것도 아니야. 너만 무사하다면 이건 아무것도 아니야. 오, 누구보다 자랑스러운 내 꼬마 개구리!」 발루가 흐느꼈다.

「그건 나중에 판단하기로 하자.」 바기라는 메마른 목소리로 말했는데, 모글리는 그 목소리가 몹시 마음에 걸렸다. 「여기 카가 왔어. 카가 아니었다면 우린 싸움에서 이기지 못했을 거고 네 목숨도 구하지 못했을 거야. 우리의 관습에 따라서 그에게 감사의 표시를 해야지, 모글리.」

모글리가 돌아보니 그의 머리보다 30센티미터 위에서 머리를 흔드는 거대한 비단뱀이 있었다.

「이것이 인간 동물이로군.」 카가 말했다. 「가죽은 아주 부드럽고, 생김새는 반다르 로그와는 전혀 달라. 조심해라, 인간 동물. 내가 새 외투로 갈아입은 황혼 녘에 너를 원숭이로 착각하지 않게.」

「너와 나, 우린 한 핏줄이다.」 모글리가 대답했다. 「오늘 밤 당신에게 내 목숨을 빚졌습니다. 언제든 당신이 배고플 때는 내가 잡은 사냥감이 곧 당신 것입니다, 카.」

「정말 고맙구나, 작은 형제.」 카는 그렇게 말하며 눈을 빛냈다. 「그렇게 대담한 사냥꾼은 무엇을 죽일 수 있을까? 다음번에 사냥 나갈 때 내가 따라가도 되는지 묻는 거다.」

「난 아무것도 죽이지 않아요, 너무 어리거든요. 하지만 염소를 잡게 염소를 몰 줄 알아요. 배고플 때 나를 찾아오면 내 말이 정말이라는 걸 알 거예요. 이것(그는 양손을 내밀어 보였다) 안에는 몇 가지 기술이 있지요. 혹시라도 그물에 걸리게 되면 신세를 갚아 드릴게요. 여기 바기라와 발루한테도요. 여러분 모두에게 좋은 사냥 되시기를.」

「잘 말했다.」 발루가 흡족해했다. 모글리가 아주 예의 바르게 감사의 말을 했기 때문이다. 비단뱀은 잠시 모글리의 어깨에 가볍게 머리를 기댔다. 「용감한 심장에 용기 있는 혀를 가지고 있구나.」 그가 말했다. 「그러면 정글 속 멀리 갈 수도 있을 거다, 인간 동물. 하지만 지금은 어서 친구들과 함께 떠나거라. 달이 지고 있으니 어서 가서 자. 달이 진 후에 벌어지는 일은 네가 봐서 좋을 게 없다.」

달이 산 뒤쪽으로 넘어가고 있었다. 여기저기 벽과 흉벽 위에서 서로 부둥켜안은 채 떨고 있는 원숭이들의 윤곽은 마치 너덜너덜 닳아빠진 사물의 가장자리 같았다. 발루는 저수조로 내려가서 물을 한 모금 마셨고, 바기라는 털을 손질하기 시작했다. 그사이 카는 테라스 한가운데로 미끄러지듯 나아가더니 턱을 다물며 딱 소리가 메아리치도록 하면서 모든 원숭이의 눈길을 끌었다.

「달이 진다.」 그가 말했다. 「아직 달빛으로 보이느냐?」

나무 꼭대기를 지나는 바람 소리 같은 신음이 벽에서 들려왔다. 「보입니다, 오, 카님!」

「좋다! 이제 춤이 시작된다. 배고픈 카의 춤이. 꼼짝 말고 앉아서 지켜보아라.」

그는 머리를 오른쪽 왼쪽으로 흔들면서 두세 번 큰 원을 그리며 돌았다. 그런 다음 몸으로 고리를 지어 8자 모양을 만들기 시작했고, 부드럽게 흐르는 삼각형을 만들더니 이내 녹아내리며 사각형, 오각형을 만들었고, 둘둘 똬리를 말아 올렸다. 결코 쉬지도 서두르지도 않았으며 낮게 흥얼거리는 노래를 중단하지도 않았다. 그사이 밤은 점점 더 어두워져 바닥을 끌며 움직이는 똬리는 보이지 않게 되었지만, 비늘이 사각거리는 소리는 들을 수 있었다.

발루와 바기라는 돌처럼 꼼짝 않고 선 채로 목구멍에서 그르렁거리는 소리를 내며 목깃을 바짝 세우고 있었고, 모글리는 지켜보면서 의아해했다.

「반다르 로그는 들어라.」 마침내 카의 목소리가 들렸다. 「내 명령 없이 너희의 손발을 움직일 수 있느냐? 대답하라!」

「저희는 카님의 명령이 없이는 손발을 움직일 수 없습니다!」

「좋다! 다들 내게 한 발짝 다가오너라.」

줄지어 앉아 있던 원숭이들이 어쩔 수 없이 슬금슬금 다가왔고, 발루와 바기라도 그들과 함께 뻣뻣한 한 걸음을 내디뎠다.

「더 가까이!」 카가 쉭쉭거리니, 모두가 다시 움직였다.

모글리가 발루와 바기라에게 각각 한 손을 얹고 그들을 끌어내자 커다란 두 맹수는 꿈에서 깨어난 것처럼 화들짝 놀랐다.

「내 어깨를 꽉 잡아 줘.」 바기라가 소곤거렸다. 「손 떼면 안 돼, 그렇지 않으면 난 돌아가게 될 거야, 다시 카한테 돌아갈 거라고. 아!」

「늙은 카가 흙 위에서 원을 그리고 있을 뿐이에요.」 모글리가 말했다. 「그만 가자.」 그리고 셋은 성벽의 빈틈을 통해 그곳을 빠져나와 정글로 들어갔다.

「휴우!」 조용한 나무들 밑으로 다시 들어왔을 때 발루가 한숨을 내쉬었다. 「두 번 다시 카와는 동맹을 맺지 않을 거야.」 그는 절레절레 고개를 흔들었다.

「카는 우리보다 아는 게 많아.」 바기라가 떨면서 말했다. 「조금만 더 오래 거기 있었다면, 나는 카의 목구멍 속으로 걸어 들어갔을 거야.」

「달이 다시 떠오르기 전에 많이들 그 길을 걸어가겠지.」 발루가 말했다. 「카는 성공적인 사냥을 할 거야, 자기만의 방식으로.」

「그런데 그 춤의 의미가 대체 뭐였어요?」 모글리는 비단뱀이 홀리는 능력에 관해서는 전혀 아는 바가 없었다. 「내가 본 건 커다란 뱀 한 마리가 깜깜해질 때까지 바보 같은 원을 그리는 게 전부였는데. 그리고 그 코에 생채기가 있었다는 것하고. 하! 하!」

「모글리.」 바기라가 화를 내며 말했다. 「그의 코에 생채기가 생긴 건 너 때문이야. 내 귀와 옆구리와 발, 발루의 목과 어깨가 물어뜯긴 것도 너 때문이고 발루도 바기라도 잃으로 한참 동안은 기분 좋게 사냥할 수 없을 거야.」

「그건 아무것도 아니지.」 발루가 말했다. 「우린 인간의 새끼를 다시 찾았잖아.」

「맞아. 하지만 모글리, 우리는 정말 많은 시간을 써야 했어. 즐겁게 사냥하며 보냈을 시간에 다치고, 털이 뽑히고. 말이 나왔으니 말인데 등에 있는 털이 절반은 뽑혔지 뭐야. 무엇보다 체면이 깎였지. 잊지 마라 모글리, 왜냐하면 나, 이 흑표범이 어쩔 수 없이 카에게 보호를 요청해야 했으니까. 그리고 발루와 나 둘 다 그 굶주림의 춤에 어린 새처럼 멍청하게 넘어가고 말았어. 이 모든 게 네가 반다르 로그 족과 놀면서 생긴 일이야.」

「맞아요, 그건 사실이에요.」 모글리가 풀이 죽어서 말했다. 「나는 못된 인간의 새끼예요, 그런데 내 뱃속이 몹시 슬퍼하고 있어요.」

「흥! 정글의 법칙에 뭐라고 되어 있지, 발루?」

발루는 더 이상 모글리를 곤란하게 만들 생각은 없었지만 정글의 법칙을 멋대로 바꿀 수는 없어서 이렇게 중얼거렸다. 「슬픔은 결코 처벌을 막지 못한다. 하지만 바기라, 모글리가 아주 어리다는 걸 잊지 마.」

「잊지 않을 거야. 하지만 말썽을 부린 건 사실이지. 그리고 매는 지금 맞아야 해. 모글리, 하고 싶은 말 있어?」

「아뇨. 내가 잘못했는걸요. 발루와 바기라가 다쳤잖아요. 난 맞아도 싸요.」

바기라는 모글리에게 사랑의 매로 여섯 번 툭툭 쳤다. 표범 입장에서는 어린 새끼 한 마리를 깨우기도 힘들 정도의 세기였지만 일곱 살 소년에게는 피하고 싶을 만큼 강한 주먹질이었다. 매를 다 맞고 나자 모글리는 재채기를 하고는 말 없이 몸을 일으켰다.

「그럼 내 등에 올라타, 작은 형제. 집으로 가는 거야.」 바기라가 말했다.

처벌로 모든 게 정리된다는 것은 정글의 법칙이 가진 장점이었다. 그 뒤로는 전혀 잔소리 들을 일이 없다.

모글리는 바기라의 등에 머리를 대고 엎드린 채 곤히 잠들었다. 동굴 집으로 돌아와 엄마 늑대 옆에 눕혔을 때에도 깨어나지 않았다.

반다르 로그의 길 노래

여기 우리가 간다, 휘날리는 꽃 줄을 타고
시샘하는 달까지 높이높이 날아오르지!
팔팔한 우리 무리가 부럽지 않으냐?
손이 더 있었으면 바라지 않느냐?
너희들의 꼬리도 큐피드의 활 모양으로
멋지게 휘었으면 하지 않느냐?
지금 너는 화를 내지만 ─ 아무렴 어때,
형제여, 네 꼬리는 뒤에 늘어져 있구나!

여기 우리가 앉았네, 나뭇가지에 줄을 지어서
우리가 아는 아름다운 것을 생각하면서.
우리가 하려는 일들을 꿈꾸면서
조금만 있으면 모두 이루어진다네,
고상하고 웅대하고 멋진 어떤 일이,
우리가 바라기만 하면 이룰 수 있다네
우리 이제 하려는데, 뭐였더라 ── 아무렴 어때,
형제여, 네 꼬리는 뒤에 늘어져 있구나!

지금까지 우리가 들었던 모든 말들
박쥐나 맹수나 새가 지껄인 말들 ──
가죽이든 지느러미든
비늘이든 깃털이든 ──
빠르게 지껄여라 모두 함께!
멋지구나! 잘한다! 다시 한번 더!
이제 우리는 인간처럼 말하고 있지
우리 흉내를 내자, 뭐였더라…… 아무렴 어때,
형제여, 네 꼬리는 뒤에
늘어져 있구나!
이것이 원숭이 부족의 방식이라네.
그러니 우리 대열에 합류하려무나,
소나무 사이를 헤쳐 날아가는 우리에게로
높게 가볍게 머루 덩굴이 흔들리는 곳을 지나
가는 길마다 쓰레기를 남기고

고귀한 소리를 내는 우리와 함께
반드시, 반드시 우리는 할 거니까
훌륭하고 멋진 무언가를!

호랑이다! 호랑이!

용감한 사냥꾼, 사냥은 어땠나?
형제여, 오랫동안 추위 속에서 지키고 있었지.
어떤 사냥감을 잡으러 갔었나?
형제여, 그는 지금도 정글에서 풀을 뜯지.
그대가 자랑하던 힘은 어디 갔나?
형제여, 그것은 내 옆구리에서 빠져나간다오.
그렇게 서둘러 급히 어디로 가나?
형제여, 내 굴로 돌아가오, 죽기 위해서.

이제 우리는 첫 번째 이야기로 돌아가야 한다. 모글리는 회의 바위에서 무리들과 싸우고 늑대의 굴을 떠난 뒤, 마을 사람들이 사는 경작지로 내려갔다. 그러나 그는 거기서 멈출 생각이 없었다. 그 마을은 정글과 너무 가까웠고, 회의에서 적어도 한 놈과는 원수가 되었다는 걸 알았기 때문이다. 그래서 모글리는 속두를 늦추지 않고 골짜기를 내려가는 험한 길을 따라서, 거의 32킬로미터 정도를 꾸준히 달린 끝에 마침내 처음 보는 어느 시골에 도착했다. 골짜기 끝은 거대한 평원으로 이어져 있었다. 평원에는 드문드문 바위가 있었고 이따금 깊은 협곡이 평원 사이를 가르고 있었다. 평원의 한쪽 끝에는 작은 마을이 하나 있었고 다른 쪽 끝에는 무성한 정글이 목초지로 계속 내려오다가 마치 괭이로 잘라 놓은 듯 갑자기 중단되어 있었다. 평원 곳곳에서는 소 떼와 물소 떼가 풀을 뜯었다. 소 치는 어린 소년들은 모글리를 보자 소리치며 달아났고, 인도의 어느 마을에나 있는 누런 잡종개들은 마구 짖어 댔다. 모글리는 배가 고팠기 때문에 계속 걸어갔다. 마을 입구에 도착해서 보니 날이 저물면 입구 앞에 세워 놓는 커다란 가시덤불 문이 한쪽으로 치워져 있었다.

「흥!」 밤중에 먹을 것을 찾아 어슬렁거리다가 그런 방책을 몇 번 마주친 적 있었기 때문에 모글리는 코웃음을 쳤다. 「그러니까 여기서도 인간들은 정글 부족을 무서워하는 거네.」 그는 입구 옆에 앉아 있다가 한 남자가 나오자 일어서서 입을 벌리고는 먹을 것을 원한다는 표시로 배를 가리켜 보였다. 남자는 물끄러미 쳐다보다가 다시 마을의 한 거리를 달려가더니 소리치며 사제를 불렀다. 사제는 몸집이 크고 뚱뚱한 남자였는데, 흰옷 차림에 이마에는 붉은색과 노란색으로 표시가 되어 있었다. 사제가 문으로 다가왔다. 그 뒤로 적어도 1백 명은 되는 사람들이 나와서 모글리를 바라보고 떠들고 가리키며 소리쳤다.

「이 인간 부족은 예의라곤 모르네.」 모글리는 혼잣말을 했다. 「회색 원숭이들이나 이들처럼 행동할 거야.」 그는 기다란 머리카락을 뒤로 넘기고 사람들을 향해 얼굴을 찌푸렸다.

「뭐가 두렵습니까?」 사제가 말했다. 「저 아이의 팔다리에 난 흉터를 보세요. 저것은 늑대한테 물린 자국입니다. 저 아이는 정글에서 도망친 늑대 아이일 뿐이에요.」

물론, 새끼 늑대들이 함께 놀다가 종종 의도치 않게 모글리를 세게 깨문 적이 있었고, 그의 팔다리 곳곳에 하얀 흉터가 있는 건 사실이었다. 그러나 모글리는 절대 그런 것을 두고 물렸다고 말할 생각이 없었다. 진짜로 물린다는 게 어떤 것인지 잘 알고 있었으니까.

「어머나! 어머나!」 여자들 두세 명이 한꺼번에 말했다. 「늑대한테 물리다니, 불쌍하지! 잘생긴 남자아이예요. 눈이 붉은 불꽃 같아요. 맹세코 말하지만 메수아, 저 아이는 호랑이가 데려간 당신 아이와 비슷해 보여요.」

「어디 봐요.」 손목과 발목에 무거운 구리 고리를 주렁주렁 단 여자가 말했다. 그녀는 손차양을 하고 모글리를 뚫어져라 쳐다보았다. 「우리 애가 아니에요. 우리 애는 더 말랐어요. 하지만 우리 아들을 많이 닮기는 했네요.」

사제는 영리한 사람이었다. 그는 메수아의 남편이 그 마을 최고 부자라는 걸 알았다. 사제는 잠시 하늘을 올려다본 다음 엄숙하게 말했다. 「정글이 가져간 것을 정글이 되찾아주었습니다. 저 아이를 집으로 데려가세요, 그리고 사람의 삶을 깊이 살피는 사제에게 경의를 표하는 걸 잊지 마십

시오.」

〈내 목숨을 구해 준 황소를 걸고 말하지만, 이렇게 떠드는 건 늑대 무리가 새끼를 살펴보는 것과 비슷하군!〉 모글리는 속으로 생각했다. 〈좋아, 내가 인간이라면, 인간이 되어야겠지.〉

사람들이 흩어지고 여자는 모글리에게 자기 오두막으로 가자고 손짓했다. 여자의 오두막에는 붉은 옻칠을 한 침대, 흙으로 만들어 신기한 무늬를 볼록하게 붙여 놓은 커다란 곡식 궤짝, 구리로 된 냄비 대여섯 개, 힌두 신상(神像) 하나가 놓인 작은 벽감이 있었고, 벽에는 시골 장터에서 파는 것 같은 진짜 거울이 걸려 있었다.

그 여자는 모글리에게 우유가 담긴 긴 잔과 빵 약간을 주고는 모글리의 머리에 한 손을 얹고 눈을 들여다보았다. 어쩌면 모글리가 호랑이에게 잡혀갔다가 정글에서 돌아온 진짜 아들일지 모른다고 생각했던 것이다. 그녀가 말했다. 「나투, 오, 나투야!」 모글리는 그 이름을 안다는 기색을 하지 않았다. 「내가 너에게 새 신발을 주었던 그날이 기억나지 않니?」 그녀는 모글리의 발을 어루만졌지만 그 발은 뿔처럼 딱딱했다. 「아니야.」 그녀가 슬픈 목소리로 말했다. 「한 번도 신발을 신어 보지 않은 발이구나. 하지만 넌 내 아들 나투와 정말 많이 닮았어. 이제부터 내 아들이야.」

모글리는 지금까지 한 번도 지붕 아래서 지낸 적이 없었기 때문에 불편했다. 하지만 짚으로 엮인 지붕을 보니 빠져나가고 싶으면 언제든 부술 수 있을 것 같았고, 창문에는 잠금

장치도 없었다. 결국 이런 생각이 들었다. 「만약 인간이 인간의 말을 모른다면, 인간인들 무슨 소용이 있을까? 지금의 나는 정글에서 우리와 함께 있는 인간처럼 바보 같고 말도 못하잖아. 우선 이들의 말부터 배워야겠어.」

모글리가 늑대들과 지내며 정글에서 수사슴이 덤비려 할 때 내는 소리나 어린 멧돼지의 꿀꿀거림을 흉내 내는 법을 배운 것은 재미를 위해서가 아니었다. 그런 식으로 메수아가 낱말 하나를 발음하자마자 모글리는 거의 완벽하게 흉내 냈고, 날이 저물기 전에는 오두막 안 많은 사물의 이름을 배울 수 있었다.

밤에 잠을 잘 때에는 어려움이 있었다. 표범을 잡는 덫과 무척 흡사하게 생긴 어떤 것 아래서는 잠이 오지 않았던 것이다. 그래서 인간들이 문을 닫자 모글리는 창문을 통해 밖으로 나왔다. 「하고 싶은 대로 하게 내버려 두세요.」 메수아가 남편에게 말했다. 「지금까지 한 번도 침대에서 자본 적이 없을 테니까요. 만약 저 아이가 신이 우리 아들을 대신해 보내신 아이라면 달아나진 않을 거예요.」

결국 모글리는 들판 가장자리의 길고 깨끗한 풀밭 위에 몸을 뻗고 누웠다. 그런데 눈을 채 감기도 전에 부드러운 회색 코가 그의 턱을 쿡쿡 찔렀다.

「어휴!」 회색 형제가 한숨을 쉬었다(그는 엄마 늑대의 새끼들 중 맏이였다). 「고작 이 꼴이나 보려고 32킬로미터나 너를 쫓아왔다니. 나무 연기 냄새랑 소 냄새가 나잖아, 벌써 인간이 다 된 모양이네. 일어나, 작은 형제. 소식이 있어.」

「정글에선 다들 잘 있지?」 모글리가 회색 형제를 껴안으며 물었다.

「붉은 꽃에 덴 늑대들을 빼면 다 잘 있지. 자, 들어 봐. 시어 칸은 멀리 사냥을 떠났어. 불에 심하게 그슬렸기 때문에 털이 새로 자라날 때까지는 돌아오지 않을 거야. 다시 돌아오면 네 뼈를 와인궁가 계곡에 묻어 버리겠다고 맹세하더라.」

「얼마든지 지껄이라고 해. 나도 작은 약속을 하나 했잖아. 하지만 소식이란 늘 좋은 법이지. 오늘 밤은 피곤해, 회색 형제. 새로운 것들 때문에 몹시 피곤해. 그래도 언제든지 소식을 전해 줘.」

「네가 늑대라는 사실을 잊지 않을 거지? 인간들이 네가 그걸 잊어버리게 하지는 않을까?」 회색 형제가 걱정스럽게 말했다.

「그런 일은 없어. 내가 너를 사랑하고 우리 굴의 모두를 사랑한다는 걸 항상 기억할게. 하지만 내가 무리로부터 버림받았다는 것도 항상 기억할 거야.」

「또 다른 무리에서 버림받을 수 있다는 것도 잊지 마. 인간은 인간일 뿐이야, 작은 형제. 그들이 하는 말은 연못 속 개구리들의 말과 같아. 다음번에 다시 올 때는 저기 목초지 끝 대숲에서 널 기다릴게.」

모글리는 그날 밤 이후 석 달 동안 마을 문밖을 거의 나가 보지 못했다. 인간의 방식과 관습을 배우느라 너무 바빴기 때문이다. 우선은 몸에 천을 둘러야 했는데, 그게 여간 성가신 게 아니었다. 그런 다음에는 도저히 이해할 수 없는 돈에 관해 배워야 했고, 쓰임새를 알 수 없는 쟁기질도 배워야 했다. 그리고 마을의 어린아이들이 몹시 그의 화를 돋우었다. 다행히 모글리는 정글의 법칙을 배웠으므로 화를 다스릴 줄 알았다. 정글에서 생사와 먹이는 화를 다스리는 것에 좌우되기 때문이다. 그러나 모글리가 놀이나 연날리기를 하지 않으려 한다는 이유로, 또는 어떤 말을 잘못 발음했다는 이유로 아이들이 그를 놀릴 때 아이들을 들어 올리거나 두 동강 내지 않을 수 있었던 것은 벌거벗은 어린 새끼를 죽이는 것은 비열한 짓이라는 법칙을 알고 있었기 때문이다.

모글리는 자신의 힘이 어느 정도인지 전혀 알지 못했다. 정글에서는 맹수들에 비해 자기 힘이 약하다고 생각했지만, 마을 사람들은 그가 황소만큼 힘이 세다고들 했다.

그리고 모글리는 카스트 제도 때문에 인간들 사이에 생기는 차이에 대해서는 아무것도 몰랐다. 옹기장이의 당나귀가 진흙 구덩이에 빠졌을 때, 모글리는 당나귀 꼬리를 잡고 구덩이에서 끌어냈고 칸히와라 시장까지 갈 수 있게 옹기를 쌓는 것을 도와주었다. 그 일은 매우 충격적이었는데, 옹기장이는 낮은 카스트이고 그 당나귀는 훨씬 더 천하기 때문이다. 사제가 모글리를 나무라자, 모글리는 사제도 당나귀에 실어 버리겠다고 협박했다. 사제는 메수아의 남편에게 가능하면 빨리 모글리에게 일을 시키는 것이 좋겠다고 말했다. 그러자 마을 촌장은 모글리에게 다음 날 물소들을 몰고 나가 풀을 뜯는 동안 지켜보라고 지시했다. 모글리는 누구보다 기뻤다. 모글리는 사실상 마을의 하인으로 지명된 것이나 마찬가지였으므로, 그날 밤 커다란 무화과나무 아래 돌로 쌓은 단에서 매일 저녁 열리는 모임에 나갔다. 그것은 마을 사랑방 모임이었다. 촌장과 파수꾼, 마을의 모든 소문을 아는 이발사, 그리고 타워 머스킷 총을 가진 사냥꾼인 늙은 불데오가 만나서 담배를 피웠다. 머리 위 나뭇가지에서는 원숭이들이 앉아서 떠들었으며, 돌로 쌓은 단 아래 구멍에는 코브라가 살고 있었다. 마을 사람들은 그 코브라를 신성하게 여겨 매일 밤 우유 한 접시를 바쳤다. 노인들은 무화과나무 주변에 둘러앉아 이야기를 나누었고, 밤늦도록 커다란 물담배 파이프를 빨았다. 그들은 신과 인간과 귀신이 나오는 멋진 이야기를 늘어놓았다. 불데오는 정글에 사는 맹수들의 생활에 관해 훨씬 더 멋진 이야기를 들려주었는데, 둥그렇게 앉은 노인들의 바깥 줄에 앉은 어린 아이들의 눈이 튀어나올 정도였다. 그 이야기는 대부분 동물에 관한 것이었다. 정글은 항상 그들의 곁에 있었다. 사슴과 멧돼지는 농작물을 뿌리째 뽑아 버렸고, 이따금 호랑이가 새벽에 내려와 마을 입구가 보이는 곳에서 사람을 채어 가곤 했다.

물론 사람들이 말하는 내용을 훤히 아는 모글리는 웃는 모습을 들키지 않으려고 얼굴을 가려야 했고, 불데오가 타워 머스킷 총을 무릎 위에 놓은 채 흥미로운 이야기를 마치고 다음 이야기로 넘어갈 때에는 웃음을 참지 못해 어깨를 들썩였다.

불데오는 메수아의 아들을 채어 간 건 귀신 호랑이였으며, 그 호랑이의 몸에는 몇 년 전에 죽은 사악하고 늙은 고리

대금업자의 귀신이 붙어 있다고 설명하고 있었다. 「내가 알기로 그건 사실이라네. 왜냐하면 푸른 다스는 폭동이 일어났을 때 뭇매를 맞아서 다리를 절거든. 그때 장부도 불에 타버렸고. 그런데 내가 말하는 그 호랑이 역시 다리를 절어. 그 발자국이 일정하지 않은 걸 보면.」

「맞아, 맞아. 틀림없어.」 백발 수염의 남자들이 고개를 끄덕이며 맞장구쳤다.

「이 모든 이야기는 말도 안 되는 헛소리 아니에요?」 모글리가 말했다. 「그 호랑이가 다리를 저는 건 절름발이로 태어났기 때문이라는 건 누구나 알아요. 그리고 자칼의 용기조차 가지지 못했던 맹수에게 돈놀이꾼 귀신이 붙었다는 건 어린아이나 하는 이야기고요.」

불데오는 놀라서 한동안 말을 잃었고, 촌장은 모글리를 가만히 보았다.

「오호라! 이 아이가 정글 꼬마구나, 그렇지?」 불데오가 말했다. 「네가 그렇게 똘똘하다면 그 호랑이의 가죽을 칸히와라로 가지고 오지 그러냐. 정부에서 그 호랑이 목숨 값으로 1백 루피(30달러)를 내걸었거든. 그보다 어른들이 이야기할 때는 끼어들지 말고 얌전히 있어라.」

모글리는 자리를 뜨려고 일어섰다. 「저녁 내내 여기 누워서 이야기를 듣고 있었어요.」 그는 어깨 뒤를 돌아보며 말했다. 「그리고 불데오 아저씨가 한 정글 이야기는 한두 가지를 빼면 전혀 사실이 아니에요. 바로 아저씨 집 앞이 정글인데도요. 그러니 아저씨가 보았다는 귀신이니 신이니 도깨비 이야기들을 내가 어떻게 믿겠어요?」

「저 아이는 온종일 소를 먹이러 나가 있었다네.」 불데오가 모글리의 무례함에 씩씩대며 콧바람을 부는 동안 촌장이 달랬다.

인도 대부분의 마을에는 몇몇 소년을 시켜 이른 아침에 소 떼와 물소 떼를 몰고 풀을 먹이러 나갔다가 밤에 그 소들을 몰고 돌아오게 하는 관습이 있다. 백인을 짓밟아 죽이곤 하는 바로 그 소들은 자기 주둥이 높이에도 미치지 않는 작은 아이들이 거칠게 다루고 괴롭히고 소리를 쳐도 내버려 둔다. 소년들은 소 떼와 함께 있는 한 안전한데, 아무리 호랑이라 해도 무리 지어 있는 소들을 공격하지는 않기 때문이다. 그러나 소년들이 꽃을 꺾거나 도마뱀을 쫓느라 소들에게서 멀어지면 가끔 맹수에게 납치되곤 한다. 모글리가 새벽에 커다란 수소인 라마의 등을 타고 마을 길을 지나가면, 뿔이 뒤로 길게 나고 눈이 사나운 청회색 물소들이 한 마리씩 외양간에서 나와 모글리를 따라갔다. 모글리는 같이 가는 아이들에게 그가 대장이라는 생각을 확실하게 심어 주었다. 모글리는 윤이 나는 긴 대나무로 물소들을 몰았고, 소년들 중 한 명인 카미야에게는 자기가 물소들을 몰 테니 알아서 소를 지키되 소 떼를 벗어나지 않도록 매우 조심해야 한다고 당부했다.

인도의 방목지 곳곳에는 바위와 관목, 덤불이 있고 작은 골짜기들도 있다. 골짜기 사이로 소들이 흩어지면 보이지 않게 된다. 물소들은 대체로 웅덩이와 진흙이 많은 곳을 좋아하는데, 그런 곳에서 뒹굴거나 따뜻한 진흙탕 속에서 몇 시간이고 햇볕을 쬔다. 모글리는 물소 떼를 몰고 평원의 가장자리, 와인궁가강이 정글에서 빠져나오는 곳으로 갔다. 그러고는 라마의 등에서 뛰어내려 종종걸음으로 대숲으로 가서 회색 형제를 찾아냈다. 「왔구나.」 회색 형제가 반겼다. 「무척 여러 날 동안 여기서 기다렸어. 소를 치다니 이게 다 뭐야?」 회색 형제가 물었다.

「명령을 따르는 거야.」 모글리가 말했다. 「당분간은 마을 목동 신세지. 시어 칸 소식이 있어?」

「시어 칸이 이 지역으로 돌아와서 한참 전부터 널 기다리고 있었어. 지금은 사냥감이 귀해져서 다시 떠나고 없지만. 하지만 정말 너를 죽일 생각인가 봐.」

「잘됐어. 시어 칸이 없는 동안에는 너나 형제들 중 한 명이 그 바위에 앉아 있어 줘. 내가 마을 밖으로 나오면 볼 수 있게 말이야. 시어 칸이 돌아오면 평원 가운데 있는 드하크나무(포인시아나) 옆 작은 골짜기에서 나를 기다려. 우리가 시어 칸의 입 속으로 걸어 들어갈 필요는 없잖아.」

그런 다음 모글리는 그늘진 장소를 찾아내고는 주변에서 물소들이 풀을 뜯는 동안 바닥에 누워 잠을 잤다. 인도에서 소를 먹이는 일은 세상에서 가장 느긋한 일 중 하나다. 소들은 돌아다니며 풀을 뜯다가 바닥에 눕고, 그러다가 다시 돌아다니지만 울음소리를 내는 일조차 없다. 그저 툴툴거릴 뿐이다. 물소들은 무슨 소리를 내는 법이 거의 없지만, 차례로 진흙 웅덩이로 내려가서 코와 도자기 같은 파란 눈만 겨우 물 위로 내놓고 통나무처럼 눕는다. 해는 뜨거운 열기로 바위들을 춤추게 하는 아지랑이를 만들고, 목동들은 잘 보이지도 않는 높은 하늘에서 솔개 한 마리(결코 그 이상이 되는 일은 없다)가 내는 휘파람 소리를 듣는다. 목동들은 만약 자기가 죽거나 암소 한 마리가 죽으면, 그 솔개가 쏜살같이 내려오고, 몇 킬로미터 떨어진 곳에서 그 솔개의 낙하를 본 다음 솔개가 따라오고, 그다음 솔개, 그다음 솔개도 따라와서 채 마지막 숨을 거두기도 전에 배고픈 솔개 수십 마리가 난데없이 나타나리라는 걸 안다. 이윽고 목동들은 자다 깨다를 반복하거나, 마른 풀로 작은 바구니를 엮어서는 메뚜기를 잡아 그 바구니 안에 놓는다. 또는 사마귀 두 마리를 잡아서 싸움을 붙이기도 하고, 빨간색과 검은색의 딱딱한 정글 열매를 꿰어 목걸이를 만들기도 하고, 바위 위에서 일광욕을 하는 도마뱀이나 웅덩이 근처에서 개구리 사냥을 하는 뱀을 지켜보기도 한다. 그러고 나면 길고 긴 노래를 부르는데, 곡절이 끝날 때마다 구성지고 특이한 떨림 소리를 집어넣는다. 그런 하루는 보통 사람들의 평생보다 더 길게 느껴진다. 어쩌면 그들은 진흙 인간과 진흙 말과 진흙 물소가 사는 진흙 성을 만들고 진흙 인간들의 손에 갈대를 끼워넣고는, 그것을 왕이라 하고 진흙 인형들을 군대라 하거나, 숭배받는 신들이라고 하며 놀 것이다. 그러다 저녁이 되어 목동들이 신호를 하면 물소들은 총성 같은 큰 소리를 내며 한 마리씩 차례차례 질퍽한 진흙 속에서 몸을 일으키고, 모두가 줄지어 회색 평원을 지나 반짝이는 마을의 불빛을 향해 돌아간다.

모글리는 날마다 물소 떼를 몰고 웅덩이로 데려갔고, 날마다 평원 건너 2.4킬로미터 거리에 회색 형제가 와 있는 걸 보고는 시어 칸이 아직 돌아오지 않았다는 걸 알았다. 그리고 날마다 풀밭에 누워서 주변에서 나는 소리에 귀를 기울인 채로 정글에서 지내던 옛날을 꿈꾸곤 했다. 혹시라도 시어 칸이 와인궁가강 옆 정글 속에서 절뚝거리는 그 발을 한 번 헛디디기라도 했다면, 모글리가 그 소리를 들었을 만큼 적막하고 긴 오전 나절이 하루하루 지나갔다.

마침내 약속한 장소에서 회색 형제의 모습이 보이지 않는 날이 왔다. 모글리는 웃음을 띠고 드하크나무 옆 골짜기로 물소 떼를 몰고 갔다. 드하크나무는 온통 붉은 꽃으로 덮여 있었다. 그곳에는 등쪽의 털을 모두 곤두세운 회색 형제가 앉아 있었다.

「시어 칸은 네가 경계심을 풀기를 바라고 한 달 동안 숨어 있었어. 그러고는 어젯밤에 타바키와 함께 네 자취를 쫓아서 발에 불이 나도록 산맥을 넘어온 거야.」 늑대가 헐떡거리며 말했다.

모글리는 눈살을 찌푸렸다. 「시어 칸은 무섭지 않아. 하지만 타바키가 여간 교활한 게 아니라서 말이야.」

「겁먹지 마.」 회색 형제가 혀로 입술을 살짝 축이면서 말했다. 「새벽에 타바키를 만났거든. 지금 녀석은 솔개들에게 아는 걸 모두 말하고 있을 텐데, 내가 녀석의 허리를 부러뜨리겠다고 하니 모든 걸 실토하더라. 시어 칸은 오늘 밤 마을 입구에서 너를 기다릴 계획이야. 다른 누구도 아닌 니를. 시금은 와인궁가 유역의 크고 마른 협곡에 누워 있어.」

「시어 칸은 오늘 뭐 좀 먹었어? 아니면 빈속이야?」모글리가 물었다. 그 답이 그에게는 사느냐 죽느냐를 뜻했기 때문이다.

「새벽에 돼지 한 마리를 잡았지. 물도 마셨어. 알잖아, 시어 칸은 복수를 앞에 두고도 결코 안 먹지는 못한다는 걸.」

「오! 바보가 따로 없군! 뭘 몰라도 한참 몰라! 먹고 마시기까지 하다니, 녀석은 자기가 한잠 자고 날 때까지 내가 기다려 줄 거라고 생각하는 거야! 그래, 녀석은 어디 있어? 우리 우리 쪽 숫자가 열만 되면 녀석이 누워 있을 때 쓰러뜨릴 수 있을 텐데. 이 물소들은 녀석의 냄새를 맡지 않는 이상 공격하지 않겠지. 게다가 난 이들의 말을 몰라. 물소들이 시어 칸의 냄새를 맡도록 녀석의 흔적을 따라갈 수 있을까?」

「시어 칸은 흔적을 남기지 않으려고 와인궁가강을 타고 한참을 헤엄쳐 왔어.」회색 형제가 말했다.

「타바키가 그러라고 했겠지. 시어 칸 혼자서는 절대 그런 생각을 못 할 걸.」모글리는 손가락을 입술에 대고 서서 생각했다. 「와인궁가 유역의 큰 협곡이라. 그 협곡은 여기서 8백 미터 거리도 안 되는 평원으로 빠지는데. 내가 물소 떼를 몰고 정글을 통과해서 협곡 위쪽으로 갔다가 아래로 내려오면 될 거야. 그러면 녀석은 아래쪽에서 빠져나가겠지. 퇴로를 막아야 해. 회색 형제, 물소들을 두 무리로 나눌 수 있겠어?」

「나는 못할 것 같아. 하지만 현명한 지원군을 하나 모셔 왔지.」회색 늑대는 종종 걸음으로 달려가 어느 구멍 속으로 들어갔다. 곧이어 그 구멍에서 모글리가 너무도 잘 아는 커다란 회색 머리가 나타났고, 정글 전체에서 가장 쓸쓸한 외침 소리가 더운 공기를 갈랐다. 한낮에 사냥을 나선 늑대의 외침이었다.

「아켈라! 아켈라!」 모글리가 손뼉을 치며 반겼다. 「아켈라가 나를 잊지 않으리란 걸 알았어야 했는데. 우린 중대한 일을 하려고 해요. 아켈라, 물소 떼를 둘로 나눠 줘요. 암소와 송아지 따로, 수소와 쟁기질하는 물소 따로요.」

두 마리 늑대는 춤출 때 여자들이 남자들 사이를 빠져나가는 것처럼 소 떼 사이를 들락날락거리며 달렸고, 소 떼들은 콧김을 뿜고 고개를 쳐들었지만 결국 두 무리로 나뉘었다. 한쪽에서는 암컷 물소들이 송아지들을 에워싸고 서서 늑대를 노려보며 발로 바닥을 긁고 있었다. 늑대가 가만히 멈추기라도 하면 언제든 달려들어 짓밟아 죽일 태세였다. 다른 쪽에서는 수소와 어린 수소들이 콧김을 뿜고 발을 굴렀다. 겉보기에는 이쪽이 더 무서워 보여도, 보호해야 할 송아지들이 없기 때문에 사실은 훨씬 덜 위험했다. 인간이라면 여섯 명이 나섰다고 해도 그처럼 깔끔하게 소 떼를 갈라놓지는 못했을 것이다.

「대단하군!」 아켈라가 가쁜 숨을 몰아쉬었다. 「소들이 다시 합칠 기세야.」

모글리는 라마의 등에 올라탔다. 「아켈라, 수소들을 왼쪽으로 몰아가 줘요. 회색 형제, 우리가 가고 나면 암소들을 함께 모아서 협곡 입구 안쪽으로 몰아 줘.」

「얼마나 멀리까지?」 회색 형제가 헉헉거리며 짧게 물었다.

「협곡 양쪽 비탈이 시어 칸이 뛰어오를 수 있는 높이보다 더 높아질 때까지.」 모글리가 소리쳤다. 「우리가 내려올 때까지 소들을 거기 붙잡아 둬야 해.」 수소들은 아켈라가 짖자 순식간에 달아났고, 회색 형제는 암소들 앞에서 멈추었다. 암소들은 회색 형제를 공격하며 따라왔고 회색 형제가 아슬아슬하게 그 앞을 달리며 협곡 입구로 향하는 사이, 아켈라는 수소들을 멀리 왼쪽으로 몰았다.

「잘했어요! 한 번 더 공격하면 소들이 다시 달리기 시작할 거예요. 지금부터 조심해야 해요, 아켈라. 달려들어 물지는 마세요, 그럼 소들이 공격할 테니까. 이랴! 이건 검은 수사슴을 모는 것보다 힘드네요. 소들이 이렇게 날쎌 거라고 예상하셨어요?」 모글리가 외쳤다.

「옛날에, 한창때는 이런 소도 사냥했었어.」 먼지 속에서 아켈라가 헐떡거리며 말했다. 「소들의 방향을 정글로 돌릴까?」

「네, 돌리세요! 재빨리 돌리세요. 라마가 화가 나서 날뛰네요. 아, 오늘 라마가 해야 할 일을 말해 줄 수만 있다면 좋겠는데!」

수소들은 이번에는 오른쪽으로 돌아, 덤불이 있는 곳을 향해 돌진했다. 멀리 8백 미터 떨어진 곳에서 나머지 소 떼들과 함께 이 장면을 지켜보던 목동들은 젖 먹던 힘까지 다해 마을을 향해 달리면서 물소들이 미쳐서 달아났다고 소리쳤다.

모글리의 계획은 아주 단순했다. 언덕 오르막을 따라 커다란 원을 그리며 협곡 위쪽에 도착한 다음, 수소들을 협곡 아래쪽으로 몰고 가서 수소들과 암소들 사이에서 시어 칸을 잡는 것이었다. 시어 칸은 식사를 마치고 물까지 실컷 마셨으니 소들과 싸우거나 협곡 기슭을 기어오를 만한 상태는 아닐 터였다. 이제 모글리는 목소리로 물소들을 달래고 있었고, 아켈라는 뒤쪽에 멀찌감치 떨어져서 한두 번 컹컹 짖기만 하면서 뒤에 처진 소들을 재촉했다. 소들은 아주 기다란 원을 그리며 나아갔다. 소들을 협곡에 너무 가까이 몰아 시어 칸이 눈치채게 해서는 안 되었던 것이다. 마침내 모글리는 협곡이 시작되는 곳, 아래쪽 협곡을 향해 가파르게 경사진 풀밭 위로 당황한 소들을 불러 모았다. 그 높은 곳에서는 나무들 꼭대기 위로 저 아래 평원이 한눈에 내다보였다. 하지만 모글리가 눈여겨본 것은 협곡 양쪽의 기슭이었다. 협곡 경사면은 거의 수직에 가까운 오르막과 내리막이었고, 그 위로 드리워진 덩굴과 넝쿨은 호랑이가 그곳을 빠져나가려 한다 해도 전혀 발판이 되어 줄 것 같지 않았으므로, 모글리는 아주 만족스러웠다.

「소들이 숨 돌릴 여유를 주세요, 아켈라.」 모글리가 한 손을 들어 올리며 말했다. 「아직은 소들이 시어 칸의 냄새를 맡지 않았어요. 그러니 숨 좀 쉬게 하죠. 이제 시어 칸에게 누가 왔는지 알려 줘야겠어요. 녀석은 우리 함정에 빠진 거예요.」

모글리는 양손을 입에 대고 아래 협곡을 향해 외쳤다. 그건 마치 터널을 향해 외치는 것 같았고, 바위에서 바위로 메아리가 울려 퍼졌다.

한참 후 잠에서 막 깬 배부른 호랑이가 졸려서 느리게 으르렁대는 소리가 들려왔다.

「누구냐?」 시어 칸이 말했다. 화려한 공작 한 마리가 꽥 소리를 지르며 협곡 위로 푸드덕 날아올랐다.

「나야, 모글리. 이 소도둑아. 이제 회의 바위로 나올 때가 됐다! 어서 소들을 밑으로 모세요, 아켈라, 내려가자, 라마, 내려가!」

소 떼는 잠시 비탈 끝에서 멈칫거렸다. 그러나 아켈라가 목청껏 사냥 외침을 부르짖자 소들은 한 마리씩, 증기선들이 급류를 헤쳐가듯, 차례로 곤두박질쳤다. 모래와 돌멩이들이 사방에서 튀어 올랐다. 일단 소들이 뛰어내리기 시작하자 도저히 멈출 방법이 없었고, 소들이 협곡 바닥에 채 닿기도 전에 라마는 시어 칸의 냄새를 맡고 울부짖었다.

「하! 하!」 모글리가 라마를 탄 채 외쳤다. 「이제 너도 알았구나!」 검은 뿔들, 거품 문 주둥이들, 이글거리는 눈들의 급류가 홍수에 휩쓸린 커다란 돌덩이처럼 소용돌이치며 협곡을 내려갔다. 힘이 약한 물소는 이리저리 떠밀리다 협곡 가장자리로 밀려나 덩굴에 긁혔다. 그들은 앞에 무슨 일이 기다리고 있는지 알고 있었다. 물소 떼의 무시무시한 쇄도, 그것은 어떤 호랑이도 견뎌 낼 재간이 없다. 시어 칸은 물소 떼의 발굽이 울리는 천둥 같은 소리에 벌떡 몸을 일으키고는 달아날 길을 찾아 이쪽저쪽 살피면서 어슬렁어슬렁 협곡을 내려왔다. 그러나 협곡 벽은 깎아지른 듯했고, 식사와 물을 채워 무거워진 몸으로, 싸움만 아니면 무엇이든 하겠다는 생각으로 계속 내려갈 수밖에 없었다. 방금 그가 떠난 웅덩이를 소 떼가 첨벙거리며 지나갔다. 모글리는 협곡 입구의 소떼가 대답하듯 우는 소리를 들었고, 시어 칸이 몸을 돌리는 것을 보았다. 그 호랑이는 최악의 상황에 최악이 겹쳤을 때는 송아지들을 거느린 암소들보다 수소들을 대면하는 게 차라리 낫다는 걸 알고 있었다. 다음 순간 라마가 기우뚱하며 비틀거리는가 싶더니, 무언가 물컹한 것을 밟고는 계속 나아갔고, 뒤따라오는 수소들을 이끌고 전속력으로 맞은편 소떼들 속으로 돌진했다. 두 무리가 충돌할 때의 충격으로 힘이 약한 물소들은 네발이 완전히 땅에서 들렸다. 그렇게 충돌한 두 무리는 뿔을 받으며 콧김을 뿜고 발을 구르며 평원으로 나아갔다. 모글리는 틈을 보다가 라마의 등에서 뛰어내리고는 막대기로 라마의 오른쪽 왼쪽을 마구 후려쳤다.

「서둘러요, 아켈라! 소들을 흩어 놓으세요. 빨리 흩어 놓지 않으면 서로 싸울 거예요. 소들을 멀리 몰고 가요, 아켈라. 워이, 그만! 워이! 워이! 워이! 착하지! 천천히. 이제 천천히! 다 끝났어.」

아켈라와 회색 형제는 앞뒤로 달리면서 물소들의 다리를 깨물었다. 물소들은 다시 한번 협곡으로 돌진하려고 방향을 돌렸지만, 모글리가 가까스로 라마의 몸을 돌리는 데 성공하자 나머지 소들도 그를 따라 웅덩이로 갔다.

시어 칸은 더 이상 짓밟아 줄 필요가 없었다. 그는 죽었고, 솔개들이 벌써 그를 향해 내려오고 있었다.

「형제들, 저게 개죽음이군요.」모글리는 인간들과 함께 살게 된 후 늘 목에 걸고 다니는 칼집 속의 칼을 더듬으며 말했다.「녀석은 전혀 싸울 생각도 없었던 거예요. 그의 가죽은 회의 바위에 잘 보이게 펴놓을 거예요. 서둘러 시작해요.」

인간들 사이에서 자란 소년이었다면 몸길이가 3미터인 호랑이 가죽을 벗기는 일은 꿈도 꾸지 못했겠지만, 모글리는 동물 가죽이 어떻게 붙어 있는지, 어떻게 가죽을 벗기면 되는지를 누구보다 잘 알고 있었다. 하지만 가죽 벗기기는 힘든 일이었다. 모글리는 한 시간 동안 칼질을 하고 가죽을 잡아 뜯으며 끙끙거렸고, 늑대들은 혀를 늘어뜨리고 있거나 모글리가 지시하는 대로 앞으로 가서 가죽을 잡아당기곤 했다.

그런데 모글리의 어깨를 잡는 손이 있었다. 돌아보니 불데오가 타워 머스킷 총을 들고 서 있었다. 아이들이 마을 사람들에게 물소들이 달아났다고 알렸고, 불데오는 좀 더 조심하며 소 떼를 돌보지 않은 모글리를 혼내 줄 생각에 화가 나서 달려온 거였다. 늑대들은 그 남자가 다가오는 걸 보자마자 곧바로 시야에서 사라졌다.

「무슨 바보짓이야?」불데오가 화를 내며 물었다.「네깟게 호랑이 가죽을 벗길 수나 있겠어? 물소들이 어디서 호랑이를 죽인 거지? 이것도 절름발이 호랑이잖아. 이 녀석 머리에 1백 루피가 걸려 있어. 그래, 좋아, 소 떼가 달아나는 걸 내버려 둔 네 잘못은 눈감아 주겠다. 내가 그 가죽을 칸히와라에 가져가게 되면 포상금 중 1루피를 너에게 주마.」그는 조끼 주머니를 뒤져 부싯돌과 강철 막대를 꺼내더니 허리를 숙여 시어 칸의 수염을 태웠다. 대부분의 토착민 사냥꾼들은 호랑이의 유령이 붙는 것을 막기 위해 호랑이의 수염을 그을린다.

「흠!」 모글리는 시어 칸의 한쪽 앞발 가죽을 벗기면서 혼잣말하듯 중얼거렸다. 「그러니까 아저씨가 이 가죽을 칸히와라에 가져가서 포상금을 받고 나한테는 1루피를 주겠다고요? 그런데 이 가죽은 쓸데가 따로 있으니 나한테 필요할 것 같아요. 이봐요! 아저씨, 그 불을 치우시죠!」

「마을의 대장 사냥꾼에게 그 무슨 말버릇이냐? 네가 재수가 좋고 물소들이 바보 같아서 이 호랑이를 죽이게 된 거야. 마침 호랑이 배가 불렀기에 망정이지 그렇지 않았다면 지금쯤 32킬로미터는 달아났을 거다. 넌 호랑이 가죽을 제대로 벗기지도 못하잖아, 거지 같은 꼬마 녀석아. 그리고 정말이지, 나 불데오는 호랑이 수염을 그을리지 말라는 말을 들을 이유가 없다. 모글리, 너한테는 포상금의 1안나도 주지 않을 거야. 대신 혼쭐이 나도록 때려 주지. 어서 그 호랑이 시체에서 손 떼!」

「내 목숨을 구해 준 황소를 걸고 말하지만,」 모글리는 사냥꾼의 어깨를 잡으려고 애쓰며 말했다. 「내가 늙은 원숭이가 종알거리는 소리나 들으면서 시간을 보내야겠어요? 아켈라, 이 남자가 나를 괴롭혀요.」

그때까지도 시어 칸의 머리 위에 쭈그리고 있던 불데오는 다음 순간 한 회색 늑대의 발 아래서 풀밭 위에 뻗어 있는 자신을 발견했다. 그사이 모글리는 인도 전체에 자기 혼자만에 없다는 듯 계속해서 호랑이 가죽을 벗겨 나갔다.

「그래요.」모글리가 이를 갈며 말했다.「그래도 불데오 아저씨 말이 맞기는 맞아요. 아저씨가 나한테 보상금의 1안나라도 줄 일은 없을 거예요. 이 절름발이 호랑이와 나 사이에는 해묵은 전쟁이 있어요. 아주 오랜 전쟁이죠. 결국엔 내가 이겼지만요.」

불데오를 위해 말하자면, 그가 10년만 더 젊었어도 숲속에서 아켈라를 만났을 때 어떻게 해볼 기회가 있었을 것이다. 하지만 사람을 잡아먹는 호랑이와 사적인 전쟁을 해왔다는 이 소년의 명령에 복종하는 늑대는 보통 동물이 아니었다. 그것은 마법, 그것도 최악의 마법이라고 불데오는 생각했고, 그 소년이 목에 두른 부적이 그를 보호해 주는 건 아닌지 궁금했다. 불데오는 꼼짝도 하지 않고 가만히 누운 채 모글리가 호랑이로 변하는 모습을 이제나저제나 기대하고 있었다.

「마하라지! 위대한 왕이시여.」마침내 그가 목쉰 소리로 중얼거렸다.

「그래.」모글리는 고개를 돌리지도 않고 조금 킥킥거리며 대답했다.

「저는 한낱 늙은이일 뿐입니다. 저는 당신이 목동이 아니라 다른 존재인 줄 꿈에도 몰랐습니다. 제가 일어나서 자리를 떠도 될까요, 아니면 당신의 하인에게 나를 갈가리 찢게 하시렵니까?」

「가거라, 평화가 함께하기를. 다만 다음번에는 내 사냥감에 집적대지 마라. 아켈라, 그를 풀어 주어라.」

불데오는 혹시나 모글리가 무언가 무시무시한 것으로 변하기라도 할까 봐 어깨 너머로 돌아보며 절뚝거리는 걸음으로 최대한 빨리 마을로 달아났다. 마을에 도착한 그는 마법과 최면술과 주술에 관한 이야기를 늘어놓았고, 그래서 사제는 매우 심각한 표정이 되었다.

모글리는 쉬지 않고 가죽을 벗겼지만, 그와 늑대들이 죽은 호랑이에게서 화려한 가죽을 깨끗이 벗겨 냈을 때는 날이 어둑어둑해진 후였다.

「이제 이 가죽을 숨기고 물소들을 집으로 데려가야 하는데! 소들을 몰게 나 좀 도와줘요, 아켈라.」

안개 자욱한 황혼 녘에 소 떼를 모은 뒤 마을 근처에 도착했을 때, 마을 불빛이 환했고, 사원에서 사람들이 불고 두드려 대는 소라고둥 나팔 소리와 종소리가 들렸다. 마을 사람들 절반이 입구에 나와 그를 기다리는 것 같았다. 「내가 시어칸을 죽여서 마중 나왔나 봐.」 그는 혼자 중얼거렸다. 그러나 소나기처럼 퍼붓는 돌멩이들이 획하며 그의 귀를 스쳐 지나갔고, 마을 사람들이 소리쳤다. 「마법사! 늑대의 형제! 정글의 마귀! 어서 꺼져라! 빨리 꺼지지 않으면, 사제가 다시 너를 늑대로 만들어 버릴 거다. 불데오, 쏴, 어서 쏴!」

낡은 타워 머스킷 총이 굉음과 함께 발사되었고, 어린 물소 한 마리가 고통으로 울부짖었다.

「또 마법을 부렸어!」 마을 사람들이 소리쳤다. 「총알을 빗나가게 하는군. 불데오, 자네 물소가 총을 맞았어.」

「이게 무슨 일이지?」 돌멩이가 더욱 빽빽이 쏟아지는 가운데 당황한 모글리가 말했다.

「그들도 우리 무리와 다르지 않군, 너의 인간 형제들 말이야.」 아켈라가 차분하게 앉으며 말했다. 「내 생각이지만, 만약 총알에 의미가 있다면, 저들은 널 내쫓으려는 거야.」

「늑대! 늑대의 새끼! 떠나거라!」 사제가 성스러운 툴시(바질) 가지를 흔들면서 소리쳤다.

「또? 저번에는 내가 인간이라고 쫓아내더니. 이번에는 내가 늑대라고 쫓아내네. 가요, 아켈라.」

한 여자, 메수아가 무리를 가로질러 달려와서 울부짖었다. 「오, 아들아, 내 아들아! 사람들이 네가 마음만 먹으면 맹수로 변신할 수 있는 마법사라는구나. 난 그 말을 믿지 않는다. 하지만 어서 떠나거라. 그렇지 않으면 사람들이 널 죽일 거야. 불데오는 네가 마법사라고 떠들고 다니지만 나는 알아, 네가 죽은 우리 나투를 대신해 복수했다는 걸.」

「돌아와요, 메수아!」 사람들이 소리쳤다. 「돌아와요, 안 그러면 당신한테도 돌을 던질 거예요.」

모글리는 잠시 쓸쓸하게 웃었다. 돌멩이 하나가 그의 입을 맞혔기 때문이다. 「돌아가세요, 메수아. 이건 황혼 녘에 사람들이 큰 나무 아래서 떠드는 바보 같은 이야기와 다를 게 없어요. 적어도 나는 당신 아들의 목숨을 대신 갚아 주었어요. 안녕히 계세요. 그리고 어서 돌아가세요, 저들이 던지는 벽돌 조각들보다 더 빨리 소 떼를 돌려보낼 테니까요. 난 결코 마법사가 아니에요, 메수아. 안녕히 계세요!」

「그럼, 한 번 더 부탁해요, 아켈라.」 모글리가 소리쳤다. 「소 떼를 몰아와 줘요.」

물소들은 마을에 들어가려고 안달하고 있었다. 아켈라가 소리를 지를 필요도 거의 없이, 물소들은 회오리처럼 마을 문을 지나 돌진하면서 군중을 좌우로 흩어 버렸다.

「숫자를 세어 보시지!」 모글리가 비웃듯이 소리쳤다. 「어쩌면 내가 한 마리 훔쳤을지도 모르니까. 계속해서 세어 봐요. 앞으로 두 번 다시 당신네 소 떼를 먹일 생각은 없으니까. 잘 있어, 인간의 아이들아. 그리고 내가 늑대들과 함께 와서 당신네 거리를 누비며 당신들을 사냥하지 않는 건 메수아 덕인 줄 아세요.」

그는 발길을 돌려 고독한 늑대와 함께 떠났다. 그리고 고개를 들어 별을 볼 때는 행복감을 느꼈다. 「더 이상 덫 안에서 자는 일은 없겠네요, 아켈라. 시어 칸의 가죽을 가지고 떠나요. 그래요, 우린 마을 사람들을 해치지 않을 거예요, 메수아가 나에게 친절을 베풀었으니까.」

평원 위로 다시 달이 떠올라 모든 것을 우윳빛으로 물들일 때, 겁에 질린 마을 사람들은 모글리가 두 마리 늑대를 거느리고서 머리 위에 꾸러미 하나를 이고 떠나는 모습을 바라보았다. 모글리는 들불처럼 먼 거리를 먹어 치우는, 한결같은 늑대의 빠른 걸음걸이로 멀어져 갔다. 이윽고 사람들은 사원의 종을 울리고 그 어느 때보다 크게 소라고둥 나팔을 불었다. 메수아는 울부짖었고, 불데오는 정글에서의 모험담을 한참 떠들어 대더니 결국엔 아켈라가 뒷다리로 일어서

서 사람처럼 말했다는 이야기로 끝을 맺었다.

달이 막 기울기 시작했을 때 모글리와 두 늑대는 회의 바위가 있는 언덕에 도착해서 어미 늑대의 굴 앞에 멈춰 섰다. 「엄마, 인간들이 무리에서 나를 쫓아냈어요. 하지만 약속을 지키기 위해 시어 칸의 가죽을 가져왔어요.」모글리가 소리쳤다. 엄마 늑대가 새끼들을 뒤에 달고서 꼿꼿하게 걸어 나왔고, 호랑이 가죽을 보자 눈을 빛냈다.

「그가 네 목숨을 노리고 이 굴에 머리와 어깨를 들이밀던 날, 내가 장담했단다, 작은 개구리야. 사냥꾼은 사냥을 당할 거라고 말이다. 잘했다.」

「작은 형제, 잘했어.」덤불에서 굵은 목소리가 들렸다. 「네가 없어서 정글에서 외로웠어.」바기라가 맨발의 모글리에게 달려왔다. 그들은 함께 회의 바위에 기어 올라갔다. 모글리는 옛날 아켈라가 앉곤 하던 평평한 바위 위에 호랑이 가죽을 펼쳐 놓고, 대나무 조각 네 개로 고정시켰다. 아켈라는 그 가죽 위에 몸을 엎드리고는 회의를 소집하던 예의 외침 소리를 냈다. 「보시오, 똑똑히 보시오, 늑대들이여!」모글리가 처음 그곳에 왔을 때 냈던 바로 그 외침이었다.

아켈라가 물러난 뒤로 늑대 무리는 지도자 없이 내키는 대로 사냥하고 싸웠다. 그런데도 그들은 습관적으로 그 부름에 응답했다. 몇몇 늑대는 덫에 빠졌다가 다리를 절었고, 몇몇 늑대는 총상으로 불구가 되었고, 몇몇 늑대는 좋지 않은 먹이 때문에 옴이 올랐고, 사라진 늑대도 많았다. 그러나 남은 늑대는 모두 회의 바위를 찾아왔고, 바위 위에 놓인 시어 칸의 가죽과 속이 비어 대롱거리는 발끝에 달려 늘어진 커다란 발톱을 보았다. 바로 그때였다. 모글리는 아무 운율도 없는 노래, 목구멍에서 절로 올라오는 노래를 지어냈다. 그는 소리 높여 그 노래를 부르며 풀썩거리는 가죽 위에서 펄쩍펄쩍 뛰면서 숨이 가빠 더는 못 뛸 때까지 뒤꿈치로 박자를 맞추었다. 회색 형제와 아켈라는 노래 사이사이에 길게 울부짖었다.

「잘 보시오, 늑대들이여. 내가 약속을 지켰습니까?」 노래를 마친 후 모글리가 물었다. 늑대들이 짖었다.「그렇다.」그리고 털이 너덜너덜해진 한 늑대가 울부짖었다.

「다시 우리를 이끌어 주시오, 아켈라여. 다시 우리를 이끌어 주시오, 인간의 아이여. 이 무법의 상태는 이제 지긋지긋하오. 우리는 다시 한번 자유 부족이 되겠소.」

「안 될 말이지.」바기라가 그르렁거렸다.「그렇게는 안 될 거요. 배가 부르면 다시 광기가 당신들을 덮칠 테니까. 자유의 부족이란 이름은 공짜로 얻어지는 게 아닙니다. 자유를 위해 싸우시오, 그러면 자유를 얻을 것이오. 빌어먹을 늑대들 같으니.」

「인간 무리와 늑대 무리는 나를 쫓아냈다.」모글리가 말했다.「앞으로 나는 정글에서 혼자 사냥할 것이다.」

「우리가 너와 함께 사냥할 거야.」네 마리 새끼 늑대가 말했다.

그렇게 해서 모글리는 그날부터 그곳을 떠나 정글에서 네 마리 새끼 늑대와 함께 사냥했다. 그러나 언제까지나 외롭지는 않았는데, 여러 해가 지난 후 인간이 되어 결혼했기 때문이다.

하지만 그 뒤의 일은 어른들의 이야기다.

모글리의 노래

모글리가 시어 칸의 가죽을 펼쳐 놓은
회의 바위에서 춤추며 불렀던 노래

모글리의 노래, 나 모글리는 노래한다.
정글아 내가 했던 일을 들어 보아라.
시어 칸이 죽일 거라고 말했었지, 죽일 거라고!
황혼녘 마을 입구에서 모글리, 그 개구리를 죽일 거라고!
그는 먹고 마셨어. 실컷 마셔라, 시어 칸.
언제 또 마실 수 있겠느냐? 잠에 빠져 죽이는 꿈을 꾸어라.
나는 목초지에 혼자 있네.
회색 형제여, 나에게로 오라! 나에게 오라,
고독한 늑대여, 큰 사냥이 벌어지고 있으니.
거대한 수컷 물소들을 몰아 주오, 성난 눈을 한 푸른 가죽의
수소들을. 내가 시킨 대로 앞뒤로 몰아 주오.
아직도 자고 있느냐 시어 칸? 일어나라, 일어나!
내가 왔도다, 수소들을 거느리고.
물소들의 왕 라마가 발을 구르네.

와인궁가 강물아, 시어 칸은 어디 갔느냐?

그는 이키(호저)가 아니니 굴에 있을 리 없고,

공작새 마오가 아니니 날아갔을 리 없고.

박쥐 맹이 아니니 나뭇가지에 매달리지도 않아.

함께 사각거리는 작은 대나무들아,

그가 어디로 달아났는지 말해 주련?

오! 저기 있구나. 오호라! 그가 저기 있어.

라마의 발밑에 그 절름발이가 뻗어 있어!

일어나라, 시어 칸! 일어나서 죽여라!

여기 고기가 있다. 수소들의 목을 부러뜨려라!

쉬이! 그는 잠들었구나. 그를 깨우지 말아야지.

그는 힘이 굉장히 세니까.

솔개들이 구경하러 내려왔구나.

검은 개미들이 알아보려 올라왔구나.

그를 기리려고 이렇게 다들 모였구나.

아뿔싸! 나는 몸에 두를 천 쪼가리 하나 없네.

솔개들이 벌거벗은 나를 보겠구나.

부끄러워서 이 모든 부족을 만날 수가 없구나.

네 외투를 빌려다오, 시어 칸. 회의 바위에

걸치고 가게 네 화려한 줄무늬 외투를 빌려다오.

내 목숨을 사준 수소를 걸고 나는

약속을 했다네, 작은 약속 하나를.

내 약속을 지키는 데는 네 외투만 있으면 되네.

칼을 들고, 인간들이 사용하는 칼을 들고,

사냥꾼의 칼, 인간의 칼을 들고,
허리를 굽혀서 선물을 준비할 거라네.
와인궁가 강물아, 지켜보아라.
시어 칸이 내게 품은 사랑으로
자기 외투를 나에게 주는구나.
당겨라, 회색 형제! 당겨요, 아켈라!
시어 칸의 가죽은 무겁기도 하지.
인간 무리는 화가 났네.
그들이 돌을 던지고 어린아이의 말을 하네.
내 입에서는 피가 나네. 어서 달아나자.
밤새도록, 그 더운 밤이 새도록,
나랑 같이 날쌔게 달리자, 형제들이여.
우리는 마을의 불빛을 떠나
지는 달을 향해 갈 거라네.
와인궁가 강물아, 인간 무리가 나를 쫓아냈구나.
난 아무런 피해도 주지 않았건만
그들은 나를 두려워했지. 왜일까?
늑대 무리여, 너희들도 나를 쫓아냈지.
정글은 나에게 문을 닫았고
마을 정문도 굳게 닫혔구나. 왜일까?
맹이 맹수들과 새들 사이를 날듯
나도 그렇게 마을과
정글 사이를 오가는구나, 왜일까?
시어 칸의 가죽 위에서 춤을 추지만,

마음이 몹시 무겁구나.
마을에서 날아온 돌에 입술이 베이고 다쳤지만
이렇게 정글로 돌아왔으니
마음이 몹시 가볍구나. 왜일까?
이 두 가지가 내 안에서 함께 싸우네,
봄날의 뱀들이 서로 싸우듯이.
물이 내 눈에서 떨어지네
물이 떨어지는데 나는 웃네, 왜일까?
나는 두 명의 모글리,
하지만 시어 칸의 가죽은 내 발밑에 있지.
내가 시어 칸을 죽였다는 걸
온 정글이 알고 있다네.
보아라, 똑똑히 보아라. 늑대들이여!
아아! 마음이 무겁구나
내가 이해하지 못하는 것들로 인해.

하얀 물개

오! 조용히, 아가야. 밤이 우리를 쫓아온단다.
초록으로 반짝이던 바닷물도 검게 변했지.
파도 위에서 달님이 굽어보며 우리를 찾는구나,
출렁이는 물결 사이에서 쉬는 우리를.
너울이 너울을 만나는 곳, 그곳을 부드러운 베개 삼아
지느러미 놀리다 지치면 편안하게 웅크려라!
폭풍우도 널 깨우지 않고 상어도 따라오지 않으니,
천천히 흔들리는 바다의 품에서 고이 자거라.
— 물개의 자장가

다음의 이야기는 모두 머나먼 베링해에 있는 세인트 폴섬의 노바스토슈나, 즉 북동쪽 곶이라는 곳에서 오래전에 일어났던 일이다. 나에게 이 이야기를 들려준 것은 굴뚝새 림메르신이었다. 그는 강풍에 떠밀려 일본행 증기선의 삭구에 날아왔는데, 그 굴뚝새를 내 선실로 데려가 이틀 동안 딥혀 수고 먹여 주었더니 다시 세인트 폴섬으로 날아갈 만큼 건강해졌다. 림메르신은 무척이나 이상한 작은 새였지만, 진실을 말하는 방법을 알고 있었다.

노바스토슈나는 볼 일이 없으면 아무도 찾아오지 않는 섬이다. 그곳에 주기적으로 일을 보러 오는 이들은 물개뿐이다. 여름 몇 달 동안 수백 수천 마리의 물개가 차가운 회색 바다에 나타난다. 노바스토슈나 해변은 전 세계 모든 곳의 물개들에게는 더없이 좋은 거처였기 때문이다.

시 캐치는 그 점을 알고 있었고, 해마다 봄이면 그때까지 어디에 있었든 간에 그곳에서부터 헤엄쳐 찾아왔다. 그는 어뢰정처럼 곧장 노바스토슈나로 헤엄쳐 가서는 최대한 바다와 가까운 바위 위의 좋은 자리를 차지하기 위해 동료들과 싸우며 한 달을 보냈다. 열다섯 살 된 거대한 회색 물개 시 캐치는 거의 어깨까지 내려오는 갈기와 길고 위력적인 송곳니를 가지고 있었다. 그가 앞지느러미발로 한껏 몸을 들어 올리면 키가 족히 1.2미터는 되었고, 혹시라도 누가 과감하게 그의 몸무게를 잰다면 아마 거의 0.3톤은 될 것이었다. 시 캐치는 맹렬한 싸움이 남겨 놓은 흉터가 온몸을 뒤덮고 있었지만, 언제나 한 번 더 싸울 준비가 되어 있었다. 그는 적의 얼굴을 똑바로 쳐다보기가 두렵다는 듯 고개를 한쪽으로 기울이곤 했다. 그러다가도 번개처럼 머리를 날려 그 커다란 송곳니를 상대의 목에 단단히 박아 넣었다. 상대 물개는 할 수만 있다면 달아나려 기를 쓰지만 시 캐치는 상대를 놓아주지 않으려 했다.

그렇지만 시 캐치는 패배한 물개를 쫓는 법은 없었다. 그것은 해변의 법칙에 어긋나기 때문이었다. 그는 그저 아기를 키울 바닷가의 공간을 바랄 뿐이었다. 그러나 매년 봄이면 똑같은 것을 노리는 다른 물개들이 4천~5천 마리나 있었기 때문에 그 해변에서 씩씩거리고 고함을 치고, 으르렁대고 투덕거리는 것 자체가 무시무시한 광경이었다.

허친슨 힐이라는 작은 언덕에서는 길이 5.6킬로미터가 넘는 해변이 온통 서로 싸우는 물개들로 뒤덮여 있는 모습을 볼 수 있다. 그리고 밀려오는 파도마다 서둘러 육지에 상륙해 저희들도 그 싸움에 끼려는 물개들의 머리가 점점이 보인다. 그들은 부서지는 흰 물결 속에서 싸웠고, 모래사장에서 싸웠고, 매끈하게 닳은 현무암 바위 위의 어린 물개 쉼터에서도 싸웠다. 그들은 인간만큼이나 어리석고 욕심이 많았기 때문이다. 그 아내들은 5월 말이나 6월 초가 되기 전에는 절대 그 섬에 오는 일이 없었는데, 갈가리 찢기는 신세가 되고 싶지 않아서였다. 그리고 아직 따로 살림을 나지 않은 두 살, 세 살, 네 살짜리 어린 물개들은 싸우는 물개들의 틈을 비집고 8백 미터 정도 내륙으로 들어가서 크고 작은 무리를 지어 모래 언덕에서 놀았고, 새로 자라난 초록이란 초록은 모두 문질러 없애 버렸다. 그들은 홀루슈치키, 즉 총각이라고 불렸는데, 노바스토슈나 해변에만 해도 그와 같은 어린 수컷이 아마 20만~30만 마리는 있었을 것이다.

어느 봄날, 시 캐치가 막 45번째 싸움을 끝냈을 때 상냥한 눈매에 부드럽고 미끈한 그의 아내 마트카가 바다에서 올라왔다. 그는 그녀의 뒷덜미를 물고 자신이 잡아 놓은 자리에 그녀를 털썩 팽개치면서 퉁명스레 말했다. 「늘 그렇듯 또 늦었네요. 그동안 어디 있었어요?」

그 해변에 머무르는 넉 달 동안 시 캐치는 먹을 것을 입에 대지도 않고 지냈다. 그래서 그는 대체로 기분이 좋지 않았다. 마트카는 대답보다 나은 걸 알고 있었다. 그녀는 주의를 둘러보며 달콤하게 속삭였다. 「어쩜 이리 사려 깊을까. 옛날 쉼터를 다시 차지했네요.」

「내가 차지해야 하니까.」 시 캐치가 말했다. 「날 봐요!」

그의 몸은 스무 군데나 긁혀 피가 흐르고 있었다. 한쪽 눈은 거의 보이지 않았고, 옆구리는 갈기갈기 찢어져 있었다.

「오, 이런, 남자들이란!」 마트카가 뒤쪽 지느러미발로 부채질을 하며 말했다. 「좀 더 현명하게 행동해서 조용히 자리를 정할 수는 없어요? 마치 범고래랑 싸우다 온 것 같은 몰골이잖아요.」

「5월 중순부터 싸움 말고는 한 게 없어요. 이번 계절엔 이 해변이 말도 못 하게 붐비네요. 루카넌 해변에서 건너와 집을 찾는 물개를 적어도 1백 마리는 만난 것 같아요. 왜 자기가 있던 곳에 머물지 못하는 거지?」

「종종 그런 생각을 했어요. 이 복작거리는 해변 말고 오터 섬에 가면 훨씬 더 행복할 거라고.」 마트카가 말했다.

「푸하! 오터섬에는 홀루슈치카나 가는 거예요. 만약 우리가 거길 가면 녀석들은 우리가 겁을 먹었다고 떠들어 댈걸요. 체면을 지켜야죠, 여보.」

시 캐치는 그 살찐 어깨 사이에 자랑스레 머리를 묻고 잠시 잠든 척했지만, 그러는 동안에도 내내 빈틈없이 망을 보며 싸움에 대비했다. 물개들과 그 아내들이 모두 상륙한 지금은 몇 킬로미터 떨어진 바다 위에서도 그들의 시끄러운 소리가 들렸다. 아무리 낮춰 잡아도 그 해변의 물개는 1백만 마리가 넘었다. 늙은 물개, 어미 물개, 아기 물개, 홀루슈치키까지, 서로 싸우고 소란을 피우고, 투덜거리고, 기어다니고, 함께 놀았다. 그들은 크고 작은 무리를 지어 바다로 들어갔다가 다시 올라와서는 눈 닿는 곳까지 땅이란 땅마다 빈틈없이 눕고, 안개 속에서 단체로 투닥거렸다. 노바스토슈나에는 거의 항상 안개가 끼지만, 이따금 해가 나오면 한동안 모든 것이 진줏빛과 무지갯빛을 띠었다.

그 난리 법석의 와중에 마트카의 아들인 코틱이 태어났다. 갓난 물개가 으레 그렇듯이 머리와 어깨가 몸의 대부분을 차지했고, 창백하고 촉촉한 파란 눈을 하고 있었다. 그런데 털이 조금 이상해서 마트카는 아기 물개를 자세히 들여다보았다.

마침내 마트카가 남편을 불렀다. 「여보, 우리 아기가 하얀 물개가 되려나 봐요!」

「속 빈 조개껍데기나 마른 해초 같은 소리!」 시 캐치가 콧김을 뿜으며 말했다. 「세상에 하얀 물개 같은 게 있다는 소리는 못 들었어요.」

「저도 어떻게 할 수가 없네요.」 마트카가 말했다. 「지금 그런 게 생기려는걸요.」 그러더니 그녀는 새싱의 모든 엄마

물개가 아기 물개에게 불러 주는 낮고 다정한 노래를 시작
했다.

6주가 될 때까지는 헤엄치면 안 된단다,
네 뒷지느러미 때문에 머리가 가라앉으니까,
여름의 강풍과 범고래는
아기 물개에겐 나쁜단다.

아기 물개에겐 나쁜단다, 아무렴.
세상에서 제일 나쁜 것이지.

그래도 물장구치며 튼튼하게 자라렴,
너는 잘못될 리 없으니,
드넓은 바다의 아이야!

물론 어린 물개는 처음에는 그 말의 뜻을 이해하지 못했
다. 그는 엄마 곁에서 지느러미발을 놀리며 기어다녔고, 아
빠가 다른 물개와 싸우며 함께 구르고 미끄러운 바위 위를
오르락내리락하고 고함을 칠 때는 황급히 자리를 비켜야 한
다는 것도 배웠다. 마트카는 먹을 것을 구하러 바다로 나가
곤 했기 때문에 아기는 이틀에 한 번씩만 젖을 먹었다. 먹을
때는 배가 터지도록 최대한 먹었고, 그렇게 무럭무럭 자라
났다.

코틱이 처음으로 한 일은 내륙으로 기어가는 거였다. 내

륙에 가보니 또래의 아기 물개 수만 마리가 있었다. 그들은 강아지들처럼 함께 놀다가 깨끗한 모래 위를 찾아가 잠을 자고, 잠이 깨면 다시 놀곤 했다. 쉼터에 있는 나이 든 물개 들은 아이들에게는 전혀 눈길을 주지 않았고, 홀루슈치키들 은 자기 영역을 벗어나지 않았기 때문에, 아기 물개들은 아 주 즐겁게 놀았다.

마트카는 깊은 바다에서 고기잡이를 마치고 돌아오면 곧 장 아기 물개들의 놀이터로 가서 양이 새끼를 부르듯 아들 을 부르고는 코틱의 대답 소리가 들릴 때까지 기다렸다. 그 런 다음에는 그 소리가 들린 방향을 향해 최대한 곧은 직선 으로 나아가면서 앞지느러미발을 힘차게 뻗어 어린 물개들 을 왼쪽 오른쪽으로 거꾸러뜨렸다. 그 놀이터 전체에는 자 녀를 찾는 어미들이 언제나 수백 마리는 있었고, 아기 물개 들은 늘 안전했다. 그러나 마트카가 코틱에게 말한 것처럼 조건이 있었다. 「진흙탕 물속에 누웠다가 옴이 옮지 않는 한, 단단한 모래를 문지르다 베거나 긁히지 않는 한, 그리고 바다가 험할 때 헤엄치러 나가지 않는 한, 여기서는 어떤 것 도 널 해치지 않아.」

어린 물개는 어린아이와 마찬가지로 헤엄을 못 치는데, 헤 엄을 배우기 전까지 물개들은 불행하다. 코틱이 바다로 내려 갔던 첫날은 파도가 그를 깊은 곳으로 휩쓸고 가버렸다. 엄 마가 불러 주었던 노랫말 그대로 커다란 머리는 가라앉아 버렸고 작은 뒷지느러미발이 위로 날아올랐다. 만약 다음 파도가 그를 다시 던져 올리지 않았다면 그는 물에 빠져 죽었을 것이다.

그날 이후 코틱은 해변의 웅덩이에 누워서 파도에 살짝 몸을 담근 채 지느러미발을 저으면서 떠 있는 법을 배웠다. 그러면서도 해를 끼칠 수 있는 큰 파도를 항상 예의주시했다. 그는 2주 동안 지느러미발을 놀리는 법을 배웠다. 그러는 내내 수면을 들락날락하며 허우적거렸고, 기침을 하고 투덜거리며 해변으로 올라와서는 모래밭에서 잠깐 눈을 붙인 뒤, 다시 바다로 들어가기를 반복했다. 그리고 마침내 자신이 진정 바다 태생이라는 사실을 깨달았다.

이제 여러분은 그가 동료들과 함께 큰 너울 아래서 자맥질을 하며 보낸 시간을 상상할 수 있으리라. 또는 밀려오는 파도 꼭대기를 타고 오다 커다란 파도가 해변 깊은 곳까지 소용돌이치며 올라갈 때 세차게 물을 튀기며 철퍽 하고 뭍에 오르거나, 또는 꼬리로 곧게 서서 늙은 물개가 하는 것처럼 머리를 긁거나, 또는 방금 파도가 씻고 간 해초 무성한 미끄러운 바위에서 〈내가 이 성의 왕이다〉라고 놀이를 하듯 뽐내는 모습을. 이따금 코틱은 해변 가까이에 큰 상어의 지느러미 같은 얇은 지느러미가 떠다니는 모습을 보았다. 그것은 틈만 나면 어린 물개를 잡아먹는 범고래 그람푸스였다. 그러면 코틱은 쏜살처럼 해변을 향해 질주했고, 그 지느러미는 마치 아무것도 찾고 있지 않았다는 듯 천천히 물러나곤 했다.

10월 말이 되자 물개들은 가족끼리, 부족끼리 무리 지어 세인트 폴섬을 떠나 먼 바다로 돌아가기 시작했다. 쉼터에서는 더 이상 싸움이 벌어지지 않았고, 홀루슈치키들은 마음에 드는 아무 데나 차지하고 놀았다. 마트카가 코틱에게 말했다. 「내년이면 넌 홀루슈치키가 될 거야. 하지만 올해는 물고기를 잡는 법을 배워야 해.」

그들은 함께 태평양을 건너기 시작했다. 마트카는 코틱에게 지느러미발을 옆구리에 붙이고 누워서 코만 물 밖으로 내민 채 잠자는 법을 보여 주었다. 길게 굽이치는 태평양의 물결만큼 편안한 요람은 어디에도 없었다. 코틱이 온몸의 피부가 따끔거리는 것을 느끼자 마트카는 그가 〈물의 느낌〉을 배워 가고 있으며, 그 따끔거리고 따가운 느낌은 험한 날씨가 다가오고 있다는 뜻이니 힘차게 헤엄쳐서 달아나야 한다고 말해 주었다.

「어디로 헤엄쳐 가야 할지는 조만간 알게 될 거야. 지금은 쇠돌고래 시피그를 따라가자꾸나. 그는 매우 현명하거든.」한 무리의 쇠돌고래가 자맥질을 하며 물살을 가르고 있었고, 어린 코틱은 있는 힘껏 빠른 속도로 그들을 따라갔다. 「어디로 가는지 아저씨는 아세요?」 그가 가쁜 숨을 몰아쉬며 물었다. 쇠돌고래 무리의 우두머리가 하얀 눈을 굴리더니 물속으로 자맥질했다. 「꼬마야, 내 꼬리가 따끔거리는구나.」 그가 말했다. 「그건 내 뒤에 강풍이 쫓아온다는 뜻이란다. 어서 가자! 만약 〈끈적이는 물(적도를 뜻한다)〉의 남쪽에 있을 때 꼬리가 따끔거린다면, 네 앞에 강풍이 있다는 뜻이니까 북쪽으로 가야 해. 어서 가자! 여기 물은 느낌이 좋지 않아.」

이것은 코틱이 배운 수많은 것 중 하나였다. 코틱은 항상 무언가를 배우고 있었다. 마트카는 그에게 해저 둔덕을 따라 대구와 넙치를 쫓아가는 방법, 해초 사이의 구멍 속에 있는 농어를 잡아채 빼는 법을 가르쳐 주었다. 물속 183미터 깊이에 누워 있는 난파선을 피해 가는 법, 물고기들이 달릴 때처럼 이 현창 저 현창을 총알같이 휙휙 들락거리는 법, 하늘 곳곳에 번개가 내달릴 때 파도 꼭대기에서 춤추는 법, 그루터기 같은 꼬리를 가진 알바트로스와 군함새가 바람을 가르며 내려올 때 지느러미발을 흔들어 정중하게 인사하는 법도 가르쳐 주었다. 지느러미발을 옆구리에 바싹 붙이고 꼬리를 굽혀 돌고래처럼 물 위 90~120센티미터 높이로 뛰어오르는 법을 가르쳤고, 가시밖에 없는 날치들은 건드리지 말아야 한다는 것과, 18미터 깊이에서 전속력으로 달리며 대구의 어깨를 뜯어먹는 법, 크든 작든 배는 절대로 멈춰서 바라보지 말아야 한다는 것, 특히나 노 젓는 배는 바라보지 말아야 한다는 걸 가르쳤다. 그렇게 6개월이 지나자 코틱이 심해 낚시에 관해 모르는 것들은 알 가치가 없는 것들뿐이었고, 그 기간 내내 그는 마른 땅에 한 번도 지느러미발을 디딘적이 없었다.

그러던 어느 날, 후안페르난데스섬 어느 앞바다의 따뜻한 물속에 누워 반쯤 잠들어 있을 때였다. 코틱은 마치 봄이 왔을 때 인간들이 느끼는 것과 같은 약간의 현기증과 나른함을 느꼈고, 문득 11,265킬로미터 떨어진 노바스토슈나의 편안하고 단단한 해변의 기억이 떠올랐다. 친구들과 치던 장난, 해초의 냄새, 물개들의 포효와 싸움. 바로 그 순간 그는 북쪽으로 방향을 돌렸고 흔들림 없이 헤엄쳐 갔다. 도중에 그는 모두 똑같은 장소로 향하고 있는 수십 마리 친구들을 만났다. 그들이 인사했다. 「안녕, 코틱! 올해 우리는 모두 홀루슈치키가 되었어. 우린 루카넌 앞바다에서 부서지는 파도에서 불춤을 출 수 있고 새 풀밭에서 놀 수 있어. 그런데 그 털은 어디서 났어?」

코틱의 털은 이제 거의 순백색이었다. 그는 그 털이 무척 자랑스러웠지만 이렇게만 말했다. 「어서 헤엄쳐! 그 땅이 그리워서 뼈가 욱신거린단 말이야.」 그렇게 그들 모두는 그들이 태어났던 해변, 굽이치는 안개 속에서 늙은 물개들, 즉 그들의 아버지들이 싸우던 땅에 도착했다.

그날 밤 코틱은 한 살배기 물개들과 함께 불춤을 추었다. 노바스토슈나에서 루카넌섬까지 여름밤의 바다는 불로 가득하다. 모든 물개들은 불타는 기름 같은 자국을 남기는데, 물 위로 뛰어오를 때마다 불꽃이 번쩍이고 파도는 커다란 인광성 띠와 소용돌이를 그리며 부서진다. 이윽고 그들은 내륙으로 들어가 홀루슈치키의 구역에 이르렀고, 새로 자란 야생 밀밭을 뒹굴거리며, 바다에서 겪은 이야기를 들려주었다. 소년들이 나무 열매를 주우러 들어갔던 숲 이야기를 늘어놓듯, 그들은 태평양에 관해 떠들었다. 혹시라도 그들의 말을 이해하는 사람이 있다면 아마 당장이라도 지금껏 없던 근사한 태평양 지도를 그릴 수 있었을 것이다. 세 살, 네 살 된 홀루슈치키들은 허친슨 언덕에서부터 까불까불 구르면서 소리쳤다. 「비켜라, 꼬마들아! 바다는 깊다. 니희는 바나

속에 무엇이 있는지 아직 다 몰라. 케이프 혼을 돌아갈 때까지 기다려야 할걸. 안녕, 한 살 꼬마야. 그 하얀 털은 어디서 났어?」

「얻은 게 아니야.」 코틱이 대답했다. 「이건 그냥 자라는걸.」

그리고 막 그 홀루슈치키를 지나가려는 순간, 뒤쪽 모래 언덕에서 인간이 두 명이 나타났다. 둘 다 얼굴이 넓적하고 붉었고 검은 머리였다. 한 번도 인간을 본 적이 없었던 코틱은 기침을 하고 고개를 숙였다. 불과 몇 미터 거리에 모여 있는 홀루슈치키들은 가만히 앉아서 멍하니 쳐다보았다. 그 남자들은 다름 아닌 그 섬의 물개 사냥꾼 대장인 케릭 부터린과 그 아들 파탈라몬이었다. 그들은 물개 쉼터에서 채 8백 미터도 안 되는 거리에 있는 작은 마을의 사람들이었고, 어느 물개를 도살장 울타리로 몰면 좋을지(물개는 양처럼 몰 수 있으므로) 의논하고 있었다. 나중에 물개 가죽으로 재킷을 만들 계획이었다.

「오호!」 파탈라몬이 말했다. 「보세요! 하얀 물개가 있어요!」

기름때 절고 연기에 그을린 케릭 부터린의 얼굴이 거의 하얗게 변했다. 그는 알류트였는데 알류트족은 깨끗한 사람들이 아니다. 그는 기도를 중얼거리기 시작했다. 「파탈라몬, 저 물개는 건드리지 마라. 지금까지 하얀 물개는 결단코 없었다. 내가 태어난 이후로는 말이야. 어쩌면 저건 죽은 자하로프의 유령일 거야. 작년에 엄청난 강풍을 만나 죽었잖아.」

「저 물개 근처에는 얼씬도 하지 않을게요.」 파탈라몬이 말했다. 「재수 나쁜 물개예요. 정말로 저 물개가 죽은 자하로프의 유령일까요? 자하로프한테 갈매기 알 몇 개를 빚졌는데.」

「쳐다보지도 마라.」케릭이 말했다. 「저 네 살짜리 물개들을 막아. 일꾼들은 하루 안에 2백 마리의 가죽을 벗겨야 하지만 이제 사냥철의 시작이고 일꾼들도 신참이니 1백 마리면 될 거다. 어서!」

파탈라몬이 한 홀루슈치키 무리 앞쪽에서 물개의 어깨뼈 두 개로 딱딱 소리를 내자 홀루슈치키들은 우뚝 멈춘 채 씩씩 콧김을 불어 댔다. 곧이어 그가 다가오자 물개들은 움직이기 시작했고, 케릭은 물개들을 내륙으로 몰았다. 쫓기는 물개들은 동료들에게 돌아갈 시도조차 하지 않았다. 수십만 마리의 물개들은 그들이 내몰리는 것을 가만히 바라보다가 이내 아까처럼 놀기 시작했다. 코틱만이 유일하게 질문을 했지만, 그에게 뭐라도 대답해 줄 수 있는 물개는 없었다. 그저 인간들이 매년 6주에서 두 달 정도 저런 식으로 물개들을 몰아간다는 얘기만 할 뿐이었다.

「나도 따라가 봐야지.」코틱이 말했다. 그는 눈이 튀어나올 만큼 열심히 발을 끌며 무리의 뒤를 따라갔다.

「하얀 물개가 우리를 따라와요.」파탈라몬이 소리쳤다. 「물개가 혼자 도살장으로 오는 건 처음이에요.」

「쉬이! 돌아보지 마라.」케릭이 말했다. 「자하로프의 유령이 맞아! 사제한테 가서 이 일을 얘기해야겠다.」

도살장까지는 8백 미터밖에 되지 않았지만, 그 거리를 이동하기까지는 한 시간이 걸렸다.

물개가 너무 빨리 이동하면 몸이 더워지고 그렇게 되면 나중에 가죽을 벗길 때 모피가 조각조각 떨어진다는 것을 케릭은 알고 있었기 때문이다. 그래서 그들은 아주 천천히, 〈바다사자의 목〉을 지나 웹스터 하우스를 지나, 해변의 물개들이 막 보이지 않게 되는 지점에 있는 〈솔트 하우스〉에 도착했다. 코틱은 숨을 헐떡이면서도 궁금해하며 열심히 쫓아갔다. 그는 자신이 세상 끝까지 왔다고 생각했지만, 뒤쪽 쉼터에서 물개들이 내는 포효는 마치 터널 안을 달리는 기차 소리처럼 크게 들렸다. 얼마 후 케릭은 이끼 위에 주저앉아 무거운 백랍 시계를 꺼내더니 물개들의 몸이 식도록 30분을 기다렸다. 코틱은 그 남자의 모자챙에 안개가 맺혀 물방울이 떨어지는 소리를 들을 수 있었다. 곧이어 저마다 무쇠가 박힌 90~120센티미터 길이의 몽둥이를 든 남자 열두어 명이 나타났다. 케릭이 동료 물개에게 물렸거나 너무 더워하는 한두 마리를 가리키자, 바다코끼리의 목 가죽으로 만든 무거운 장화를 신은 남자들이 그 물개들을 발로 차서 옆으로 떼어 놓았다. 그러자 케릭이 말했다. 「시작하자!」 이제 남자들은 몽둥이로 최대한 빠르게 물개들의 머리를 내리치기 시작했다.

10분 후, 어린 코틱은 더 이상 친구들을 알아볼 수 없었다. 코에서 뒷지느러미발까지 가죽이 완전히 벗겨져 있었다. 순식간에 벗겨지고 내던져진 가죽들이 땅 위에 무더기로 쌓여갔다.

코틱은 더 이상 참을 수 없었다. 그는 몸을 돌려 바다를 향해 질주했다(물개는 잠깐 동안은 아주 날렵하게 뛸 수 있다). 새로 난 작은 콧수염이 공포에 질려 곤두서 있었다. 거대한 바다사자들이 부서지는 파도 끝에 앉아 있는 〈바다사자의 목〉에 이르자 그는 지느러미발을 머리 위로 향한 채 몸을 날려 차가운 바닷물로 뛰어들었고, 파도에 흔들리며 숨이 넘어가도록 헉헉거렸다. 「여기 이건 뭐야?」 바다사자 한 마리가 툴툴거렸다. 보통 바다사자들은 저희끼리만 따로 지냈다.

「스쿠치니에! 오첸 스쿠치니에!(외로워요, 무척 외로워요!)」 코틱이 소리쳤다. 「그들이 해변에서 홀루슈치키를 모두 죽이고 있어요!」

바다사자가 해안 쪽을 바라보았다. 「말도 안 되는 소리.」 그가 말했다. 「네 친구들은 언제나처럼 저렇게 시끄럽게 떠들고 있잖아. 아마 늙은 케릭이 물개 무리를 죽이는 걸 본 모양이구나. 그 남자는 그 일을 30년째 해오고 있는 걸.」

「끔찍해요.」 코틱은 파도가 덮쳐 오자 파도를 타고 지느러미발을 세차게 저어 몸을 가누며 말했다. 그는 날카로운 바위 끝 3인치도 안 되는 거리에 멈춰 똑바로 섰다.

「한 살짜리 녀석이 대단한데!」 멋진 헤엄 솜씨를 알아본 바다사자가 말했다. 「네 입장에서는 그걸 보기가 끔찍하기는 하겠지. 하지만 너희 물개들이 해마다 이 섬에 오면, 인간들은 당연히 그 사실을 알게 돼. 인간들이 오지 않는 섬을 새로 찾아내지 않는 이상 너희는 항상 그렇게 내몰리게 될 거야.」

「그런 섬이 어디 없을까요?」 코틱이 묻기 시작했다.

「난 20년 동안 폴투스(큰 넙치)들을 따라다녔지만 그런 섬은 못 본 것 같구나. 어디 보자, 넌 너보다 나은 자들과 이야기하는 걸 좋아하는 것 같구나. 바다코끼리섬에 가서 시 비치한테 물어보렴. 그 자라면 뭔가 알지 몰라. 그렇게 벌써부터 뛰쳐나가지 마라. 거기까지 9.6킬로미터를 헤엄쳐 가야 하니 나라면 일단 물 밖으로 나가서 낮잠부터 잘 거야, 꼬마야.」

코틱은 좋은 충고라는 생각이 들었다. 그래서 물개들의 해변으로 헤엄쳐 가서 물 밖으로 올라갔고 물개가 으레 그러듯 온몸을 실룩거리면서 30분 동안 잠을 잤다. 잠을 깬 후에 그는 곧장 바다코끼리섬으로 향했다. 그 섬은 노바스토슈나에서 똑바로 북동쪽에 있으며, 낮은 바위층으로 이루어진 섬이었다. 바위 선반과 갈매기 둥지가 많은 그 섬에서 바다코끼리들은 저희들끼리 무리 지어 살았다.

코틱은 늙은 시 비치가 앉아 있는 근처로 올라갔다. 크고 못생기고, 터질 듯 퉁퉁하고, 여드름이 많고, 목이 두껍고, 엄니가 긴 북태평양의 바다코끼리 시 비치는 잠들었을 때를 제외하고는 예의라고는 찾아볼 수 없었다. 마침 그는 잠을 자느라 뒷지느러미발의 절반은 파도 속에, 절반은 파도 바깥에 내놓고 있었다.

「일어나세요!」 코틱은 크게 소리질렀다. 갈매기들이 시끄럽게 떠들고 있었기 때문이다.

「하아! 호! 으음! 뭐야?」시 비치가 말했다. 그가 잠을 깨면서 엄니로 옆의 바다코끼리를 세게 치며 잠을 깨웠고, 옆의 바다코끼리는 그 옆의 바다코끼리를 치며 깨웠고, 그런 식으로 바다코끼리들이 모두 잠에서 깨 사방을 두리번거렸지만 정작 누가 잠을 깨웠는지는 알지 못했다.

「안녕하세요! 저예요.」코틱이 말했다. 파도 속에서 까딱거리는 코틱은 작고 하얀 민달팽이처럼 보였다.

「뭐야! 가죽이라도 벗기게?」시 비치가 말하자, 모든 바다코끼리가 코틱을 바라보았다. 마치 클럽 가득한 졸음 겨운 늙은 신사들이 작은 소년을 바라보는 광경 같았다. 코틱은 그 순간만큼은 가죽을 벗기니 어쩌니 하는 말에 더 이상 신경 쓰지 않았다. 가죽 벗기기는 충분히 본 터였다. 그래서 이렇게 소리쳤다. 「우리 물개들이 살기 좋은 곳, 인간들이 찾아오지 않는 그런 곳이 있을까요?」

「네가 직접 찾아봐라.」시 비치가 눈을 감으면서 말했다. 「어서 가거라. 우리는 바쁘니까.」

코틱은 공중에서 돌고래 점프를 하고는 목청껏 큰 소리로 외쳤다. 「조개나 먹으면서! 조개나 먹으면서!」코틱은 시 비치가 그렇게 무시무시한 척하지만 실제로는 평생 물고기 한 마리 잡은 적 없고 항상 조개와 해초만 찾아 먹는다는 사실을 알고 있었다. 당연히 치키족과 구버루스키족과 에팟카족, 즉 호시탐탐 못된 짓을 할 구실만 찾는 흰갈매기들과 세가락갈매기들과 바다오리들이 그 외침을 들었고, 림메르신이 내게 들려준 바로는 그후 거의 5분 동안 그 섬에서는 충성이 울려도 듣지 못했을 거라고 한다. 그 섬의 모두가 고함치며 꽥꽥거렸기 때문이다. 「조개만 먹는대! 스타리크(늙은이)가!」 그러는 동안 시 비치는 툴툴거리며 헛기침을 하면서 좌우로 몸을 굴렸다.

「그럼 이제 말해 줄래요?」 코틱이 숨을 헐떡거리며 물었다.

「바다소한테 가서 물어봐.」 마침내 시 비치가 말했다. 「아직 살아 있다면 너한테 말해 줄 거야.」

「만약에 제가 바다소를 만난다 해도 어떻게 알아보지요?」 코틱이 방향을 돌리며 물었다.

「그는 바다에서 유일하게 시 비치보다도 못생긴 자야.」 흰 갈매기 한 마리가 시 비치의 코밑을 맴돌면서 외쳤다. 「더 못생겼을 뿐 아니라, 하는 짓도 더 고약하지! 스타리크!」

코틱은 꽥꽥거리는 갈매기들을 떠나 다시 노바스토슈나로 헤엄쳐 돌아갔다. 그러나 그곳에는 물개들이 지낼 조용한 곳을 찾으려는 그의 계획에 고개를 끄덕이는 물개가 단 한 마리도 없었다. 그들은 코틱에게, 인간들은 예전부터 늘 하루 일과의 일부로 홀루슈치키들을 도살장으로 몰고 갔으며, 흉한 꼴을 보고 싶지 않다면 도살장에 가지 말라고 말했다. 하지만 그 살육 장면을 직접 본 물개는 없었는데, 바로 그것이 코틱과 친구들의 차이였다. 더욱이 코틱은 하얀 물개였다.

아들의 모험 이야기를 끝까지 듣고 난 뒤, 늙은 시 캐치가 말했다. 「네가 할 일은 어서 자라서 이 아버지처럼 커다란 물개가 되고, 해변에 아기를 키울 쉼터를 마련하는 거란다. 그러면 그들도 너를 건드리지 않을 거야. 앞으로 5년 후면 너

134

자신을 위해 싸울 수 있어야 해.」

심지어 상냥한 어머니인 마트카까지 거들었다. 「네 힘으로는 절대 그 살육을 멈출 수 없을 거야. 바다에 가서 놀아라, 코틱.」 코틱은 바다에 가서 불춤을 추었지만 어린 마음은 무척 무거웠다.

그해 가을 코틱은 최대한 일찍 혼자서 그 해변을 떠났다. 그의 둥근 머릿속에 계획이 있었던 것이다. 바다에 정말로 바다소가 살고 있다면 그를 찾아내어 물개들이 살기 좋은 단단한 해변이 있는 조용한 섬, 인간이 물개를 잡을 수 없는 그런 섬을 찾아낼 생각이었다. 그래서 코틱은 밤낮으로 꼬박 하루 동안 많게는 483킬로미터나 헤엄치면서 북극해에서 남태평양까지, 혼자 탐험에 탐험을 계속했다. 그는 말로 다 할 수 없을 만큼 많은 탐험가들을 만났고 돌목상어, 별상어, 귀상어에게 잡힐 뻔하다가 가까스로 피하기도 했다. 그리고 먼 바다의 수면 위아래에서 빈둥거리나 하고 믿음이 가지 않는 온갖 악당들, 매우 공손한 물고기들, 한 장소에 수백 년 동안 발붙이고 살면서 그 사실을 매우 자랑스럽게 여기는 주홍 반점의 국자가리비들을 만났다. 그러나 바다소는 만나지 못했고 그가 꿈꾸는 섬을 찾아내지도 못했다.

물개들이 놀기 좋은 비탈이 뒤쪽에 펼쳐진 깨끗하고 단단한 해변이다 싶으면, 어김없이 수평선에는 고래기름을 끓이는 포경선의 연기가 피어올랐다. 코틱은 그것이 무슨 뜻인지 알았다. 어떤 섬에는 한때 물개들이 찾아왔다가 죽임을 당한 흔적이 있었다. 코틱은 인간이 한 번 왔던 섬에는 다시 온

135

다는 걸 알았다.

코틱은 뭉툭한 꼬리를 가진 늙은 알바트로스를 알게 되었는데, 그가 케르겔렌섬이야말로 평화롭고 조용한 장소라고 귀띔해 주었다. 코틱은 그곳까지 내려갔다가 번개와 천둥을 품은 심한 싸락눈 폭풍을 맞는 바람에 위험한 검은 절벽에 부딪쳐 몸이 산산조각 날 뻔했다. 강풍 속에서 가까스로 해변으로 몸을 끌어올리고 보니 그곳 역시 한때 물개의 쉼터가 있던 섬이었다. 그리고 그곳의 사정도 그가 찾아갔던 다른 모든 섬과 같았다.

림메르신은 그 많은 섬들을 길게 읊어 나갔다. 그의 말에 따르면 코틱은 해마다 넉 달은 노바스토슈나에서 휴식을 취하면서 무려 5년 동안 탐험을 계속했다. 노바스토슈나의 홀루슈치키들은 코틱과 코틱이 말하는 상상의 섬들을 비웃곤 했다. 코틱은 갈라파고스 제도에도 갔다. 적도에 있는 그곳은 무척 건조한 곳이어서 코틱은 타 죽을 뻔했다. 그 밖에도 그는 조지아 제도, 오크니 제도, 에메랄드섬, 리틀 나이팅게일섬, 고프섬, 부베섬, 크로제 제도, 심지어 희망봉 남쪽의 작은 점 같은 어느 섬까지 찾아갔다. 그러나 어디를 가도 바다의 부족들은 똑같은 이야기를 들려주었다. 물개들이 옛날에 그 섬에 왔었지만 모두 인간에게 죽임을 당했다는 것이다. 심지어 태평양을 벗어나 수천 킬로미터를 헤엄쳐 코리엔테스곶이라는 곳에 갔을 때(그때는 그가 고프섬에서 돌아오던 길이었다) 어느 바위 위에서 수백 마리의 누추한 물개들을 만났는데, 그들은 거기에도 인간들이 왔었다는 말을 들려주었다.

그 말에 코틱은 몹시 상심했지만 케이프 혼을 돌아 다시 그의 고향 해변으로 향했다. 그렇게 북쪽으로 가는 길에 초록 나무가 가득한 어느 섬에 올랐다가 죽어 가고 있는 아주 늙은 물개를 보았다. 코틱은 그에게 물고기를 잡아다 주고는 자신의 슬픔을 모두 털어놓았다. 「이제 노바스토슈나 해변으로 돌아갈 거예요. 내가 홀루슈치키들과 함께 도살장으로 내몰린다고 해도 상관없어요.」

늙은 물개가 말했다. 「한 번만 더 시도해 보거라. 난 마사푸에라의 사라진 서식지에서 살아남은 마지막 물개란다. 옛날 인간들이 우리를 10만 마리씩 죽이던 시절에 해변에 전해 오는 이야기가 있었지. 언젠가 북쪽 바다에서 하얀 물개가 물개 부족을 이끌고 어느 조용한 곳으로 갈 거라고 말이야. 나는 늙었으니 살아서 그날을 보지는 못하겠지만 다른 물개들은 보겠지. 한 번만 더 해보아라.」

그러자 코틱은 콧수염을(아름다운 콧수염이었다) 말아 올리고 말했다. 「나는 우리 해변에서 태어난 유일한 하얀 물개예요. 그리고 몸 색깔이 희든 검든 간에 새로운 섬을 찾을 생각을 했던 유일한 물개고요.」

그렇게 말하고 나자 코틱은 기운이 솟는 것 같았다. 그 여름 노바스토슈나로 돌아갔을 때 그의 어머니인 마트카는 그에게 결혼해서 정착하라고 애원했다. 그는 이제 홀루슈치키가 아니라 어깨에 하얀 갈기가 곱슬곱슬 늘어지고 아버지만큼 무겁고 크고 사나운 다 자란 물개였기 때문이디. 「한 세

절만 더 시간을 주세요.」 코틱이 부탁했다. 「그리고 어머니, 잊지 마세요. 해변 위 가장 멀리까지 올라가는 파도는 언제나 일곱 번째 파도라는걸요.」

묘하게도 다음 해까지 결혼을 미루겠다고 생각한 물개 암컷이 한 마리 있었다. 코틱은 마지막 탐험을 떠나기 전날 밤 루카넌 해변을 내려오면서 내내 그녀와 함께 불춤을 추었다.

이번에 코틱은 서쪽으로 향했다. 그는 큰 넙치의 거대한 무리를 따라가고 있었는데, 건강한 상태를 유지하기 위해서는 적어도 하루에 물고기를 45킬로그램은 먹어야 했기 때문이다. 그는 지칠 때까지 큰 넙치 무리를 쫓아갔고, 힘이 빠지면 몸을 말고서 코퍼섬을 향해 흘러가는 거대한 물결로 가서 파도의 우묵한 곳에서 잤다. 그는 그 해안을 속속들이 알고 있었으므로 자정쯤 해초 더미에 가볍게 몸이 부딪치는 것을 느꼈을 때도 〈음, 오늘 밤은 파도가 거세지고 있네〉라고 중얼거리기만 하고 물속에서 몸을 뒤집고 천천히 눈을 떠서 기지개를 폈다. 그러다가 그는 고양이처럼 펄쩍 뛰어올랐다. 큰 파도 속에서 코를 킁킁거리고 묵직하게 늘어진 해초 사이를 휩쓸며 돌아다니는 커다란 것들을 보았던 것이다.

「마젤란 해협의 거대한 농어에 걸고 맹세코!」 그가 숨을 죽이며 말했다. 「이 깊은 바다에 사는 이 부족은 누구일까?」

그들의 생김새는 지금까지 보았던 바다코끼리나 바다사자, 물개, 곰, 고래, 상어, 물고기, 오징어, 가리비와는 전혀 달랐다. 몸길이는 6~9미터 사이였고, 뒷지느러미발이 없는 대신 젖은 가죽으로 만든 것 같은 삽 모양의 꼬리가 달려 있었다. 머리는 세상에서 가장 바보같이 생겼고, 해초를 뜯거나 서로에게 엄숙하게 인사하거나 뚱뚱한 사람이 팔을 흔들 때처럼 앞지느러미발을 흔들거나 할 때가 아니면 깊은 물속에서 꼬리 끝으로 균형을 잡았다.

「에헴!」 코틱이 헛기침을 했다. 「안녕하세요, 여러분?」 그 커다란 것들이 개구리 하인처럼 고개를 숙이고 지느러미발을 흔들며 인사했다. 그들이 다시 해초를 먹기 시작했을 때 코틱은 그들의 윗입술이 두 갈래로 갈라져 있고, 그 입술을 씰룩씰룩 30센티미터 정도 벌려 그 틈새로 해초 한 다발을 통째로 물 수 있다는 걸 알았다. 그들은 해초 다발을 입 안으로 쑤셔 넣고는 엄숙하게 우적우적 씹어 넘겼다.

「먹는 방식이 좀 지저분하네요.」 코틱이 말했다. 그들이 다시 고개 숙여 인사하자 코틱은 조금씩 짜증이 나기 시작했다. 「아주 잘하시네요. 설사 여러분이 앞지느러미발에 관절 하나가 더 많다고 해도 그런 식으로 자랑할 필요는 없잖아요. 여러분이 우아하게 인사하는 건 알겠는데 여러분 이름을 알고 싶어요.」 그들은 갈라진 입술로 옴쭉옴쭉 씰룩거리더니 맑은 초록색 눈으로 가만히 코틱을 쳐다보았다. 그러나 말은 하지 않았다.

「그래요! 내가 만난 이들 중 시 비치보다 못생긴 유일한 부족이네요. 예절도 더 형편없고요.」

그 순간 퍼뜩 떠오르는 게 있었다. 그가 한 살 때 바다코끼리섬에서 흰갈매기가 그에게 외쳤던 말이었다. 그는 물속에서 비틀비틀 뒷걸음질쳤다. 마침내 바다소를 찾아냈다는 걸 깨달은 것이다.

바다소들은 계속 빈둥거리면서 해초를 뜯어 우적우적 씹어먹었다. 코틱은 여행 도중 익혔던 모든 언어를 동원해서 그들에게 질문했다. 사실 바다 부족들은 거의 인간들만큼 많은 언어를 사용한다. 그러나 바다소는 대답하지 않았는데, 그들은 말을 하지 못했기 때문이다. 바다소들은 원래 일곱 개여야 할 목뼈가 여섯 개뿐이었는데, 바다에 떠도는 말에 따르면 그 때문에 자기 동료들에게도 말을 못한다고 한다. 그러나 알다시피 바다소들은 앞지느러미발에 관절이 하나 더 있어 지느러미발을 위아래로 흔들고 돌림으로써 일종의 서투른 전신 암호 같은 것으로 대답한다.

날이 밝을 때쯤 코틱의 갈기는 곤두섰고 인내심은 바닥을 쳤다. 그때 바다소들이 아주 천천히 북쪽으로 이동하기 시작했고, 이따금 멈춰서 바보같이 인사하는 회의를 열곤 했다. 코틱은 그들을 따라가면서 혼잣말을 중얼거렸다. 「어딘가 안전한 섬을 찾아내지 못했다면 이 바보 같은 부족은 벌써 오래전에 떼죽음을 당했을 거야. 바다소에게 좋은 곳이라면 물개들에게도 충분히 좋겠지, 어쨌거나 이들이 조금 서두르면 좋으련만.」

코틱에게는 무척이나 진 빠지는 일이었다. 바다소들은 하루에 60~80킬로미터 이상 이동하는 법이 없었다. 밤이면 멈춰서 해초를 먹고 내내 해안 근처를 떠나지 않았다. 코틱은 그들 주변을 맴돌고 그들의 위에서 아래에서 헤엄을 쳐봤지만, 8백 미터도 재촉할 수가 없었다. 바다소들은 북쪽으로 갈수록 몇 시간마다 멈춰서 인사하는 회의를 열었고, 코틱은 마음이 급한 나머지 자기 콧수염을 물어뜯을 지경이었다. 그러다 문득 바다소들이 따뜻한 해류를 따라가고 있다는 걸 깨닫고는 그들을 존경하게 되었다.

어느 날 바다소들은 반짝이는 물속으로 마치 돌처럼 가라앉더니, 코틱이 그들을 만난 후 처음으로 빠르게 헤엄치기 시작했다. 코틱은 그 뒤를 따랐다. 바다소가 헤엄을 잘 치리라고는 상상도 하지 못했기 때문에 그 속도에 굉장히 놀랐다. 그들은 해안가의 어느 절벽, 바닷속 깊이 내려간 절벽으로 향했고, 수심 36미터 깊이에 있는 절벽 바닥의 캄캄한 구덩이 속으로 곤두박질쳤다. 아주 길고 긴 헤엄이었다. 신선한 공기가 간절히 그리워질 때쯤 코틱은 바다소들을 따라 들어갔던 캄캄한 터널에서 빠져나왔다.

「엄청나군!」 터널의 반대편 끝에 있는 넓은 바다로 빠져나와 물 위로 고개를 내밀고 가쁜 숨을 몰아쉬면서 코틱이 말했다. 「기나긴 잠수였지만 보람이 있었어.」

바다소들은 벌써 흩어져서 코틱이 이제껏 본 적 없던 아름다운 해안가를 따라서 한가하게 해초를 뜯고 있었다. 매끈하게 닳아 물개 쉼터로 쓰기 딱 좋은 암반이 몇 킬로미터나 길게 뻗어 있었다. 그 뒤로는 단단한 모래 놀이터가 내륙 쪽으로 비탈져 올라가고 있었고, 물개들이 들어가서 춤출 만한 웅덩이가 많았으며 뒹굴기 좋은 큰 풀이 자란 풀밭, 오르락내리락할 수 있는 모래 언덕도 있었다. 무엇보다도 코틱은 물개를 속이는 법이 없는 물의 느낌으로, 그곳에 한 번도 인간이 온 적이 없다는 걸 알 수 있었다.

그는 무엇보다도 먼저 물고기가 잘 잡히는 걸 확인했고, 이어서 해안을 따라 헤엄치면서 넘실거리는 아름다운 안개 속에 반쯤 가려진 편안하게 낮은 모래섬의 수를 세어 보았다. 멀리 북쪽에는 크고 작은 모래톱과 바위들이 바다를 향해 뻗어 있어서 해안 10킬로미터 이내에는 배 한 척도 다가올 수 없게 되어 있었다. 그리고 섬들과 육지 사이에는 깊은 바다가 수직의 절벽들과 맞닿아 있었고 그 절벽들 아래 어디엔가 터널 입구가 있었다.

「또 하나의 노바스토슈나가 되겠어, 아니 그보다 열 배는 더 좋아.」 코틱이 말했다. 「바다소는 생각보다 훨씬 더 현명한 것 같아. 만에 하나 인간이 이곳에 산다고 해도 저 절벽을 내려오지는 못할 거야. 그리고 바다 쪽으로 모래톱이 뻗어 있으니 배가 다가오면 산산조각 나겠지. 바다에 안전한 곳이 있다면 바로 여기야.」

그는 남겨 두고 온 물개들을 생각하기 시작했다. 서둘러 노바스토슈나로 돌아가고픈 마음이 간절했지만, 어떤 질문을 받더라도 대답할 수 있도록 새로운 그 땅을 샅샅이 탐험했다.

그런 다음 물속으로 잠수해 터널 입구를 확인하고는 남쪽을 향해 터널 속을 질주했다. 바다소나 물개가 아니고서는 어느 누구도 세상에 그런 곳이 있으리라고 상상도 못할 것이었다. 코틱이 절벽에서 뒤를 돌아보았을 때 그조차도 그 절벽 밑을 지나왔다고 믿을 수 없을 정도였다.

결코 느리지 않은 속도였지만, 집까지 헤엄쳐 가는 데는

6일이 걸렸다. 그리고 〈바다사자의 목〉 바로 위에서 뭍으로 몸을 끌어올렸을 때 처음 마주친 것은 그를 기다리고 있던 암컷 물개였다. 그녀는 그의 눈만 보고도 마침내 그가 꿈꾸던 섬을 찾아냈음을 알았다.

그러나 코틱이 자신이 발견한 것을 이야기했을 때 홀루슈 치키들과 코틱의 아버지 시 캐치를 비롯해 모든 물개들은 그를 비웃었다. 같은 또래의 젊은 물개 한 마리는 이렇게 말했다. 「다 좋아, 코틱. 하지만 아무도 모르는 곳에 다녀와서 우리한테 이런 식으로 명령하면 안 되지. 우리는 우리 쉼터를 차지하기 위해 내내 싸우고 있었다는 걸 명심해. 넌 그런 싸움 같은 건 한 번도 한 적이 없잖아. 바다에서 싸돌아다니기를 더 좋아했지.」

그 말에 나머지 물개들이 웃음을 터뜨렸고, 그 젊은 물개는 고개를 좌우로 비틀기 시작했다. 그해에 막 결혼한 그 물개는 그 일로 굉장히 호들갑을 떨고 있었다.

「싸워서 차지하고 싶은 쉼터 같은 건 없어.」 코틱이 말했다. 「그냥 우리가 안전하게 지낼 만한 장소를 모두에게 보여주고 싶을 뿐이야. 싸우는 게 뭐가 좋아?」

「오, 네가 그렇게 꽁무니를 뺄 생각이라면 물론 더는 할 말이 없지.」 젊은 물개는 보기 싫게 낄낄거리며 말했다.

「싸워서 내가 이기면 나랑 같이 갈래?」 코틱이 물었다. 그의 눈에서 초록빛이 번쩍였다. 어쨌거나 싸워야 한다니 매우 화가 났던 것이다.

「좋아.」 젊은 물개가 대수롭지 않게 대답했다. 「만약 네가 이기면 같이 갈게.」

　그는 두 번 생각할 겨를도 없었다. 코틱이 쏜살같이 머리를 날려 그 젊은 물개의 살찐 목에 이빨을 박았던 것이다. 그 다음 코틱은 엉덩이로 서서 해변을 따라 뒷걸음질로 적의 몸을 끌고 가더니 그를 흔들고는 쓰러뜨려 버렸다. 코틱은 물개들에게 외쳤다. 「나는 지난 다섯 해 동안 최선을 다했습니다. 그리고 여러분이 안전하게 살 수 있는 섬을 찾아냈어요. 하지만 여러분의 그 바보 같은 목에서 머리를 뽑아 버리지 않는 이상 여러분은 내 말을 믿지 않겠네요. 이제 제가 여러분을 혼내 줘야겠군요. 조심하세요!」

　해마다 서로 싸우는 커다란 물개들을 수만 마리씩 보아 왔던 림메르신이 나에게 말하기를, 코틱과 같은 기세로 쉼터로 돌진하는 모습은 그 짧은 평생 한 번도 본 적이 없었다고 했다. 코틱은 눈에 보이는 가장 큰 물개에게 몸을 날리더니 상대의 목을 물어서 졸랐고, 거칠게 몸을 부딪치며 난타하다가 상대가 끙끙거리며 자비를 구하면 그를 옆으로 팽개치고는 그다음 물개를 공격했다. 알다시피 코틱은 큰 물개들이 매년 하는 넉 달 간의 금식을 해본 적이 없었고, 깊은 바다를 헤엄치는 여행을 했기 때문에 몸이 무척 튼튼했다. 그리고 무엇보다 그는 싸운 적이 없었다. 그의 곱슬곱슬한 하얀 갈기는 분노로 곤두서 있었다. 눈에서는 불꽃이 일었고 커다란 송곳니는 반짝였다. 그의 모습은 바라보기만 해도 눈이 부셨다.

　코틱의 아버지 늙은 시 캐치는 아들이 마치 큰 넙치를 해

치우듯 희끗희끗한 늙은 물개들을 밀치고 끌면서 사방의 젊은 총각들을 불안에 떨게 만드는 모습을 보았다. 결국 시 캐치가 크게 부르짖었다. 「내 아들이 바보일지는 몰라도 해변에서는 가장 훌륭한 전사다. 아들아, 네 아비를 막지 마라! 나는 네 편이다!」

코틱이 대답 대신 포효했다. 늙은 시 캐치는 곤두선 콧수염을 기관차처럼 불어 날리면서 어기적어기적 걸어갔고, 어머니인 마트카와 코틱과 결혼하기로 한 암컷은 몸을 웅크려 자기 남자들을 찬양했다. 멋진 싸움이었다. 두 물개는 감히 고개를 쳐드는 물개가 있는 한 계속 싸웠고, 마침내 그들은 함성을 지르며 어깨를 나란히 한 채 당당하게 해변을 활보했다.

밤이 되어 안개 속에서 오로라가 깜박이고 번쩍거릴 때, 코틱은 높은 바위에 올라 저 아래 흩어져 있는 쉼터와 찢기고 피 흘리는 물개들을 내려다보았다. 「이제 똑똑히 깨달았겠지.」

「대단하구나!」 늙은 시 캐치는 끔찍하게 할퀴고 긁혀 뻣뻣해진 몸을 일으켰다. 「범고래도 그들에게 이보다 심한 상처를 입히지는 못했을 거야. 아들아, 네가 자랑스럽구나, 나도 너와 함께 너의 섬에 가겠다. 그런 곳이 정말 있다면 말이다.」

「잘 들어, 바다의 살찐 돼지들아! 누가 나와 함께 바다소의 터널로 갈거야? 대답해, 아니면 다시 한번 본때를 보여 줄 테니.」 코틱이 포효했다.

해변 곳곳에서 잔물결 같은 중얼거림이 일었다. 「우리도 갈 거야.」 수천 마리의 피곤한 목소리가 들렸다. 「우리는 하얀 물개 코틱을 따라가겠어.」

코틱은 양 어깨 사이에 고개를 파묻고 뿌듯하게 눈을 감았다. 그는 더 이상 하얀 물개가 아니었고 머리부터 꼬리까지 붉었다. 그렇지만 몸의 상처를 하나라도 살펴보거나 만져 보는 건 수치로 여겼을 것이다.

일주일 후 코틱과 그 군단(1만 마리에 가까운 홀루슈치키와 늙은 물개들)은 바다소의 터널을 향해 북으로 떠났다. 노바스토슈나에 남은 물개들은 그들더러 바보라고 했다. 그러나 이듬해 봄 모든 물개가 물고기 잡이를 하는 태평양의 어초 근처에서 만났을 때, 코틱을 따라나섰던 물개들이 바다소의 터널 너머 새 해변의 멋진 이야기를 들려주었고 솔깃해진 물개들이 점점 더 많이 노바스토슈나를 떠났다.

물론 그 일이 모두 한꺼번에 일어난 것은 아니었고, 물개들이 마음을 돌리기까지는 오랜 시간이 필요했다. 그러나 해가 갈수록 노바스토슈나 해변과 루카넌섬과 나머지 쉼터를 떠나 조용하고 아늑한 그 해변으로 떠나는 물개가 점점 늘어났다. 해변에는 해마다 몸집이 더 커지고 뚱뚱해지고 강해져 가는 코틱이 여름 내내 앉아 있고, 그 주위로 홀루슈치키들이 인간이 한 명도 오지 않는 그곳 바다에서 놀고 있다.

루카넌섬

이 노래는 세인트 폴섬의 모든 물개가 여름에 자신들의 해변으로
갈 때 드넓은 대양에서 부른다. 물개의 슬픈 국가인 셈이다.

아침에 친구들을 만났지
(그렇지만 오, 나는 나이 들었네!)
여름의 큰 파도가 몰려오며
포효하는 암반 위에서.
루카넌 해변에 부서지는 파도의
노랫소리를 삼켜 버리는
2백만 힘찬 목소리의
합창을 들었지.

바닷물 산호초 옆
아늑한 기지의 노래,
모래 언덕을 내려오며
돌풍을 일으키던 무리의 노래,
바다를 휘저어 불꽃을 일으키던
깊은 밤 춤의 노래 —
물개 사냥꾼 이전의
루카넌 해변이여!

아침에 친구들을 만났지
(더는 그들을 만나지 못할 거야!)

해변 전체가 검게 물들만큼
많은 무리가 왔다 갔지.
목소리가 닿는 멀리까지
거품 부서지는 앞바다 위
멀리까지 목소리를 퍼뜨리며
우리는 상륙을 축하하고
해변 위로 올라오라고 노래 불렀지.

루카넌 해변이여
겨울 밀은 높이 자라고
물기 머금은 주름진 이끼와,
모든 것을 적시는 바다 안개!
우리 놀이터인 평평한 바위마다
모든 것이 매끈하게 닳아 반짝이네!
루카넌 해변이여
우리가 태어난 고향이여!

아침에 친구들을 만났지,
뿔뿔이 흩어진 한 무리를.
인간들이 바닷속 우리에게 총을 쏘고
육지의 우리에게 몽둥이질을 하네.
인간들이 우리를 바보같이 얌전한 양처럼
솔트 하우스로 몰아간다네,
그래도 우리는 루카넌을 노래하지

물개 사냥꾼들이 오기 전까지는.

돌아가라, 돌아가라 남쪽으로,
오, 흰갈매기여, 가거라!
심해 총독에게 가서
우리의 슬픈 이야기를 전해 다오.
머잖아 폭풍우가 해안에 던지고 간
상어 알처럼 텅 비게 되면
루카넌 해변은 더 이상
그 아들들을 알지 못하리라!

리키 티키 타비

그가 들어간 구멍에서
빨간 눈이 주름 가죽을 불렀지.
빨간 눈은 이렇게 말했다네.
「내그, 올라와서 죽음과 함께 춤추어라!」
눈에는 눈, 머리에는 머리,
(박자를 맞추어라, 내그.)
하나가 죽어야 이것이 끝난다.
(네가 원하는 대로, 내그.)
돌고 돌아라, 비틀고 비틀어라,
(달아나서 숨어라, 내그.)
하! 두건을 쓴 죽음이 놓쳐 버렸구나!
(불행이 닥칠 것이다, 내그!)

이것은 리키 티키 타비가 인도 세골리 주둔지의 커다란 방
갈로 욕실에서 혼자서 싸워 이긴 위대한 전쟁 이야기다. 재

봉새 다지가 그를 도왔고, 절대 마루 한가운데로 나오는 법이 없이 항상 벽 주변을 몰래 다니는 사향뒤쥐 추춘드라가 충고를 해주었다. 그러나 리키 티키는 실제로 몸을 던져 싸웠다.

그는 몽구스였다. 털과 꼬리만 보면 작은 고양이와 비슷하지만 머리와 습성은 족제비와 매우 비슷했다. 두 눈과 쉴 새 없이 벌름거리는 코끝은 분홍색이었고, 자기 몸을 긁고 싶을 때면 원하는 대로 앞발이든 뒷발이든 사용해 마음껏 긁을 수 있었다. 꼬리를 부풀려 병 솔처럼 보이게 할 수도 있었고, 길게 자란 풀 사이를 종종거리며 다닐 때는 함성을 질렀다. 「릭 틱 티키 티키 칙!」

어느 날, 한여름의 홍수로 그는 엄마 아빠와 함께 살던 굴에서 쓸려 갔다. 발버둥 치고 찍찍 울어도 보았지만 속수무책으로 길가 도랑으로 떠내려갔다. 그는 도랑에 늘어진 한 움큼의 풀 다발을 발견하고는 거기에 꼭 매달려 있다가 정신을 잃고 말았다. 정신을 차리고 보니, 뜨거운 태양이 내리 쬐는 어느 정원 한가운데에, 사실상 질질 끌려와 몹시 더럽혀진 몸으로 누워 있었다. 작은 소년의 말소리가 들렸다. 「몽구스가 죽어 있어요. 장례를 치러 줘야겠어요.」

「아니야.」 소년의 엄마가 말했다. 「안으로 데려가서 말려 주자꾸나. 아주 죽은 건 아닐 거야.」

그들은 리키 티키를 집 안으로 데려갔다. 커다란 남자가 그를 손가락으로 집어 올려 살피더니 몽구스가 죽은 게 아니라 반쯤 질식했다고 말했다. 그들이 리키 티키를 솜으로 고이 싸서 따뜻하게 해주자 그가 눈을 뜨더니 재채기를 했다.

「됐구나.」 큰 남자가 말했다(그는 이제 막 그 방갈로로 이사 온 영국인이었다). 「이 작은 동물을 겁주지 마라. 이 친구가 어떻게 하는지 지켜보자꾸나.」

사실 몽구스를 겁준다는 건 세상에서 가장 힘든 일이다. 몽구스는 머리부터 꼬리까지 호기심으로 똘똘 뭉친 동물이기 때문이다. 모든 몽구스 가족의 좌우명은 〈달려가서 알아내라〉이다. 그리고 리키 티키야말로 진정한 몽구스였다. 그는 솜을 살펴보고 그것이 먹을 만한 것이 아니라고 판단한 뒤 식탁 주변을 뛰어다녔고, 일어나 앉아서 털을 고르다가 몸을 긁다가, 다시 폴짝 뛰어 작은 소년의 어깨에 올라갔다.

「무서워하지 마라, 테디.」 소년의 아빠가 말했다. 「몽구스가 친구하자는 거란다.」

「아야! 얘가 내 턱밑을 간질여요.」 테디가 말했다.

리키 티키는 소년의 목과 목깃 사이를 내려다보고, 킁킁거리며 소년의 귀 냄새를 맡은 다음 마루로 내려와 앉아서 코를 문질렀다.

「어쩜.」 테디의 엄마가 감탄했다. 「야생 동물인데 정말 놀라워요! 우리가 잘해주니까 벌써 길든 것 같아요.」

「몽구스들이 다 그래요. 테디가 녀석의 꼬리를 잡고 들어올리거나 우리에 가두거나 하지만 않으면 하루 종일 집 안팎을 뛰어다닐 거예요. 녀석에게 먹을 것 좀 줍시다.」

그들은 리키 티키에게 작은 날고기 한 조각을 주었다. 그 고기는 무척 맛있었고, 고기를 다 먹고 나자 리키 티키는 베란다로 나가 햇볕이 드는 곳에 앉아 털뿌리 끝까지 말리려고 털을 잔뜩 부풀렸다. 그러고 나니 기분이 더 좋아졌다.

「이 집에는 알아내야 할 게 참 많구나.」 그는 혼자 중얼거렸다. 「우리 가족이 평생 알아낼 수 있는 것보다 더 많아. 계속 여기서 지내면서 알아내야겠다.」

그는 온 집 안을 돌아다녔다. 욕조를 살피다 물에 빠져 죽을 뻔했는가 하면, 서재 책상 위의 잉크에 코를 들이밀기도 하고, 그 큰 남자가 어떻게 글을 썼는지 보려고 그의 무릎으로 기어 올라갔다가 그가 피우던 시가 끝에 코를 데기도 했다. 밤이 되자 테디의 방으로 뛰어 들어가 등유 램프가 어떻게 불을 밝히는지 지켜보았고, 테디가 잠자리에 들자 리키 티키 역시 침대로 올라갔다. 그러나 그는 도무지 가만히 있지 못하는 잠동무였다. 밤새도록 들려오는 온갖 소음에 벌떡 일어나 귀를 기울이고, 무슨 소리인지 알아내야 했기 때문이다. 테디의 엄마 아빠가 자기 전에 아들을 보러 들어왔을 때, 리키 티키는 머리맡에서 깨어 있었다. 「꺼림칙해요.」 테디의 엄마가 말했다. 「아이를 물면 어떡해요.」 테디의 아빠가 달랬다. 「그런 짓은 하지 않을 거예요. 테디는 블러드하운드와 같이 있는 것보다 오히려 저 작은 동물과 같이 있는 게 더 안전해요. 만약 이 방에 뱀이라도 들어온다면……」

테디의 엄마는 그렇게 끔찍한 일은 떠올리고 싶지도 않

았다.

이른 아침 리키 티키는 베란다에 내려와서 테디의 어깨에서 이른 아침 식사를 했다. 그들은 그에게 바나나와 삶은 달걀을 조금 떼어 주었다. 그는 이 무릎 저 무릎을 모두 옮겨 다녔다. 근본 있게 자란 몽구스는 언젠가는 집 몽구스가 되어 돌아다닐 공간을 가지기를 늘 꿈꾸는데, 리키 티키의 엄마(그녀는 세골리에서 장군의 집에 살았었다)는 혹시라도 하얀 인간을 만나면 어떻게 해야 하는지 미리 잘 일러 주었다.

그런 다음 리키 티키는 정원으로 나가 구경할 것이 있는지 살펴보았다. 정원은 매우 커서 절반만 가꿔져 있었지만, 여름 별장만큼 큰 덩굴장미와 라임나무, 오렌지나무들이 심어져 있었고 대숲과 키 큰 풀숲도 있었다. 리키 티키는 입술을 핥았다. 「정말 멋진 사냥터인걸.」 설레는 마음에 꼬리가 병솔처럼 부풀었다. 정원 곳곳을 뛰어다니며 여기저기서 킁킁 냄새를 맡던 중 가시덤불에서 몹시 구슬픈 목소리가 들려왔다.

재봉새 다지와 그 아내였다. 재봉새 부부는 큼직한 나뭇잎 두 개를 모아 잎 가장자리를 실로 꿰매어 모양을 만든 뒤 안쪽에 푹신한 솜과 솜털을 깔아 놓은 아름다운 둥지를 가지고 있었다. 둥지는 앞뒤로 흔들리고 있었고, 그들은 둥지 가장자리에 앉아 울고 있었다.

「무슨 일이야?」 리키 티키가 물었다.

「너무 슬퍼서 그래.」 다지가 대답했다. 「어제 우리 아기 중 하나가 둥지 밖으로 떨어졌는데 내그가 잡아먹었어.」

「저런! 정말 안됐네. 난 새로 와서 잘 모르는데 내그가 누구야?」 리키 티키가 물었다.

다지와 그 아내는 대답도 없이 겁을 먹고 얼른 둥지 안으로 숨어 버렸다. 덤불 아래쪽 무성한 풀숲에서 낮게 쉭쉭거리는 소리가 들렸기 때문이다. 리키 티키도 60센티미터나 펄쩍 뒤로 물러날 만큼 무시무시하고 오싹한 소리였다. 이윽고 풀숲 위로 조금씩 머리 하나가 일어서더니 목깃을 활짝 펼쳤다. 커다란 검은 코브라 내그였다. 혀부터 꼬리까지 몸길이가 1.5미터나 되었다. 그는 몸의 3분의 1을 곧추세우고 바람에 흔들리는 민들레처럼 앞뒤로 몸을 흔들며 균형을 잡더니 도무지 속을 알 수 없고 표정이 없는 사악한 뱀의 눈으로 리키 티키를 바라보았다.

「내그가 누구냐고? 내가 내그다. 위대한 브라흐마 신이 주무실 때 최초의 코브라가 목깃을 펼쳐 태양을 가려 주자 신께서 우리 부족 모두에게 그분의 흔적을 새겨 주셨다. 보아라, 그리고 두려워하라!」

그가 어느 때보다 목깃을 활짝 펼치자, 그 뱀의 목깃 뒷면에서 꼭 고리단추의 눈 부분을 닮은 화려한 무늬가 번쩍였다. 리키 티키는 잠깐 겁이 나기는 했다. 그러나 몽구스를 계속 무섭게 한다는 건 불가능한 일이다. 리키 티키는 옛날에 엄마가 준 죽은 코브라를 먹은 적은 있었지만 살아 있는 코브라는 처음이었다. 그는 다 자란 몽구스가 평생에 해야 할 일이 뱀과 싸워서 뱀을 잡아먹는 것이라는 사실을 알고 있었다. 내그 역시 그 사실을 알고 있었으므로 그 차가운 마음 한구석에서는 두려웠다.

「그렇긴 한데.」 리키 티키는 다시금 꼬리를 부풀리기 시작했다. 「그 흔적이 있든 없든 간에, 둥지에서 떨어진 어린 새를 잡아먹는 것이 뱀으로서 옳은 일일까?」

내그는 혼자 생각하면서 리키 티키 뒤쪽 풀 속의 잘 보이지 않는 움직임을 지켜보고 있었다. 정원에 몽구스가 나타났다면 조만간 내그와 그 가족은 죽게 되리라는 걸 그는 잘 알았다. 그러나 우선은 리키 티키의 경계심을 풀어 놓고 싶었다. 그래서 살짝 고개를 떨구고는 한쪽으로 기울였다.

「그럼 따져 볼까.」 내그가 말했다. 「넌 알을 먹으면서 나는 새를 먹으면 안 된다니, 왜지?」

「뒤를 봐! 뒤를 봐!」 다지가 노래했다.

리키 티키는 돌아보는 건 시간 낭비라는 걸 알았다. 그는 힘껏 공중 높이 솟구쳐 올랐다. 바로 그 밑으로 내그의 사악한 아내 나가이나의 머리가 휙 하고 지나갔다. 리키 티키가 떠드는 동안 나가이나는 뒤에서 몰래 다가가 그를 죽이려고 했던 것이다. 간발의 차이로 리키 티키를 놓치면서 나가이나가 내는 잔인한 쉭 소리가 들렸다. 리키 티키는 떨어지면서 나가이나의 등을 밟을 뻔했다. 노련한 몽구스라면 그 기회를 놓치지 않고 단번에 그 뱀의 숨통을 끊어 놓을 수 있었겠지만, 그는 그 코브라가 반격하며 휘두를 끔찍한 채찍질이 두려웠다. 사실 리키 티키는 그 뱀을 물기는 했지만 깊게 물지는 않았고, 뱀이 꼬리를 휘두르지 펄쩍 뛰며 피한 것이다. 상처를 입은 나가이나는 분을 삭이지 못했다.

「빌어먹을 다지 녀석!」 내그가 가시덤불 속에서 둥지를 향해 높이 몸을 날렸다. 그러나 다지의 둥지는 그 뱀이 닿지 않는 곳에 있어서 앞뒤로 흔들리기만 했다.

리키 티키는 눈이 붉어지고 뜨거워지는 걸 느꼈다(몽구스의 눈이 붉어지면 화가 났다는 뜻이다). 그는 작은 캥거루처럼 꼬리와 뒷발을 깔고 앉아서 주변을 둘러보았고 화를 내며 찍찍거렸다. 그러나 내그와 나가이나는 풀숲으로 사라진 후였다. 뱀은 공격에 실패하면 아무 말도 하지 않으며 다음에 어떻게 할 것인지 아무런 낌새도 주지 않는다. 리키 티키는 그들을 따라갈 생각은 없었다. 두 마리 뱀을 한꺼번에 상대할 자신이 없었기 때문이다. 그래서 총총히 집 근처의 자갈길로 가서는 자리에 앉아 생각했다. 그에게 이 일은 심각한 문제였다.

옛날 자연사 책들을 읽어 보면 몽구스가 뱀과 싸우다가 물리기라도 하면, 그 즉시 도망쳐서 상처를 치료해 줄 약초를 찾아 먹는다고 되어 있다. 그 말은 사실이 아니다. 승리를 좌우하는 것은 오직 재빠른 눈과 날렵한 발, 즉 뱀이 얼마나 빨리 공격하고 몽구스가 얼마나 빨리 뛰어오르는가 하는 것이다. 순식간에 공격해 오는 뱀의 머리를 지켜볼 만큼 빠른 눈은 없기에, 몽구스의 빠른 발은 어떤 마법 약초보다 훨씬 놀라운 일을 해낸다. 자기가 어린데도 뒤에서 들어오는 공격을 피해 냈다고 생각하니 리키 티키는 더더욱 뿌듯했다. 덕분에 그는 자신감이 생겼고, 테디가 자갈길을 달려 내려왔을 때에는 테디가 쓰다듬어 주기를 기대했다.

그러나 테디가 몸을 굽히는 순간, 흙 속에서 무언가가 꿈틀하더니 작은 목소리가 들렸다. 「조심해라, 나는 죽음이다!」 칙칙한 흙바닥에 누워 먹이를 찾는 칙칙한 갈색의 작은 뱀 카라이트였다. 이 뱀에게 물리면 코브라에게 물리는 것만큼 위험하다. 그러나 크기가 매우 작기 때문에 아무도 그 뱀을 신경 쓰지 않으며, 그래서 사람에게는 더 해롭다.

리키 티키의 눈이 다시 붉어지는가 싶더니 집안 대대로 내려오는 독특하게 몸을 흔드는 동작을 하면서 춤추듯 카라이트에게 다가갔다. 보기에는 무척 우습지만 그 걸음걸이는 균형이 완벽해서 원하는 어떤 각도로든 몸을 날릴 수 있다. 뱀을 상대할 때는 그래야 유리하다. 리키 티키는 미처 몰랐지만 사실 내그와 싸울 때보다 훨씬 더 위험한 일을 하고 있었다. 카라이트는 매우 작고 순식간에 방향을 바꿀 수 있기 때문에, 리키가 그 뱀의 뒤통수 근처를 물지 않는 이상 눈이나 입술에 반격을 당할 가능성이 있었다. 그러나 리키는 아무것도 몰랐다. 눈이 온통 빨개진 채 앞으로 뒤로 몸을 흔들면서 그 뱀의 어디를 붙잡으면 좋을까 찾고 있었다. 카라이트가 덤벼들었다. 리키는 옆으로 펄쩍 피한 후 달려들려고 했지만, 그 작고 사악한 회색 머리가 그의 어깨를 아슬아슬하게 빗겨 가자 뱀 위로 뛰어올라야 했다. 뱀의 머리가 뒤꿈치를 바짝 따라왔다.

테디가 집을 향해 소리쳤다. 「여기 나와 보세요! 우리 몽구스가 뱀을 죽이고 있어요.」테디 엄마의 비명 소리가 들렸다. 테디 아빠가 막대기를 들고 달려 나왔다. 카라이트가 너무 멀리까지 몸을 날리는 바람에 펄쩍 뛰어올랐던 리키 티키는 그 뱀 위로 떨어졌고, 두 앞발 사이로 깊이 고개를 넣어 있는 힘껏 뱀의 뒷덜미를 세게 물고 굴렀다. 그렇게 물린 카라이트는 테디의 아빠가 도착할 때쯤 축 늘어져 있었다. 리키 티키는 집안 대대로의 저녁 식사 풍습에 따라 꼬리부터 그 뱀을 먹어 치우려고 했지만, 그 순간 배가 부르면 몸이 느려진다는 사실이 떠올랐다. 힘과 민첩함을 발휘할 준비가 되어 있으려면 몸을 홀쭉하게 유지해야 했다.

리키 티키가 피마자 덤불 밑으로 흙 목욕을 하러 간 사이, 테디의 아빠가 죽은 카라이트를 때렸다. 리키 티키는 우스웠다. 「저게 무슨 소용이람? 내가 이미 해치웠는데.」얼마 후 테디의 엄마가 흙 속에서 그를 집어 올려 꼭 껴안으면서, 죽을 뻔한 테디를 구해 주었다고 고마워했다. 테디의 아빠는 리키 티키가 신이 보낸 선물이라고 했고, 테디는 아직 겁이 가시지 않은 커다란 눈으로 쳐다보았다. 리키 티키는 이 모든 호들갑이 우습게 느껴졌다. 물론 이해되지도 않았다. 테디의 엄마는 테디가 흙 속에서 놀았더라도 사랑스럽게 쓰다듬어 주었을 사람이었다. 어쨌거나 리키는 굉장히 기분이 좋았다.

그날 밤 저녁 식사 때, 리키 티키는 식탁 위 포도주 잔 사이를 오락가락하면서 맛나고 훌륭한 것들을 세 번이나 배불리 먹을 수 있었다. 그러나 그는 내그와 나가이나를 떠올렸고, 비록 테디 엄마가 쓰다듬어 주는 다정한 손길을 느끼고 테디 아빠의 어깨 위에 앉아 있는 것이 무척 즐겁기는 했지만 이따금 두 눈이 빨갛게 되어 기다란 함성을 지르곤 했다.

「릭 틱 티키 티키 칙!」

테디가 그를 침대로 데려갔고 리키 티키가 자기 옆에서 자야 한다고 우겼다. 리키 티키는 교육을 잘 받았기 때문에 물거나 할퀴지는 않았다. 그러나 테디가 잠들자마자 그는 방에서 나와 집 주변을 돌며 밤 산책을 했다. 어둠 속에서 그는 벽 주변을 몰래 기웃거리던 사향뒤쥐 추춘드라를 만났다. 추춘드라는 작고 소심한 동물이다. 밤새도록 찍찍거리고 끙끙대면서 방 한가운데까지 가보려고 마음을 다잡곤 하지만, 절대 거기까지 가지 못한다.

「살려줘.」 추춘드라가 우는 목소리로 말했다. 「리키 티키, 나를 죽이지 말아줘.」

「뱀 사냥꾼이 사향뒤쥐 따위를 죽일 것 같니?」 리키 티키가 코웃음을 치며 말했다.

「뱀을 죽인 자는 뱀에게 물려 죽는 법이야.」 추춘드라는 어느 때보다 슬프게 말했다. 「그리고 어느 캄캄한 밤에 내그가 나를 너로 착각하지 말란 법이 있어?」

「그런 일은 절대 없어.」 리키 티키가 큰소리쳤다. 「내그는 정원에 있고 넌 정원에 나가지 않잖아.」

「하지만 내 사촌 추아가 그러는데……」 추춘드라가 말을 꺼내다가 갑자기 멈추었다.

「뭐라고 했는데?」

「쉬! 내그는 안 가는 데가 없어, 리키 티키. 네가 정원에서 추아한테 물어봤어야 하는 건데.」

「안 물어봤지. 그러니 네가 말해줘. 어서, 추춘드라. 아니면 물어 버릴 거야!」

추춘드라는 털썩 주저앉더니 엉엉 울었다. 그의 콧수염 위로 눈물방울이 떨어졌다. 「처량한 내 신세야.」 그가 훌쩍거리며 말했다. 「난 용기가 없어서 한 번도 방 한가운데까지 가본 적이 없어. 쉬! 너에게 아무것도 말하면 안 되는데. 저 소리 안 들려, 리키 티키?」

리키 티키는 귀를 기울였다. 집 안은 적막하기 그지없었지만 세상에서 가장 희미하게 사각사각하는 소리가 방금 들린 것 같았다. 말벌이 유리창 위를 걷는 발자국 소리만큼이나 희미한 소리였다. 그것은 뱀의 비늘이 벽돌 위를 스치며 내는 소리였다.

「내그 아니면 나가이나로군.」 리키 티키가 중얼거렸다. 「화장실 배수로 속을 기어가고 있어. 네 말이 맞아, 추춘드라. 추아한테 물어봤어야 했어.」

리키 티키는 조심조심 테디의 방 화장실로 올라가 보았지만, 거기엔 아무것도 없었다. 이번에는 테디 엄마의 화장실로 향했다. 매끈하게 회를 바른 벽 아래 목욕물이 바깥으로 흘러나가도록 바닥 쪽 벽돌 하나가 뽑혀 있었다. 욕조가 놓인 벽돌 경계석 옆으로 살그머니 들어가자 바깥 달빛 아래서 내그와 나가이나가 소곤거리는 소리가 들렸다.

「이 집에 사람들이 살지 않으면 녀석도 떠나야 할 거예요.」 나가이나가 내그한테 말하고 있었다. 「그렇게 되면 정원은 다시 우리 차지가 되겠죠. 조용히 안으로 들어가요. 무엇보다 카라이트를 죽인 그 큰 남자를 첫 번째로 물어야 한다는 걸 잊지 말고요. 그런 다음 돌아와서 나한테 알려 줘요. 그럼 우리가 같이 리키 티키를 잡으면 되니까요.」

「하지만 사람들을 죽여서 우리한테 득이 되는 게 뭐 있겠어요?」 내그가 물었다.

「다 좋죠. 이 집에 사람들이 없었을 때는 정원에 몽구스도 없었잖아요? 결국 이 집이 빈집인 한, 우리가 정원의 왕과 여왕이라고요. 그리고 멜론 밭에서 우리 알들이 예정대로 내일 깨어나면 아이들에겐 조용하고 널찍한 곳이 필요할 거예요.」

「그 생각을 미처 못 했네요.」 내그가 말했다. 「다녀올게요, 하지만 그후에 리키 티키를 죽일 필요는 없을 거예요. 우선 그 큰 남자와 그 아내를 죽이고, 가능하면 그 아이까지 죽인 후 조용히 빠져나올게요. 그러면 이 집은 텅 비게 되고 그러면 리키 티키는 떠나겠죠.」

리키 티키는 이 음모를 듣고 치가 떨렸다. 이윽고 내그의 머리가 배수로에서 쑥 나오더니 이어서 1.5미터 길이의 차가운 몸뚱이가 따라 나왔다. 리키 티키는 굉장히 화가 났지만 막상 엄청난 코브라의 크기를 보자 그만큼 겁이 나기도 했다. 내그는 똬리를 틀고 고개를 들었고, 어둠 속에서 욕실 안을 노려보았다. 그의 두 눈이 번쩍이고 있었다.

「어쩐다, 만약 내가 여기서 녀석을 죽이면 나가이나가 일게 되겠지. 그리고 넓은 바닥에서 녀석과 싸운다면 녀석이 유리할 거야. 어떻게 하면 좋지?」리키 티키 타비가 생각했다.

내그는 앞뒤로 몸을 흔들었다. 다음 순간 욕조에 물을 채울 때 쓰는 커다란 물 항아리에서 내그가 물 마시는 소리가 들렸다.「물맛이 좋군.」내그가 말했다.「카라이트가 죽을 때 그 큰 남자가 막대기를 들고 있었어. 아마 지금도 막대기를 가지고 있겠지. 하지만 아침에 욕실에 들어올 때 막대기를 들고 오지는 않을 거야. 그 남자가 올 때까지 여기서 기다려야겠다. 나가이나, 내 말 들려요? 날이 밝을 때까지 여기서 기다릴게요.」

바깥에서 아무 대답도 들리지 않았다. 나가이나는 멀리 가버린 모양이었다. 내그는 커다란 물 항아리 속으로 들어가서 불룩한 항아리 윤곽을 따라 돌돌 똬리를 틀었다. 리키 티키는 죽은 듯이 꼼짝지 않았다. 한 시간쯤 지나서 그는 천천히 물 항아리를 향해 다가가기 시작했다. 내그는 잠들어 있었다. 리키 티키는 내그의 커다란 등을 보면서 어디를 물면 가장 좋을지 생각했다.「첫 번째 공격에서 녀석의 목을 부러뜨리지 못하면 반격을 당할 거야. 만약 녀석이 반격하면…… 아, 안 돼!」그는 볏 아래쪽의 두꺼운 목을 살펴보았지만 그에겐 너무 컸다. 꼬리 근처를 문다면 내그는 더 사나워질 것이었다.

「머리가 좋겠어.」마침내 리키 티키가 말했다.「볏 위쪽 머리여야 해. 일단 그곳을 물고 절대 놓아선 안 돼.」

그는 펄쩍 뛰어올랐다. 내그의 머리는 항아리 입구 곡선 아래, 가운데 놓여 있었다. 리키는 이빨이 꽉 물리자, 붉은 항아리의 불룩한 부분에 단단히 등을 대고 내그의 머리를 당겼다. 그렇게 해서 번 시간은 1초밖에 되지 않았지만 그는 그 시간을 최대한 활용했다. 곧바로 그의 몸이 개에게 물린 쥐가 앞뒤로 흔들리듯 바닥에서 앞뒤로, 위아래로 흔들렸고 빙빙 커다란 원을 그리며 돌았다. 두 눈은 붉게 핏발이 섰고, 굵은 채찍처럼 몸이 바닥을 때리면서 양철 바가지와 비누 받침과 목욕 솔을 뒤집어엎고, 욕조의 양철 면에 쿵 부딪쳐도 굳게 버텼다. 그럴수록 주둥이를 더 세게, 꽉 다물었다. 이렇게 내동댕이쳐지다가는 죽을 게 틀림없었지만, 몽구스 가족의 명예를 위해서는 차라리 뱀에게 이빨을 박고 죽은 채 발견되는 것이 나았다. 머리가 어지럽고, 온몸이 아프고, 바로 뒤에서 무언가 벼락같은 것이 터질 때는 산산이 부서지는 느낌이었다. 뜨거운 바람을 맞자 그는 감각을 잃고 쓰러졌다. 붉은 불이 그의 털을 그슬렸다. 큰 남자가 소음에 잠을 깨서 산탄총의 두 총신으로 내그의 볏 바로 뒤를 쏘았던 것이다.

리키 티키는 계속 눈을 감고 있었다. 자신이 지금쯤 죽은 줄로만 알았다. 머리도 움직이지 않고 있었는데, 큰 남자가 그를 들어 올리고 말했다. 「이번에도 그 몽구스예요, 여보. 이 작은 녀석이 우리 목숨을 구했어요.」 곧이어 테디의 엄마가 무척 창백한 얼굴로 다가오더니 내그의 시체를 보았다. 리키 티키는 힘겹게 몸을 이끌고 테드의 방으로 올라갔다.

그리고 상상한 대로 진짜 몸이 산산조각 부서졌는지 알아보려고 새벽까지 몇 시간 동안 밤이 깊도록 가볍게 몸을 떨었다.

아침이 밝았을 때는 몸이 매우 뻐근했지만 자신이 한 일이 무척 뿌듯했다. 「이제 나가이나를 처리해야 해. 그녀는 내그 다섯 마리를 합친 것보다 더 힘들 거야. 그리고 알을 낳을 거라고는 했지만 그게 어디인지 알 수 없단 말이야. 그렇지! 다지한테 가서 물어봐야겠다.」

리키 티키는 아침 식사를 기다릴 것도 없이, 다지가 목청 높여 승리의 노래를 부르고 있는 가시덤불로 달려갔다. 청소부가 내그의 시체를 쓰레기 더미 위에 버렸기 때문에 내그가 죽었다는 소식은 정원 전체에 퍼져 있었다.

「바보 같은 깃털 다발 같으니! 지금이 노래 부를 때야?」 리키 티키가 화가 나서 말했다.

「내그가 죽었다네, 죽었다네, 죽었다네!」 다지는 아랑곳않고 노래했다. 「용감한 리키 티키가 내그의 머리를 물고 놓지 않았다네. 큰 남자가 불방망이를 가져왔고 내그는 두 동강 나서 쓰러졌다네! 내그는 이제 다시 우리 아기를 먹지 못하게 됐도다.」

「다 맞는 말이긴 하지. 그런데 나가이나는 어디 있어?」 리키 티키가 조심스레 주변을 둘러보며 물었다.

「나가이나가 욕실 배수로에 와서 내그를 불렀다네.」 다지는 계속 노래했다. 「그러자 내그가 막대기 끝에 매달려서 나왔지. 청소부가 막대기 끝으로 내그를 집어서 쓰레기 더미에 던졌다네. 다 함께 노래하자, 붉은 눈의 위대한 리키 티키를!」 다지는 목을 부풀리고 노래했다.

「내가 네 둥지에 올라갈 수만 있다면 네 아기들을 다 밀어 버릴 거야!」 리키 티키가 말했다. 「넌 무슨 일을 언제 해야 하는지 도무지 모르는구나. 너야 그 위 둥지에 있으니까 안전하겠지만 이 밑에 있는 나한테는 전쟁이야. 잠시만 노래를 멈춰, 다지.」

「아름답고 위대한 리키 티키를 위해 노래를 멈추노라.」 다지가 말했다. 「왜 그러는데, 무시무시한 내그를 죽인 자여?」

「세 번째로 묻는 거야, 나가이나는 어디 있어?」

「마구간 옆 쓰레기 더미 위에, 내그의 죽음을 슬퍼하고 있다네. 하얀 이빨 리키 티키는 위대하여라.」

「내 이빨이 하얗든 어떻든! 혹시 나가이나가 어디에 알을 낳았는지 들었어?」

「멜론 밭 담장 가장 가까운 끝에, 거의 온종일 볕이 드는 자리에. 몇 주 전에 알을 낳았지.」

「그런 중요한 얘기를 나한테 해줄 생각을 못했단 말이야? 담장에 가장 가까운 쪽이라고 했지?」

「리키 티키, 설마 그리로 가서 나가이나의 알들을 먹어 치우려고?」

「정확히 말하면 먹으러 가는 건 아니야. 저기, 다지. 만약 네가 조금이라도 생각이 있다면 마구간으로 날아가 날개가 부러진 척해 주지 않을래? 그렇게 해서 나가이니를 이 덤불로 유인해 줘. 내가 멜론 밭으로 갈 테니까. 지금 가면 나가이나가 나를 보게 되잖아.」

다지는 한 번에 한 가지 생각밖에 하지 못하는 작은 깃털 종족이었다. 그리고 재봉새 새끼처럼 나가이나의 새끼도 알로 태어난다는 걸 알고 있었으므로 알을 죽이는 건 공평하지 않다고 생각했다. 그러나 다지의 아내는 현명했다. 그녀는 코브라의 알이 머잖아 새끼 코브라가 된다는 걸 알고 있었다. 그래서 새끼들을 따뜻하게 품는 일은 다지에게 맡기고 둥지에서 날아올랐다. 다지는 계속 내그의 죽음에 관해 노래했다. 다지는 여러 모로 인간과 닮은 데가 많았다.

다지의 아내는 쓰레기 더미 옆 나가이나 앞에서 날개를 퍼덕이다 소리를 질렀다. 「악, 날개가 부러졌어! 저 집 애가 돌멩이를 던져서 내 날개를 부러뜨렸어.」 그러더니 그 어느 때보다 필사적으로 퍼덕거렸다.

나가이나가 고개를 들고 쉭쉭거렸다. 「너로구나, 내가 리키 티키를 죽이려고 할 때 경고했던 녀석이. 정말이지 절뚝거릴 장소를 한참 잘못 골랐어.」 나가이나가 흙 위를 미끄러지면서 다지의 아내 쪽으로 다가왔다.

「애가 돌멩이로 내 날개를 부러뜨렸어!」 다지의 아내가 비명을 질렀다.

「그래! 죽는 마당에 이 말이 위로가 될지 모르겠지만 내가 그 애에게 빚을 받아낼 생각이야. 오늘 아침 내 남편은 쓰레기 더미 위에 누워 있지만, 밤이 오기 전 그 애도 집 안에서 꼼짝 않고 누워 있게 될 거야. 그렇게 도망친다고 뭐가 달라져? 내가 널 잡을 텐데. 어리석은 녀석, 나를 쳐다봐!」

다지의 아내는 그래선 안 된다는 것을 알았다. 뱀의 눈을 쳐다본 새는 겁에 질린 나머지 꼼짝도 못하게 된다. 다지의 아내는 계속 퍼덕거리며 구슬프게 울면서도 결코 땅에서 날아오르지 않았고, 나가이나는 점점 속도를 올렸다.

리키 티키는 그들이 마구간에서 오솔길로 올라가는 소리를 듣고는 재빨리 담장 근처 멜론 밭 가장자리로 달려갔다. 거기서 그는 멜론 주변의 따뜻한 덮개 짚 속에 교묘하게 감춰진 스물다섯 개의 알을 발견했다. 크기는 밴텀 닭의 알 만했지만 알 껍질 대신 허연 가죽으로 덮여 있었다.

「하루만 늦었어도 큰일 날 뻔했어.」 리키 티키가 말했다. 허연 막 아래로 새끼 코브라들이 몸을 말고 있는 게 그대로 보였기 때문이다. 조만간 새끼들이 나오면 사람이든 몽구스든 물어 죽일 수 있었다. 그는 최대한 빠른 속도로 알 꼭대기를 물어뜯으며 신중하게 새끼 코브라들을 으스러뜨렸고, 이따금 덮개 짚을 뒤집어 가며 혹시라도 놓친 알이 있는지 살폈다. 마침내 마지막 알 세 개를 남겨 두고 혼자 흐뭇하게 웃고 있을 때였다. 다지 아내의 다급한 외침이 들렸다.

「리키 티키, 내가 나가이나를 집 쪽으로 유인했는데, 나가이나가 베란다로 들어갔어. 빨리 와, 인간을 죽이려나 봐!」

리키 티키는 알 두 개를 짓밟아 버리고는 세 번째 알을 입에 문 채 공중제비를 돌 듯 멜론 밭을 빠져나와 세차게 발을 놀리며 베란다로 달려갔다. 테디와 엄마 아빠가 이른 아침 식사를 하던 중이었지만, 그들은 아무것도 먹지 못하고 있었다. 돌처럼 몸이 굳은 채 얼굴이 하얗게 질려 있었다. 나가이나는 테디의 의자 옆 깔개 위에 똬리를 틀고 있었다. 테디의 드러난 맨다리를 쉽게 공격할 수 있는 거리에서 앞뒤로 몸을 흔들며 승리의 노래를 불렀다.

「내 그를 죽인 큰 남자의 아들아.」 그녀가 쉭쉭거렸다. 「꼼짝 말고 있어라. 아직 준비가 덜 되었으니까. 조금만 기다려라, 너희 셋 모두 꼼짝하지 말고. 조금이라도 움직이면 공격하겠다. 물론 움직이지 않아도 공격할 거야. 오, 어리석은 인간들아, 나의 내그를 죽이다니!」

테디는 겁에 질려 아빠를 쳐다보았지만, 아빠가 할 수 있는 것이라고는 이렇게 소곤거리는 것뿐이었다. 「가만히 있어라, 테디. 움직이면 안 돼. 테디, 절대 움직이지 마.」

바로 그때 리키 티키가 다가와 소리쳤다. 「이쪽으로 돌아봐, 나가이나. 나랑 싸우자!」

「마침 잘 왔다.」 나가이나는 눈도 돌리지 않고 말했다. 「이제 곧 너하고도 계산을 끝낼 테니까. 네 친구들 꼴을 봐, 리키 티키. 꼼짝도 못 하고 하얗게 질린 꼴이라니. 잔뜩 겁을 먹었네. 움직일 생각도 못 하고. 네가 한 발짝이라도 다가오면 저들을 공격할 거야.」

「네 알들이 어떻게 됐게?」 리키 티키가 말했다. 「담장 근처 멜론 밭에 가서 봐, 나가이나.」

그 커다란 뱀이 반쯤 고개를 돌리더니 베란다에 놓인 알을 발견했다. 「아악! 그건 내 알이야.」 그녀가 소리쳤다.

리키 티키는 두 앞발 사이에 알을 놓고는 붉게 핏발 선 눈으로 쳐다보았다. 「뱀 알 하나의 가치는 얼마나 되지? 코브라 알은? 어린 킹 코브라 알은? 게다가 한배에서 나온 마지막 알 하나는? 멜론 밭 가장자리의 나머지 알들은 모두 개미들이 먹어 치우고 있거든.」

나가이나는 알 하나를 구하기 위해 모든 것을 잊은 채 몸을 돌렸다. 리키 티키는 테디의 아빠가 재빨리 큰 손을 뻗어 테디의 어깨를 붙잡고 찻잔이 놓인 작은 탁자 너머 나가이나가 미치지 못할 곳으로 안전하게 끌어당기는 것을 보았다.

「속았지! 속았지! 속았지! 리키 틱틱!」 리키 티키가 깔깔 웃었다. 「이제 소년은 안전해, 그리고 어젯밤 욕실에서 내그의 볏을 문 건 바로 나, 이 몸이었어.」 이윽고 그는 네발을 모두 모은 채 머리를 바닥으로 향하고 펄쩍펄쩍 뛰기 시작했다. 「내그가 나를 앞뒤로 내팽개쳤지만 날 떼어 내진 못했지. 큰 남자가 그를 두 동강 내기 전에 내그는 이미 죽어 있었어. 내가 죽인 거야. 리키 티키 틱틱! 그래, 덤벼 봐, 나가이나. 와서 나랑 싸워. 오래지 않아 네 과부 신세도 끝날 테니.」

나가이나는 테디를 죽일 기회가 사라졌다는 걸 알고 리키 티키의 발 사이에 있는 알을 보았다. 「내 알 돌려줘, 리키 티키. 마지막 남은 알을 돌려준다면 영원히 여기를 떠날게.」 나가이나가 볏을 내리며 애원했다.

「그래, 넌 영원히 떠나서 두 번 다시 돌아오지 않을 거야. 내그와 함께 쓰레기 더미 위로 가게 될 테니까. 어서 덤벼!

큰 남자가 총을 가지러 갔어! 덤벼!」

리키 티키는 나가이나가 몸을 날리면 닿을 만한 거리 바로 밖에서 경중경중 뛰며 돌아다녔다. 그의 작은 눈은 뜨거운 석탄처럼 불타고 있었다. 나가이나는 잠시 몸을 움츠렸다가 힘껏 그를 향해 몸을 날렸다. 리키 티키는 뒤로 펄쩍 물러났다. 나가이나는 다시, 또다시 몸을 날렸지만, 그때마다 그녀의 머리는 베란다 돗자리 위로 풀썩 떨어졌고, 그러고 나면 그녀는 다시 시계태엽처럼 몸을 감았다. 그러면 리키 티키는 춤추듯 원을 그리며 그녀 뒤쪽으로 갔고, 나가이나는 몸을 돌려 리키 티키를 마주 보았다. 그렇게 나가이나의 꼬리가 돗자리 위에서 끌리는 소리는 마치 마른 나뭇잎들이 바람에 날리는 소리 같았다.

리키 티키는 알을 까맣게 잊고 있었다. 알은 여전히 베란다에 놓여 있었고, 나가이나는 조금씩 그 알에 가까이 다가갔다. 그러다 마침내, 리키 티키가 숨을 고르는 사이 나가이나는 냉큼 알을 물고 베란다 계단으로 향했고 화살처럼 몸을 날려 오솔길로 들어갔다. 리키 티키가 얼른 그 뒤를 따랐다. 죽을힘을 다해서 달리는 코브라는 마치 말의 목을 치는 채찍 끈 비슷하다.

리키 티키는 나가이나를 반드시 잡아야 한다는 걸 알았다. 그러지 않으면 모든 문제가 다시 시작될 터였다. 나가이나는 곧장 가시덤불 옆 키 큰 풀숲으로 향했다. 그 뒤를 쫓아 달리는 리키 티키의 귀에 다지가 멋도 모르고 계속 불러 대는 승리의 노래가 들렸다. 그러나 다지의 아내는 현명했다. 그녀는 나가이나가 다가오자 둥지에서 날아올라 나가이나의 머리 주변에서 날갯짓을 했다. 만약 다지가 함께 거들었다면 나가이나가 방향을 돌릴 수도 있었겠지만, 그녀는 머리만 낮추고서 계속 달렸다. 그러나 나가이나가 순간적으로 멈칫거리는 사이 리키 티키는 거리를 좁혔고, 나가이나가 한때 내그와 함께 살던 쥐구멍으로 들어가는 순간, 리키 티키는 작고 하얀 이빨로 나가이나의 꼬리를 물고 같이 구멍 속으로 들어갔다. 아무리 현명하고 노련한 몽구스도 감히 코브라를 따라 구멍 속으로 들어갈 엄두를 내지는 못한다. 구멍 속은 캄캄했다. 그 구멍이 어디서 넓어져서 나가이나가 몸을 돌려 공격할 공간이 생길지 전혀 알 수 없었다. 그는 인정사정없이 꼬리를 물고서, 뜨겁고 축축하고 캄캄한 흙 경사면에서 발을 뻗어 브레이크처럼 사용했다.

이윽고 구멍 입구의 풀들이 흔들림을 멈추자 다지가 소리쳤다. 「리키 티키는 끝났어! 우린 그의 죽음을 애도하는 노래를 불러야 해. 용감한 리키 티키는 죽었어! 틀림없이 나가이나가 땅속에서 리키 티키를 죽일 거야.」

다지는 곧 그 순간의 기분으로 지어낸 가장 구슬픈 노래를 시작했다. 그리고 그 노래의 가장 감동적인 부분에 이르렀을 때 풀들이 다시 흔들리더니 흙먼지를 뒤집어쓴 리키 티키가 한 발 한 발 구멍에서 내밀고 올라와 콧수염을 핥았다. 다지는 외마디 소리를 지르며 노래를 멈췄다. 「다 끝났어. 과부 뱀은 두 번 다시 나오지 않을 거야.」 리키 디키가 말했다. 풀 줄기 사이에 사는 붉은 개미들이 그 말을 듣고 사실을 확인하기 위해 한 마리씩 줄지어 구멍 속을 행군하기 시작했다.

리키 티키는 풀숲 속에 동그랗게 몸을 말고서 그대로 잠이 들었다. 오후가 저물도록 계속 잠을 잤다. 고된 하루를 보냈기 때문이다.

마침내 잠을 깬 그가 말했다. 「이제 집으로 돌아가야겠어. 다지, 붉은가슴오색조한테 소식 전해 줘. 그러면 그가 나가이나의 죽음을 온 정원에 알릴 거야.」

붉은가슴오색조의 노랫소리는 작은 망치로 구리 냄비를 두드리는 소리와 같다. 그 새가 항상 그런 소리를 내는 이유는 인도의 모든 정원에 마을 소식을 전하는 전령이기 때문인데, 귀를 기울이는 모두에게 온갖 소식을 들려준다. 오솔길을 걸어가던 리키 티키는 저녁 식사를 알리는 작은 공 소리 같은 〈알림〉 소리를 들었다. 곧이어 그 소리가 뚜렷해졌다. 「딩동 딱! 내그가 죽었다, 동! 나가이나가 죽었다! 딩동 딱!」 그 소리에 정원의 온갖 새들과 개구리들이 저마다 노래하기 시작했다. 내그와 나가이나는 작은 새뿐 아니라 개구리도 잡아먹곤 했기 때문이다.

리키 티키가 집으로 돌아오자 테디와 테디의 엄마, 테디의 아빠가 달려와서 그를 둘러싸고 거의 울부짖었다. 테디의 엄마는 기절했던 터라 아직도 얼굴이 창백했다. 그날 밤그는 사람들이 주는 음식을 더 이상 먹을 수 없을 때까지 실컷 먹었다. 그런 다음 테디의 어깨에 올라탄 채 침실로 갔다. 밤늦게 테디를 살피러 온 테디의 엄마가 리키 티키를 보았다.

「저 몽구스가 우리와 테디의 목숨을 구했네요.」 그녀가 남편에게 말했다. 「생각해 보세요, 몽구스가 우리 모두를 살렸다니.」

리키 티키가 벌떡 일어났다. 몽구스들은 잠귀가 밝다.

「오, 두 분이시군요.」 리키 티키가 말했다. 「뭐하러 걱정하고 그러세요? 코브라는 모두 죽었고, 설사 코브라가 살아 있다고 해도 내가 있잖아요.」

리키 티키는 얼마든지 자랑스러워할 자격이 있었다. 하지만 지나치게 자만하지는 않았다. 그는 몽구스가 마땅히 해야 할 도리를 따라 이빨과 펄쩍 뛰는 힘과 용맹함으로 정원을 지켰고, 그렇게 해서 어떤 코브라도 감히 그 담장 안을 기웃거릴 엄두를 내지 못했다.

다지의 노래
리키 티키 타비에게 경의를 표하며 부른 노래다.

나는 가수이자 재봉사라네,
내가 아는 기쁨도 두 배로 많다네 —
하늘까지 닿는 내 노래가 자랑스럽고,
내가 바느질한 집이 자랑스러워 —

높이 또 낮게, 그렇게 나는 내 음악을 짜고
그렇게 나는 꿰매어 내 집을 짠다네.

아기 새들에게도 노래해 주오,
어미 새여, 고개를 드시오!
우리를 괴롭혔던 악이 살해되었으니
죽음이 정원에서 죽어 누웠구나.
장미 덤불에 숨은 공포는 힘을 못 쓰고
거름 더미 위에 내던져져
죽어 있도다!

누가 우리를 구원했던가, 누구던가?
그의 둥지와 그의 이름을 말해 주오,
용맹한 자, 진실한 자, 리키라네,
불꽃 눈알을 가진 자, 티키라네.
상아색 이빨, 릭 티키 티키라네,
불꽃 눈알을 가진 자라네.

새들이여, 그에게 감사하시오,
꼬리 깃을 활짝 펴고 절하시오!
나이팅게일의 말로 그를 찬양하시오,
아니, 내가 대신 그를 찬양하리다.
들으시오! 내가 불꽃 눈알을 가진
병 솔 꼬리 리키를 찬양하는 노래를 부르리니!

(이 대목에서 리키 티키가 끼어드는 바람에
노래의 나머지 부분은 없다.)

코끼리들의 투마이

내 과거를 잊지 않으리라,
밧줄과 사슬은 지긋지긋하지.
옛날에 내가 지녔던 힘과
내 숲에서의 모든 일을 잊지 않으리라.
사탕수수 한 다발에 내 등을
인간에게 팔지 않으리라,
나의 동족과 숲속 보금자리의
동지들에게로 가리라.
날이 저물 때까지, 아침이 밝을 때까지
계속 나아가리라,
바람의 순수한 입맞춤을 찾아,
강물의 깨끗한 손길을 찾아.
내 발의 족쇄는 잊고서
말뚝을 부숴 버리리라.
잃어버린 내 사랑, 주인 없는 옛 친구들을
다시 찾아가리라!

칼라 나그는 47년 동안 인도 정부를 위해 일했던 코끼리다. 〈검은 뱀〉이라는 뜻의 이름을 가진 칼라 나그는 코끼리가 할 수 있는 온갖 방법으로 인도 정부를 도우며 살아왔는데, 처음 잡혔을 때 꼬박 스무 살이던 그의 나이는 이제 거의 일흔이 되었다. 코끼리로서는 아주 많은 나이였다. 그는 이마에 커다란 가죽띠를 붙이고 깊은 진흙 수렁에 빠진 대포를 끌어내던 일을 기억하고 있었다. 그 일이 1842년 아프가니스탄 전쟁 전이었으니 아직 그의 힘이 완전히 무르익기 전의 일이었다. 코끼리 몰이에서 같이 붙잡힌 그의 어머니 라다 피아리, 즉 다정한 라다는 그의 작은 젖니가 빠지기 전에 이런 말을 들려주었다. 두려워하는 코끼리는 항상 다치게 된다고 말이다. 그 충고가 소중하다는 것을 알게 된 때는 칼라 나그가 처음으로 조명탄을 보았을 때였다. 그는 비명을 지르며 둥글게 소총을 쌓아 놓은 단으로 물러서다가 피부에서 가장 부드러운 부분을 총검에 찔렸다. 그래서 그는 스물다섯 살이 되기 전에 더는 두려움을 갖지 않기로 했고, 그렇게 해서 인도 정부에서 일하는 코끼리 가운데 가장 사랑받고 가장 인기 있는 코끼리가 되었다. 그는 3월의 북인도에서 90킬로그램 무게의 텐트를 옮기는 일을 했다. 한번은 증기 기중기 끝에 매달려 어느 배로 끌어올려져서는 며칠 동안 바다를 건너 인도로부터 아주 먼 이상하고 바위 많은 어느 나라에서 전장식 화포를 져 나르는 일도 했다. 그리고 에티오피아의 마그델라에서는 죽어서 누워 있는 테오도로스 황제를 보기도 했고, 증기선에 실려서 돌아왔다. 병사들의 말로는 그가 아비시니아 전쟁 훈장을 딸 자격이 있다고 했다. 10년 후에 그는 아프가니스탄의 알리마스지드라는 곳에서 동료 코끼리들이 추위로, 간질로, 굶주림과 일사병으로 죽어 가는 것을 목격했다. 나중에는 수천 킬로미터 남쪽으로 보내져 미얀마 모울메인에 있는 목재 야적장에서 거대한 티크 들보를 끌고 가서 쌓는 일을 했다. 거기서 그는 꾀를 부려 자기 몫의 일을 하지 않는 반항적인 젊은 코끼리를 반쯤 죽여 놓기도 했다.

이후 그는 목재 끄는 일을 그만두게 되었고, 훈련받은 수십 마리 코끼리들과 함께 가로Garo 구릉 지대에서 야생 코끼리를 잡는 일에 고용되었다. 코끼리는 인도 정부가 매우 엄격하게 보호하는 동물이다. 코끼리를 사냥하고 붙잡아서 길들인 후 코끼리를 필요로 하는 작업에 쓰도록 인도 전역에 보내는 일만 도맡아 하는 부서가 따로 있다.

칼라 나그는 서 있을 때 어깨까지의 키가 족히 3미터는 되었다. 엄니는 쪼개지지 않도록 1.5미터 길이로 짧게 잘려 구리 밴드가 대어져 있었다. 그는 그 뭉툭한 엄니를 가지고 훈련받지 않은 코끼리가 아주 날카롭게 갈린 엄니로 할 수 있는 것보다 훨씬 많은 일을 할 수 있었다.

여러 주 동안 구릉지 전체에 흩어져 있는 코끼리들을 조심스럽게 몰고 와서, 40~50마리의 야생 코끼리들을 마지막 방책 안으로 몰아넣으면, 나무 기둥을 단단히 엮어 만든 거대한 문이 그들 뒤에서 삐걱거리며 내려와 닫혔다. 그러고 나면 명령을 받은 칼라 나그는 빽빽 비명 소리 가득한 그 아수라장(대체로 이런 일은 흔들거리는 횃불 때문에 거리를 가늠하기 힘든 밤에 벌어진다) 속으로 들어가 그 가운데 가장 크고 사나운 코끼리를 노려서 두드리고 밀쳐 조용하게 만들곤 했다. 그러는 사이 나머지 코끼리들의 등에 탄 인간들이 작은 코끼리들을 밧줄로 묶으면 일이 끝났다.

나이 많고 현명한 일명 〈검은 뱀〉 칼라 나그는 싸움의 방법에 관해 모르는 게 없었다. 젊었을 때 그는 부상당한 호랑이의 공격에 맞선 적이 몇 번 있었다. 그는 부드러운 코가 다치지 않도록 말아 올리고서는, 뛰어오르는 그 맹수의 옆구리를 노리고 낫으로 베듯 순식간에 고개를 돌려 공중에서 후려쳤다. 모두 그가 혼자서 고안해 낸 기술이었다. 그렇게 호랑이를 쓰러뜨린 뒤에 거대한 무릎으로 호랑이를 짓누르고 힘을 주면 맹수는 한 번 숨을 들이키고 울부짖음을 토해 내고는 숨이 끊어졌다. 그런 다음 땅바닥에 남는 건 칼라 나그가 꼬리를 잡고 끌고 갈 줄무늬 털북숭이 시체뿐이었다.

「그래.」 칼라 나그의 몰이꾼인 빅 투마이가 말했다. 빅 투마이는 칼라 나그를 아비시니아로 데려갔던 블랙 투마이의 아들이자 그 코끼리를 잡는 장면은 목격했던 코끼리들의 투마이의 손자였다. 「〈검은 뱀〉은 나를 빼고는 두려워하는 게 없지. 그는 자기를 먹여 주고 솔질해 주는 우리 3대와 함께 살아왔고, 4대까지 볼 만큼 오래 살 거야.」

「〈검은 뱀〉은 나도 두려워해요.」 넝마조각 하나만 걸친 리틀 투마이가 말했다. 곧게 서도 키가 1.2미터인 그는 빅 투마이의 열 살 난 큰아들이었다. 그가 자라면 관습에 따라 그 아버지의 자리를 물려받아, 칼라 나그의 목에 타고 조련사의 쇠막대인 앵커스를 다루게 될 터였다. 그것은 그의 아버지와 할아버지, 그리고 증조할아버지의 손때가 묻어 반질반질하게 닳은 무거운 무쇠 막대였다. 리틀 투마이는 자신이 하는 말이 무슨 뜻인지 알고 있었다. 그는 칼라 나그의 그림자 속에서 태어났고, 걸음마를 배우기도 전에 칼라 나그의 코끝을 잡고 놀았고, 걷기 시작하자마자 그 코끼리를 물가로 몰고 다녔다. 칼라 나그는 빅 투마이가 그 작은 갈색 아기를 그의 엄니 아래 데려와 미래의 주인에게 경의를 표하라고 말했던 그날 그 아기를 죽일 생각이 전혀 없었던 것처럼, 리틀 투마이가 작고 새된 소리로 내리는 명령에 불복하는 것은 꿈도 꾸지 않았다.

「그렇다니까요.」 리틀 투마이가 말했다. 「그는 나를 두려워해요.」 그러고는 성큼성큼 칼라 나그에게 걸어가더니 살찐 돼지라고 부르면서 차례로 이쪽저쪽 차례로 발을 올리게 만들었다.

「와!」 리틀 투마이가 감탄했다. 「너 정말 큰 코끼리구나.」 그리고 그는 솜털 같은 머리카락이 자란 머리를 흔들면서 아버지가 하던 말을 따라했다. 「코끼리를 위한 돈은 정부가 대고 있지만 코끼리들은 우리 코끼리 몰이꾼들 거야. 칼라 나그, 네가 늙으면 어느 돈 많은 왕이 나타나서 너의 커다란 풍채와 품행을 보고 정부로부터 널 사들이겠지. 그러면 너는 아무 일도 하지 않아도 돼. 그저 귀에 금귀고리를 달고 등에는 금으로 된 의자를 얹고, 옆구리에는 금으로 덮인 붉은 전을 덮고서 왕의 행렬 맨 앞에서 걸어가기만 하면 돼. 그때 나는 아마 은 막대를 들고 네 목 위에 앉아 있겠지. 그리고 우리 앞에선 황금 막대를 든 사람들이 달리면서 이렇게 외치겠지. 〈전하의 코끼리가 지나가니 길을 비켜라!〉 칼라 나그, 그러면 얼마나 근사할까. 하지만 정글에서 코끼리를 사냥하는 것만큼 멋있지는 않아.」

「흠.」 빅 투마이가 코웃음을 쳤다. 「너는 아직 어려. 새끼 들소처럼 제멋대로고. 언덕을 오르락내리락 달리며 야생 코끼리를 모는 게 정부를 위해 하는 가장 좋은 일은 아니지. 나는 나이 들고 있고, 야생 코끼리들을 썩 좋아하지는 않아. 한 칸에 한 마리씩 들어가는 벽돌로 된 코끼리 축사가 있으면 좋겠는데. 그리고 코끼리를 안전하게 묶어 둘 커다란 말뚝과 훈련시키기 좋은 넓고 평평한 도로도 있으면 좋겠어, 이런 떠돌이 야영 생활 대신에. 아, 칸푸르 병영은 좋았지. 근처에 시장도 있었고 하루에 세 시간만 일하면 되었거든.」

리틀 투마이는 칸푸르 코끼리 축사를 기억하고 있었으므로 아무 말도 하지 않았다. 그는 야영 생활이 훨씬 더 좋았지 넓고 평평한 도로는 싫었다. 목초 보호지에서 날마다 풀을 찾아다니고, 자기 울타리 안에서 꼼지락거리는 칼라 나그를 지켜보는 것밖에 할 일이 없을 때에는 시간이 길게만 느껴졌다.

리틀 투마이가 좋아하는 건 코끼리들만 갈 수 있는 험한 길을 기어오르는 것, 골짜기 바닥까지 내려가는 것, 아스라이 멀리서 돌아다니는 야생 코끼리들을 구경하는 것, 칼라 나그의 발아래서 겁에 질린 돼지와 공작이 달아나는 것이었다. 그리고 앞이 보이지 않을 정도로 퍼붓는 따뜻한 비와, 그럴 때 모든 언덕과 골짜기에서 피어오르는 물안개였다. 그날 밤 어디서 야영하게 될지 아무도 모르는 날의 안개 자욱한 아름다운 아침, 조심조심 천천히 야생 코끼리를 몰아가는 것, 그리고 코끼리 몰이 마지막 날 밤의 열광적인 내달림과 불길과 아우성이었다. 마지막 밤이면 코끼리들은 산사태에 쏟아지는 바윗돌처럼 방책 안으로 우르르 몰려들어 갔고, 빠져나갈 수 없다는 사실을 깨닫고는 무거운 기둥에 몸을 내던져 보지만 함성과 타오르는 횃불과 공포탄의 공세에 뒷걸음질치며 밀려날 뿐이었다.

그 현장에서는 어린 소년도 할 일이 있었는데 투마이는 소년 세 명의 몫을 해냈다. 그는 횃불을 들고 흔들면서, 목청껏 함성을 질렀다. 정말로 신나는 시간은 코끼리 몰이가 시작되는 때였다. 케다, 다시 말해 방책은 세상의 종말을 그린 그림 같아 보였고, 사람들은 서로의 소리를 들을 수 없어 서로 수신호를 해야 했다. 그때가 되면 리틀 투마이는 부르르 진동하는 케다의 한 기둥 꼭대기로 기어 올라가곤 했다. 햇볕에 바랜 갈색 머리카락이 어깨 위로 늘어져 흩날리면, 횃불에 비친 그는 흡사 도깨비 같았다. 이윽고 코끼리 몰이가 소강상태에 접어들자마자, 코끼리들의 울음과 쿵쿵 부딪치는 소리, 밧줄이 팽팽이 당겨지는 소리, 밧줄에 묶인 코끼리들의 신음 소리 위로 그가 칼라 나그를 북돋는 높고 날카로운 외침이 들리곤 했다. 「마일, 마일, 칼라 나그!(어서, 어서, 검은 뱀!) 단트 도!(엄니로 녀석을 받아!) 소말로! 소말로!(조심해, 조심해!) 마로! 마르!(녀석을 쳐, 치라고!) 기둥 조심하고! 이랴! 이랴! 잘한다! 야이! 키아아!」 그가 그렇게 고함을 지르면 칼라 나그와 야생 코끼리는 케다에서 큰 싸움을 벌이며 앞으로 갔다 뒤로 물러서길 반복했고, 늙은 코끼리 사냥꾼들은 눈가에 맺힌 땀을 닦아 내며 한숨 돌리고는 기둥 꼭대기에서 신이 나 들썩거리는 리틀 투마이에게 고개를 끄덕여 보였다.

그는 들썩거리는 것 이상을 해냈다. 한번은 기둥에서 내려와 코끼리들 사이로 들어가더니, 풀어져서 바닥에 떨어진 밧줄 끝을 잡고는 발길질을 해대는 어린 코끼리(어린 새끼들은 다 자란 동물보다 훨씬 많은 문제를 일으킨다)의 다리를 붙잡으려 애쓰는 몰이꾼에게 던져 주었다. 칼라 나그는 그를 발견하고 코로 붙잡아서는 빅 투마이에게 건네주었고, 빅 투마이는 그 자리에서 그를 찰싹 때린 후 기둥 위에 도로 올려 놓았다.

다음 날 아침 빅 투마이가 리틀 투마이를 꾸짖으며 말했다. 「벽돌 코끼리 축사와 텐트 나르는 일 따위는 성에 차지 않아서 네가 직접 코끼리 사냥에 나서야겠니, 이 쓸모없는 녀석아? 그 바보 같은 사냥꾼들, 나보다도 적게 버는 사냥꾼들이 그 일을 피터슨 나리에게 일러바쳤다.」 리틀 투마이는 겁이 났다. 그는 백인 남자들을 많이 알지는 못했지만, 그에게 피터슨 나리는 세상에서 가장 위대한 백인이었다. 그는 케다 작업의 대장이었다. 인도 정부를 위해 일하는 모든 코끼리를 잡은 남자, 이 세상의 어떤 사람보다도 코끼리에 관해 잘 아는 사람이었다.

「그럼, 그럼 어떻게 돼요?」 리틀 투마이가 물었다.

「어떻게 되다니! 최악의 일이 일어날지도 몰라. 피터슨 나리는 미친 사람이야. 그러지 않고서야 그가 왜 그 사나운 마귀들을 사냥하러 가겠니? 그는 너에게 코끼리 사냥꾼이 되라고 할 수도 있다. 그러면 열병 들끓는 이 정글 속 아무 데서나 잠을 자고, 결국엔 케다에서 짓밟혀 죽기나 하겠지. 이 말도 안 되는 일이 무사히 끝나면 다행이지. 다음 주에는 코끼리 사냥이 끝나니 우리 평원 사람들은 우리 기지로 돌아갈 거다. 그때가 되면 우리는 순탄한 도로를 행진할 거고 이 모든 사냥을 잊어버리겠지. 하지만 아빠는 네가 이 더러운 아삼 정글 부족의 일에 끼어들었다는 사실이 몹시 화가 나는구나. 칼라 나그는 나 말고는 누구의 말도 듣지 않으니 나는 그 녀석과 함께 케다 안에 들어가야 하지만, 녀석은 싸우는 코끼리지, 코끼리를 밧줄에 묶는 일을 돕지는 않아. 그래서 내가 편하게 앉아 있을 수 있는 거야. 한낱 사냥꾼이 아니라 일을 그만둔 뒤에는 연금을 받는 코끼리 몰이꾼이니까. 코끼리들의 투마이 가족이 케다의 흙먼지 속에서 코끼리에게 짓밟혀서야 되겠어? 못된 녀석 같으니! 쓸모없는 녀석! 가서 칼라 나그를 목욕시키고 귀를 살펴보고, 발바닥에 가시가 박혀 있지는 않은지 잘 봐라. 그러지 않으면 틀림없이 피터슨 나리가 너를 잡아서 거친 사냥꾼으로 만들어 버릴 거니까. 코끼리 발자국이나 뒤쫓는 정글의 곰이 되게 말이다. 나 참! 부끄러운 줄 알아! 어서 가!」

리틀 투마이는 한마디도 못 하고 물러났다. 그러나 그는 칼라 나그의 발을 살펴보면서 마음속의 슬픔을 털어놓았다. 「상관없어.」 리틀 투마이는 칼라 나그의 커다란 오른쪽 귀 끝부분을 뒤집어 올리며 말했다. 「사람들이 피터슨 나리한테 내 이름을 말했대. 그리고 어쩌면, 정말 어쩌면, 그야말로 어쩌면이지만, 누가 알겠어? 우와! 이 큰 가시를 내가 빼냈어!」

다음 며칠은 코끼리들을 한데 모으고, 길들인 코끼리 두 마리 사이에 야생 코끼리를 세우고 위쪽 아래쪽으로 걷도록 하면서 지나갔다. 새로 잡은 야생 코끼리들이 아래쪽 평원으로 내려가는 동안 지나치게 문제를 일으키지 않도록 하기 위해서였다. 담요와 밧줄 등 너무 닳았거나 숲에서 잃어버린 물건들에 대한 점검도 이루어졌다.

피터슨 나리는 그의 영리한 암코끼리 푸드미니를 타고 도착했다. 코끼리 사냥철이 끝나 가고 있었기 때문에 그는 여러 구릉지에 있는 다른 막사들에 돈을 지급하고 있었다. 나무 아래 놓인 탁자에 인도인 서기가 앉아서 몰이꾼들에게 품삯을 주고 있었다. 일꾼들은 돈을 받으면 자기 코끼리에게 가서 출발 준비를 마치고 기다리는 대열에 합류했다. 코끼리 포획꾼, 사냥꾼, 조련사 등 몇 년이고 정글에서 지내는 케다 일꾼들은 두 팔에 총을 안은 채 영원히 피터슨 나리의 소유인 코끼리 등에 앉거나 나무에 기대앉아서는 떠나는 몰이꾼들을 비웃고, 새로 포획된 코끼리들이 줄에서 뛰쳐나와 우왕

좌왕하는 걸 보고 웃음을 터뜨렸다.

빅 투마이는 리틀 투마이를 데리고 서기에게 다가갔다. 추적 대장인 마추아 아파가 한 친구에게 낮게 소곤거렸다. 「저 아이는 괜찮은 코끼리 사냥꾼이 될 만한 물건이야. 어린 정글 수컷이 평원에서 자라게 하는 건 아까운 일이지.」

피터슨 나리는 귀가 굉장히 밝은 사람이었다. 모든 생물 중에서 가장 고요한 소리, 즉 야생 코끼리의 소리를 들어야 했기 때문이다. 그는 내내 푸드미니의 등에 누워 있다가 몸을 일으키고 물었다. 「그게 무슨 소리냐? 죽은 코끼리에게 밧줄을 묶을 만큼 조금이라도 요령 있는 자가 평원의 몰이꾼 중에는 없는 걸로 아는데.」

「어른이 아니라 소년입니다. 그 소년이 지난번 몰이에서 케다 안으로 들어가 바르마오에게 밧줄을 던져 주었지요. 우리가 어깨에 반점이 있는 새끼 코끼리를 그 어미에게서 떼어 놓으려고 애쓸 때 말입니다.」

마추아 아파가 리틀 투마이를 가리키자, 피터슨 나리가 바라보았다. 리틀 투마이는 머리가 바닥에 닿도록 절했다.

「저 소년이 밧줄을 던졌다고? 코끼리 매는 말뚝보다도 작구나. 꼬마야, 네 이름이 무엇이냐?」 피터슨 나리가 물었다.

리틀 투마이는 겁에 질려 말이 나오지 않았다. 그러나 칼라 나그가 뒤에 있었다. 리틀 투마이가 손짓으로 신호하자 코끼리는 코로 그를 감아 푸드미니의 이마 높이, 위대한 피터슨 나리의 앞으로 들어 올렸다. 리틀 투마이는 두 손으로 얼굴을 감쌌다. 그는 어린아이에 지나지 않았고, 코끼리와 관련된 일이 아니면 여느 아이처럼 숫기가 없었기 때문이다.

「오호라!」 피터슨 나리가 콧수염 아래 미소를 지으며 말했다. 「그런데 네 코끼리한테 무엇 때문에 그런 기술을 가르쳤느냐? 알곡을 말리려고 마을 집 지붕 위에 널어 놓은 풋옥수수를 훔치기 위해서냐?」

「풋옥수수 때문이 아니라, 멜론 때문입니다, 가난한 이들의 보호자님.」 리틀 투마이의 대답에 주변에 앉아 있던 모든 사람이 왁자지껄 웃음을 터뜨렸다. 거기 있던 사람들 대부분이 어릴 때 코끼리에게 그 기술을 가르친 적이 있었던 것이다. 2.4미터 높이 허공에 매달린 리틀 투마이는 지하 2.4미터 깊이로 들어가고 싶은 마음이 간절했다.

「그 녀석은 제 아들 투마이입니다.」 빅 투마이가 아들에게 얼굴을 찌푸리며 말했다. 「아주 못된 녀석이니 감옥에 가게 될 것입니다, 나리.」

「꼭 그렇지는 않을 것이다.」 피터슨 나리가 말했다. 「그만한 나이에 케다 가득한 코끼리에 맞설 수 있는 소년은 감옥에 가지 않아. 자, 꼬마야. 사탕 사 먹게 4안나를 주마. 그 더벅머리가 잘 돌아가니까 주는 거다. 때가 되면 너도 사냥꾼이 될 거다.」 빅 투마이는 어느 때보다 더 얼굴을 찌푸렸다. 「하지만 잊지 말거라. 케다는 어린아이가 놀기에 좋은 곳이 아니야.」 피터슨 나리가 말했다.

「저는 절대 거기 가서는 안 됩니까, 나리?」 리틀 투마이가 깜짝 놀라며 물었다.

「그래.」 피터슨 나리가 다시 미소를 지었다. 「코끼리들이 춤추는 모습을 보았을 때, 그때는 가도 된다. 코끼리 춤을 보게 되면 날 찾아오거라. 그러면 어느 케다에든 들어가게 해줄 테니.」

주변은 또 한 번 웃음바다가 되었다. 그 말은 코끼리 사냥꾼들 사이에 전해오는 오랜 농담이다. 다시 말해 그런 일은 절대 없다는 뜻이다. 숲속에는 코끼리 무도장이라는 널찍하고 평평한 공터가 곳곳에 있기는 하지만, 이런 곳은 어쩌다 우연히 발견될 뿐이며 아직까지 코끼리 춤을 본 사람은 없다. 한 몰이꾼이 자기 기술과 용기를 뽐내면 나머지 몰이꾼들은 이렇게 말하곤 한다. 「그래서 코끼리 춤은 언제 본 거야?」

칼라 나그는 리틀 투마이를 내려놓았다. 리틀 투마이는 다시 머리가 땅에 닿도록 절하고는 아버지에게로 갔고, 어린 남동생에게 젖을 먹이고 있던 어머니에게 은화 4안나를 건넸다. 그들 식구가 모두 칼라 나그의 등에 올라타자 툴툴거리고 빽빽 소리를 내는 코끼리들은 줄을 맞추어 구릉지 아래 평원을 향해 내려갔다. 새로 들어온 코끼리들 때문에 행진은 매우 떠들썩했다. 그들은 얕은 여울이 나올 때마다 말썽을 일으켰고, 수시로 어르고 달래거나 때려야 했다.

빅 투마이는 매우 화가 나 있었기 때문에 신경질적으로 칼라 나그를 쿡쿡 찌르곤 했지만, 리틀 투마이는 말도 안 나올 만큼 기뻤다. 피터슨 나리가 그를 눈여겨보았고 돈까지 주었으니 총사령관에게 지목되어 대열에서 불려 나가 칭찬을 들은 사병처럼 마음이 뿌듯했다.

「피터슨 나리가 말씀하신 코끼리 춤이란 게 뭘 말하는 거예요?」마침내 그가 나지막이 어머니에게 물었다.

빅 투마이가 그 말을 듣고 툴툴거렸다. 「그건 네가 절대 산악 지대 물소 같은 추적꾼이 되지 못할 거란 소리다. 나리께서 하신 말씀은 그 뜻이야. 아니, 거기 앞에 길을 막는 게 뭐야?」

두어 코끼리 앞에 가던 한 아삼족 몰이꾼이 화가 나서 고개를 돌리며 소리쳤다. 「칼라 나그를 데려와서 이 새끼 코끼리 버릇 좀 고쳐 주게. 피터슨 나리는 왜 날더러 너희 평원 얼간이들과 함께 내려가라고 하신 거지? 투마이, 자네 코끼리를 이쪽으로 몰고 와서 엄니로 이 녀석 좀 찌르라고 해 줘. 정말이지 새로 온 이 코끼리들은 귀신에 씌었거나, 정글 속 동료들의 냄새를 맡은 게 틀림없어.」

칼라 나그가 새로 온 코끼리의 갈비뼈를 쳐서 혼쭐을 내주는 사이, 빅 투마이가 말했다. 「마지막 사냥에서 우리가 이 구릉지의 야생 코끼리들을 다 쓸어버렸어. 그건 자네가 부주의하게 몰아서 그런 거야. 꼭 내가 대열 전체 질서를 잡아야 하나?」

「저 자가 하는 말을 들어 보게!」다른 몰이꾼이 말했다. 「우리가 구릉지를 다 쓸어버렸대! 하! 하! 당신네 평원 사람들은 잘도 잘났구먼. 정글을 한 번도 본 적 없는 멍청이들이나 이번 사냥철에 코끼리를 다 휩쓸어 버렸다고 생각하겠지. 그래서 오늘 밤엔 모든 야생 코끼리들이…… 가만, 내가 왜 이런 얼간이에게 소중한 지혜를 허비해야 하지?」

「야생 코끼리들이 뭘 하는데요?」 리틀 투마이가 소리쳐 물었다.

「오호, 꼬마야. 너도 있었구나? 그래, 너한테는 말해 주마. 너는 머리가 제대로 돌아가는 것 같으니 말이다. 야생 코끼리들이 춤을 출 거야. 그리고 모든 코끼리가 사는 모든 구릉지를 휩쓸어 버린 네 아비는 오늘 밤 말뚝에 사슬을 두 겹씩 둘러야 할 거다.」

「그게 무슨 소리인가?」 빅 투마이가 물었다. 「우리 부친과 나는 40년 동안 코끼리를 돌보며 살았지만 코끼리 춤이라는 그런 헛소리는 들어 본 적이 없어.」

「그럴 테지. 오두막에 사는 평원 사람은 자기 오두막의 네 벽 밖에 몰라. 그래, 오늘 밤 당신네 코끼리들을 쇠고랑에서 풀어 주고 무슨 일이 생기는지 두고 봐. 코끼리 춤을 얘기하자면, 내가 그걸 본 곳은…… 제기랄! 디항강에는 여울이 몇 개나 있는 거야? 또 여울이 나왔으니 새끼 코끼리들을 헤엄쳐 건너게 해야 해. 멈춰요, 거기 뒤쪽 양반들.」

이런 식으로 티격태격 떠들고 철벅철벅 강을 건너면서, 그들은 새로 온 코끼리들을 위한 수용소라 할 곳으로 첫 번째 행진을 해나갔다. 그러나 도착하기 한참 전부터 이미 짜증이 머리끝까지 나 있었다.

도착한 뒤 그들은 코끼리의 뒷다리에 사슬을 채워 커다란 말뚝에 묶었고, 새로 온 코끼리들에게는 다시 밧줄까지 채운 다음 그 앞에 풀을 한가득 쌓아 놓았다. 그런 다음 구릉지 몰이꾼들은 평원의 몰이꾼들에게 그날 밤은 가별히 주의를 기울이라고 당부했는데, 그 이유를 묻자 껄껄 웃으면서 피터슨 나리에게로 돌아갔다.

리틀 투마이는 칼라 나그에게 저녁을 주었고, 밤이 되자 말할 수 없이 기분이 좋아서 톰톰을 찾아 막사를 돌아다녔다. 인도 어린이는 가슴이 벅차더라도 마구 돌아다니면서 어디로 튈지 모르는 소란을 피우지 않는다. 대신에 혼자 앉아서 그 기쁜 마음을 즐긴다. 더욱이 리틀 투마이는 피터슨 나리로부터 칭찬을 듣지 않았는가! 리틀 투마이는 찾던 것을 찾지 못했다면 틀림없이 가슴이 터져 버렸을 것이다. 다행히 막사 안의 사탕 장수가 그에게 작은 톰톰, 즉 손바닥으로 두드리는 북을 빌려주었다. 밤하늘에 별이 나오기 시작했을 때 리틀 투마이는 칼라 나그 앞에 책상다리를 하고 앉아 톰톰을 무릎 위에 올리고는 통통통 두드렸다. 코끼리 꼴 더미 사이에 홀로 앉은 채 자신에게 내려진 커다란 명예를 생각하면서 그만큼 더 신나게 두드렸다. 아무 가락도 아무 노랫말도 없었지만, 톰톰을 두드리니 행복했다.

새로 온 코끼리들은 밧줄을 팽팽히 잡아당겼고 이따금 빽빽 울거나 소리를 질렀다. 막사 오두막에서 어머니가 어린 남동생을 재우며 부르는 아주 오래된 노래가 리틀 투마이에게 들려왔다. 한때 모든 동물에게 그들이 먹어야 할 것을 가르쳤던 위대한 시바 신에 관한 노래였다. 아주 편안한 자장가인 그 노래의 첫 소절은 이렇게 시작된다.

시바 신, 수확을 내려 주시고 바람을 불게 하는 신께서

오래전 하루의 문간에 앉아서,

옥좌에 앉은 왕부터 대문 앞의 거지까지

저마다에게 자기 몫의 음식과 고난과 운명을 주셨다네.

모든 것을 만드셨으니, 수호자 시바 신이여.

마하데오! 마하데오! 그분이 모든 걸 만드셨네,

낙타를 위한 가시풀과 암소를 위한 꿀,

그리고 졸린 아기 머리를 위한 엄마의 품을, 오 나의 아가야!

리틀 투마이는 한 절이 끝날 때마다 경쾌하게 통가통 하고 박자를 맞추다가 졸음이 쏟아지자 칼라 나그 옆 풀 더미 위에 누웠다.

마침내 코끼리들은 습성대로 한 마리씩 차례로 눕기 시작했고, 결국 줄 오른쪽에 있는 칼라 나그 혼자만 서 있게 되었다. 그는 좌우로 천천히 몸을 흔들었고, 아주 느리게 산을 지나오는 밤바람 소리에 쫑긋 귀를 기울였다. 주변은 밤의 온갖 소음으로 가득했다. 밤의 소음이 한데 어우러지면 거대한 적막을 이룬다. 대나무 줄기들이 서로 부딪치며 내는 달그락 소리, 덤불 속에서 알 수 없는 생명이 바스락거리는 소리, 잠이 덜 깬 어느 새가 긁적거리며 내는 쩍쩍 소리(새들은 우리가 생각하는 것보다 훨씬 자주 밤에 깨어난다), 그리고 멀고 먼 곳에서 물 떨어지는 소리. 리틀 투마이는 한동안 잠을 자다가 밝은 달빛 속에서 잠을 깼다. 칼라 나그는 여전히 귀를 쫑긋 채 서 있었다. 리틀 투마이는 풀 더미 속에서 부스럭거리며 돌아누웠고 밤하늘의 절반을 가린 그 커다란 등의 곡선을 바라보았다. 그를 지켜보는 동안 아주 멀리서 적막을 찌르는, 바늘구멍과도 같은 작은 소음이 들렸다. 야생 코끼리가 내는 〈훗훗〉 소리였다.

줄지어 있던 모든 코끼리들이 마치 총에 맞은 듯 벌떡 일어났고, 그들이 빽빽거리는 소리에 마침내 조련사들이 잠을 깨어 달려 나왔다. 그들은 커다란 나무망치로 말뚝을 때려 박았고 모든 코끼리가 조용해질 때까지 밧줄과 매듭을 팽팽히 당겼다. 새로 온 코끼리 한 마리는 거의 말뚝을 뽑아 버릴 기세여서, 빅 투마이는 칼라 나그의 다리에 묶었던 사슬을 풀어 그 코끼리의 앞발부터 뒷발까지 족쇄를 채웠다. 그러고는 풀로 엮은 고리를 칼라 나그의 다리에 대신 채우며 단단히 묶여 있다는 걸 잊지 말라고 말했다. 빅 투마이는 자신과 아버지와 할아버지가 이와 똑같은 일을 수백 번 해왔다는 사실을 알고 있었다. 칼라 나그는 평소와는 달리 목구멍을 꼴꼴 울리는 소리로 대답하지 않았다. 그는 달빛 속을 바라보면서 가만히 서 있었다. 머리를 살짝 들고 부채처럼 두 귀를 활짝 편 채 끝없이 펼쳐진 가로 구릉지를 쳐다볼 뿐이었다.

「녀석이 밤에 불안해하는지 잘 살펴라.」 빅 투마이는 리틀 투마이에게 이렇게 말하고 오두막으로 자러 들어갔다. 리틀 투마이도 막 잠이 들려는데 〈탱〉 하고 밧줄이 끊어지는 작은 소리가 들렸다. 마치 구름이 골짜기 입구를 빠져나오듯 칼라 나그가 천천히, 그리고 조용하게 자기 울타리를 빠져나갔다. 리틀 투마이는 달빛 비치는 길을 따라 맨발의 종종걸음으로 칼라 나그를 따라가면서 숨죽여 불렀다. 「칼라 나

그! 칼라 나그! 나도 데려가 줘, 부탁이야, 칼라 나그!」코끼리는 소리도 없이 방향을 돌려 달빛 속에서 세 걸음 소년에게 다가와서는 코로 소년을 감아 목에 태우더니 리틀 투마이가 채 자세를 잡기도 전에 숲속으로 미끄러지듯 사라졌다.

코끼리들의 대열에서 성난 울음소리가 한 번 터져 나왔지만 곧이어 모든 것에 침묵이 내려앉자, 칼라 나그가 움직이기 시작했다. 때로는 파도가 배 양쪽을 스치듯 키 큰 풀 다발이 그의 옆구리를 쓸었고, 때로는 무성한 야생 후추 덩굴이 등을 할퀴었고, 그의 어깨에 부딪친 대나무들이 삐걱이는 소리를 내기도 했지만, 그럴 때가 아니면 아무런 소리도 내지 않고서, 마치 울창한 가로 구릉지의 숲이 안개에 지나지 않는다는 듯 유유히 헤쳐 나갔다. 칼라 나그는 오르막을 오르고 있었고, 리틀 투마이는 나무 사이로 보이는 별들을 쳐다보았지만 어느 방향으로 가는지는 알 수 없었다.

이윽고 칼라 나그는 산마루에 도착해서 잠시 멈추었다. 리틀 투마이는 풍성한 나무 꼭대기들이 달빛 아래 얼룩덜룩한 모피처럼 몇 마일이고 끝없이 펼쳐진 풍경을 바라보았다. 우묵하게 파인 강 위로는 푸른 빛 감도는 하얀 안개가 퍼져 있었다. 앞으로 몸을 기울여 살펴보던 투마이는 발 아래 보이는 숲이 깨어 있다는 느낌을 받았다. 깨어 있을 뿐 아니라 생기 넘치게 북적이고 있었다. 커다란 갈색 과일박쥐 한 마리가 귀를 스쳐 지나갔다. 어느 호저의 가시가 덤불 속에서 바스락거렸고, 나무 기둥 사이의 어둠 속에서는 멧돼지 흰

197

마리가 따뜻하고 습한 흙을 열심히 파면서 쿵쿵거리는 소리
가 들려왔다.

이윽고 리틀 투마이의 머리 위를 다시금 나뭇가지들이 뒤
덮는가 싶더니, 칼라 나그가 골짜기를 내려가기 시작했다.
이번에는 조용히 가는 게 아니라 가파른 둔덕을 도망치며
내려가는 포수처럼 한달음에 내려갔다. 육중한 네 다리를
피스톤처럼 착착 놀리면서, 한 걸음에 2.4미터씩, 관절 마디
의 주름진 가죽이 쓸리도록 세차게 나아갔다. 칼라 나그의
양쪽에서 돛이 찢어지는 소리를 내며 덤불이 쓰러졌고, 그의
어깨에 밀려 오른쪽 왼쪽으로 휘어졌던 어린 나무들이 되튀
기며 그의 옆구리를 세게 쳤고, 거대한 덩굴 줄기들이 납작
짓눌려서는 양쪽으로 머리를 흔들며 힘겹게 길을 내는 그의
엄니에 대롱대롱 매달렸다. 리틀 투마이는 흔들리는 나뭇가
지에 휩쓸려 땅으로 떨어지지 않도록 칼라 나그의 거대한
목에 바짝 붙어 엎드렸다. 칼라 나그가 다시 막사로 돌아갔
으면 했다.

풀이 물컹해지더니, 칼라 나그가 땅을 디딜 때마다 발이
빠져 쩍쩍 달라붙기 시작했다. 골짜기 바닥을 덮은 밤안개
때문에 리틀 투마이는 한기를 느꼈다. 첨벙 소리와 쿵 하는
소리가 들리고 물살이 느껴졌다. 칼라 나그는 한 걸음씩 바
닥을 느끼면서 강을 건너기 시작했다. 리틀 투마이는 코끼리
다리를 휘감는 물소리 외에도, 강 상류와 하류의 더 많은 첨
벙거림과 코끼리의 코나팔 소리를 들을 수 있었다. 엄청난
꿀꿀거림과 성난 콧김 소리였고, 주변의 안개는 온통 일렁이

는 그림자로 가득한 것 같았다.

「아하!」리틀 투마이는 이를 딱딱 부딪치면서 저도 모르게 소리를 냈다. 「코끼리 부족이 오늘 밤 나들이를 나왔구나. 그렇다면 오늘이 춤추는 날인 거야.」

칼라 나그는 물을 튀기며 밖으로 나와 세게 코를 푼 다음 다시 올라가기 시작했다. 그러나 이번에는 혼자가 아니었고 힘들게 길을 내지도 않았다. 그의 앞에는 이미 1.8미터 너비로 길이 나 있었고, 이미 구부러진 풀들은 도로 몸을 일으키려 애쓰고 있었다. 불과 몇 분 전에 많은 코끼리들이 그 길을 갔던 게 틀림없었다. 리틀 투마이는 뒤를 돌아보았다. 뒤에서는 불타는 석탄 같은 작은 돼지의 눈을 이글거리며 거대한 야생 코끼리가 안개 자욱한 강에서 막 빠져나오고 있었다. 이윽고 나무들이 다시 머리를 덮었고, 그들이 코나팔을 불고 이리저리 부딪치며 계속 올라가면서 딱딱 나뭇가지가 부러지는 소리가 사방에서 들렸다.

마침내 칼라 나그는 언덕 꼭대기에 있는 두 나무 기둥 사이에 우뚝 섰다. 그 두 그루의 나무는 약 4~5에이커 정도 넓이의 불규칙하게 생긴 공간을 둥글게 에워싸고 자란 나무들의 일부였다. 그 공간의 바닥은 전부 리틀 투마이의 눈에 보이는 데까지 전부 마치 벽돌 바닥처럼 단단하게 다져져 있었다. 공터 가운데에 나무가 몇 그루 있기는 했지만 나무껍질이 닳아 있었고, 그 아래 보이는 하얀 목질은 달빛을 받아 반짝였다. 위쪽 가지에는 덩굴이 늘어져 있었는데, 덩굴에는 종 모양 꽃송이들과 삼색메꽃 같은 크고 창백한 하얀 꽃이 깊이 잠들어 있었다. 그러나 공터 안에는 초록 풀잎 한 줄기도 없었다. 그저 단단하게 다져진 땅뿐이었다.

달빛은 이 풍경을 온통 철회색으로 비추고 있었고 몇몇 코끼리들이 칠흑처럼 검은 그림자를 드리운 채 그 위에 서 있었다. 리틀 투마이는 숨을 죽인 채 눈알이 빠지도록 지켜보았다. 그사이 나무 기둥들 사이에서 하나씩 둘씩 점점 더 많은 코끼리가 공터로 걸어 나왔다. 리틀 투마이는 열까지밖에 세지 못했다. 그래서 계속 손가락을 꼽아 나갔지만 결국 열 개를 몇 번 세었는지 잊어버렸고, 머리가 어지러워 오기 시작했다. 공터 바깥의 덤불숲에서는 오르막을 헤치고 올라오는 코끼리들이 이리저리 부딪치는 소리가 들렸지만, 나무로 둘러싸인 공터에 들어왔다 하면 코끼리들은 유령처럼 움직였다.

목주름과 귀가 접히는 부분에 나뭇잎과 나무 열매와 잔가지가 잔뜩 끼어 있는 하얀 엄니의 야생 수코끼리, 느린 걸음의 뚱뚱한 암코끼리, 그들의 배 아래 키가 90~120센티미터밖에 되지 않는 붉은빛 도는 검은색의 불안한 어린 코끼리, 이제 막 엄니가 자라기 시작해 엄니를 무척 자랑스러워하는 젊은 코끼리, 바싹 말라 야윈 몸에 우묵 꺼진 공허한 얼굴과 거친 나무껍질 같은 코를 가진 늙은 암코끼리, 어깨부터 옆구리까지 커다란 채찍이 남긴 흉터와 그동안의 싸움으로 베인 흉터가 있고 외로운 진흙 목욕에서 말라붙은 흙덩어리가 어깨에서 뚝뚝 떨어지는 늙고 사나운 수코끼리, 그리고 한쪽 엄니가 부러지고 옆구리에는 호랑이의 맹공격을 당해 발톱으로 끔찍하게 긁힌 자국이 있는 코끼리.

그들은 머리를 맞대고 서 있거나, 짝을 지어 공터를 오락가락하거나, 또는 혼자서 몸을 흔들고 있었다. 모두 수십 마리는 될 것 같았다.

투마이는 칼라 나그의 목 위에 납작 엎드려 있기만 한다면 자기한테 아무 일도 일어나지 않으리라는 걸 알았다. 야생 코끼리는 케다 코끼리 몰이의 아수라장 속에서 내달릴 때에도 길들인 코끼리 목에 탄 사람을 향해 코를 뻗어 끌어내리지 않는다. 그리고 그날 밤 여기 온 코끼리들은 사람에 관해서는 생각하고 있지 않았다. 한번은 숲속에서 다리 족쇄가 쩔걱이는 소리가 들려 그들이 귀를 앞으로 쫑긋거리기 시작했다. 그것은 피터슨 나리의 코끼리인 푸드미니였다. 그 암코끼리의 끊어진 사슬 토막이 오르막을 오르는 동안 쩔걱이고 잘랑거렸다. 그 코끼리는 울타리를 부러뜨리고 피터슨 나리의 막사로부터 곧장 달려온 게 틀림없었다. 또 다른 코끼리 한 마리도 보였다. 리틀 투마이가 모르는 코끼리였는데, 등과 가슴에 밧줄이 쓸린 자국이 깊이 나 있었다. 그 코끼리 역시 구릉지의 어느 막사에서 달아난 게 분명했다.

마침내 숲속을 이동하는 코끼리 소리가 더 이상 들려오지 않았다. 칼라 나그는 나무 사이에 서 있던 자리에서 꾸르륵 쫏쫏 소리를 내며 무리 한가운데로 들어갔다. 이윽고 모든 코끼리가 그들만의 언어로 말하고 움직이기 시작했다.

리틀 투마이는 가만히 엎드린 채, 수많은 넓은 등과 펄럭이는 귀, 흔들리는 코, 이리저리 움직이는 작은 눈들을 내려다보았다. 코끼리들이 어쩌다 서로 엄니를 건드릴 때의 딸깍 소리, 함께 감은 코를 비빌 때의 바스락 소리, 무리 속에서 거대한 옆구리와 어깨들이 쓸리는 소리, 커다란 꼬리가 쉴 새 없이 튀기면서 내는 획획 소리가 들려왔다. 얼마 후 구름이 달을 가리자, 그는 캄캄한 어둠 속에서 일어나 앉았다. 조용하고 흔들림 없는 움직임과 꾸르륵거리는 소리는 여전히 계속되었다. 그는 칼라 나그가 온통 코끼리들에게 에워싸여 있다는 것, 그리고 그 코끼리 모임에서 빠져나올 가능성은 전혀 없다는 것을 알았다. 그래서 이를 악물고 바들바들 떨었다. 케다 안에서는 적어도 횃불과 함성이라도 있었지만, 여기서는 어둠 속에 오롯이 그 혼자였다. 한번은 어느 코가 올라와 그의 무릎을 건드리기도 했다.

얼마 후 한 코끼리가 코나팔을 불자, 5~10초 정도 모든 코끼리가 무시무시한 소리로 응답했다. 나무에서 이슬방울이 빗방울처럼, 보이지 않는 코끼리들의 등 위로 후두두 떨어졌다. 그리고 뭔지 알 수 없는 둔탁한 쿵쿵 소리가 시작되었다. 처음에는 별로 크지 않았지만 그 소리는 점점 커져 갔다. 칼라 나그가 한쪽 앞발을 들어 올렸고 이어서 다른 쪽 발까지 들어 올리고는 땅바닥에 두 발을 내리찍었다. 기계 해머처럼 꾸준하게 하나 둘, 하나 둘, 이제 코끼리들 모두가 발을 구르고 있었다. 마치 동굴 입구에서 두드리는 전쟁 북소리 같았다. 이슬방울들도 더 이상 남지 않았는지 떨어지지 않았고, 쿵쿵 소리가 계속되자 땅이 흔들리고 떠는 것 같았다. 리틀 투마이는 그 소리를 듣지 않으려고 두 손으로 귀를 막았다. 그러나 어마어마한 하나의 진동 소리가 그의 몸을 뚫고 지나갔다. 수백 개의 무거운 발이 맨땅을 두드리는 소리. 한두 번인가 칼라 나그와 나머지 모든 코끼리가 불쑥 앞으로 몇 걸음 나아가는 듯했고, 쿵쿵 소리는 줄 많은 녹색 식물이 뭉개지는 바스락 소리로 바뀌었지만, 얼마 후 단단한 땅에 발을 구르는 쿵쿵 소리가 다시 시작되었다. 가까운 어디에선가 나무 하나가 힘겹게 삐걱이고 있었다. 그는 팔을 뻗어서 나무껍질을 느껴보았지만, 칼라 나그가 계속 발을 구르며 앞으로 나아가는 바람에 자신의 위치가 공터 어디쯤인지 짐작할 수 없었다. 코끼리들은 아무 소리를 내지 않았다. 딱 한 번, 어린 코끼리 두세 마리가 함께 빽빽거리긴 했다. 그러나 그다음 탁 치는 소리와 발을 끄는 소리가 들리더니 쿵쿵거림이 계속되었다. 그 일은 아마 꼬박 두 시간은 이어졌을 것이다. 온몸의 신경이 욱신거렸지만, 리틀 투마이는 밤공기의 냄새로 새벽이 다가오고 있다는 걸 알 수 있었다.

초록 구릉지 뒤쪽 하늘이 어렴풋이 밝아오면서 아침이 밝았고, 첫 번째 빛과 함께 마치 그 빛이 명령이라도 되는 듯 쿵쿵거림이 멈추었다. 리틀 투마이가 채 알아차리기도 전에, 심지어 자세를 바꾸기도 전에, 그곳에는 칼라 나그와 푸드미니, 그리고 밧줄 쓸린 자국이 있는 코끼리를 제외하고는 한 마리도 보이지 않았다. 어떤 흔적도 보이지 않았고 부스럭거림, 혹은 다른 코끼리들이 사라진 방향을 짐작할 만한 내리막길의 속삭임도 전혀 들리지 않았다.

리틀 투마이는 눈을 씻고 보고 또 보았다. 그가 보기에 공터는 밤새 커진 것 같았다. 공터 가운데에는 더 많은 나무들이 있었지만, 덤불과 양쪽의 무성한 풀들은 뒤로 젖혀져 있었다. 리틀 투마이는 또 한 번 살펴보았다. 이제야 코끼리들이 짓밟은 흔적을 알 것 같았다. 코끼리들은 땅을 밟아 더 많은 공간을 만들어냈다. 두꺼운 풀과 즙 많은 사탕수수를 밟아 다져 곤죽을 만들고, 곤죽을 작은 조각으로, 작은 조각을 가느다란 실로 만들었고 그 실이 단단한 땅에 박히도록 다졌던 것이다.

「와!」리틀 투마이는 눈꺼풀이 무거워지는 걸 느끼며 말했다. 「칼라 나그, 푸드미니 곁을 떠나지 말고 함께 피터슨 나리의 막사로 가자, 아니면 네 목에서 떨어져 버릴 거야.」

세 번째 코끼리는 두 코끼리가 떠나는 모습을 지켜보더니, 쿵쿵거리다 돌아서고는 제 갈 길을 갔다. 아마도 그는 80~100여 킬로미터, 또는 160여 킬로미터 떨어진 어느 소국 왕의 코끼리였을 것이다.

두 시간 후, 피터슨 나리가 아침식사를 하고 있을 때 전날 밤 사슬을 두 겹씩 둘러 놓았던 그의 코끼리들이 코나팔을 불기 시작했고, 어깨까지 진흙이 묻은 푸드미니와 발이 몹시 아픈 칼라 나그가 어슬렁어슬렁 막사로 돌아왔다.

리틀 투마이는 창백하고 초췌한 얼굴이었고, 머리는 이슬에 흠뻑 젖고 나뭇잎들이 달라붙어 있었지만 기운을 내 피터슨 나리에게 인사하고는 힘없는 목소리로 외쳤다. 「춤, 코끼리 춤이요! 제가 봤습니다, 그리고…… 저는 죽습니다!」칼라 나그가 주저앉자 그는 정신을 잃은 채 코끼리 목에서 미끄러졌다.

그러나 인도 어린이들은 딱히 신경이 예민하지 않기 때문에, 두 시간 동안 그는 피터슨 나리의 그물 침대에 기분 좋게 누워 있었다. 그의 머리 밑에는 피터슨 나리의 사냥 외투와 따뜻한 우유 한 잔, 약간의 브랜디가 있었다. 키니네의 효력이 나타나고 있었다. 그의 앞 얼마 떨어지지 않은 곳에는 수염이 텁수룩하고 흉터 많은 정글의 늙은 사냥꾼들이 앉아서 마치 유령을 보듯 그를 바라보고 있었다. 그는 어린아이답게 간단한 말로 자기가 겪은 이야기를 들려주었고 이런 말로 끝을 맺었다.

「만약 제 말에 하나라도 거짓이 있다면 사람들을 보내 확인하세요. 그러면 코끼리들이 춤추던 그곳이 밟아 다져져 더 넓어진 걸 볼 수 있을 거예요. 그리고 코끼리들이 거기까지 가면서 낸 발자국을 열 개하고도 또 열 개, 아주 많은 열 개쯤 찾아낼 거예요. 제가 봤어요. 칼라 나그가 나를 데려갔고 내가 봤어요. 칼라 나그도 다리에 힘이 빠져 있잖아요!」

리틀 투마이는 드러눕고는 곧바로 잠에 빠졌다. 오후 내내, 그리고 어스름이 내릴 때까지 깨지 않았다. 그사이 피터슨 나리와 마추아 아파는 구릉지 너머 두 코끼리의 흔적을 따라 24킬로미터나 가보았다. 피터슨 나리는 18년 동안 코끼리 사냥을 했지만 그런 춤의 장소는 딱 한 번 본 터였다. 마추아 아파는 그 공터를 두 번 살펴볼 필요도 없이 무슨 일이 있었는지 알 수 있었다. 밟아 다져 굳어진 흙을 발가락으로 긁어볼 필요도 없었다.

「그 아이의 말이 맞습니다.」 그가 말했다. 「이 모든 건 어젯밤에 벌어진 일입니다. 세어 보니 강을 건넌 흔적도 70개나 됩니다. 보십시오, 어르신. 푸드미니의 족쇄에 저 나무껍질이 파였어요! 맞습니다, 푸드미니도 여기에 있었어요.」

그들은 서로를 위아래로 쳐다보았고 몹시 놀라워했다. 코끼리의 그런 습성은 백인이든 흑인이든 간에 인간이 도저히 상상할 수 없는 것이었기 때문이다.

「코끼리를 섬기며 45년 동안이나 따라다녔지만, 이 아이가 보았던 것을 본 아이가 있다는 소리는 들은 적이 없습니다. 이 구릉지의 모든 신에 걸고 맹세코, 이건…… 뭐라고 해야 할까요?」 그는 고개를 가로저었다.

그들이 막사로 돌아왔을 때는 저녁 식사 시간이 되어 있었다. 피터슨 나리는 텐트 안에서 홀로 식사를 했지만, 막사에 양 두 마리와 가금류 몇 마리를 대령하고 밀가루와 쌀, 소금도 평소의 두 배로 준비하라고 명령했다. 잔치를 열어야 한다는 걸 알았기 때문이다.

빅 투마이는 아들과 코끼리를 찾아 평원의 막사로부터 부리나케 달려왔고, 그들을 찾은 지금은 두렵다는 듯 아들과 코끼리를 바라보았다. 나란히 늘어선 말뚝에 매인 코끼리들 앞의 모닥불 가에서는 잔치가 벌어졌다. 리틀 투마이는 그 모든 일의 주인공이었다. 갈색 피부의 덩치 큰 코끼리 사냥꾼들, 추적자들, 몰이꾼과 밧줄잡이들, 그리고 야생 코끼리를 길들이는 모든 비밀을 아는 남자들이 돌아가며 차례로 리틀 투마이를 안아 건넸고, 새로 잡은 야생 닭의 가슴에서 짜낸 피를 그의 이마에 묻혔다. 리틀 투마이가 숲의 사람으로 받아들여졌으며 모든 정글을 자유롭게 다닐 수 있다는 표시였다.

그리고 마침내 모닥불의 불꽃이 수그러들고 장작의 붉은 빛에 비친 코끼리들이 피에 흠뻑 젖은 것처럼 보이게 되었을 때, 모든 케다 몰이꾼들의 우두머리인 마추아 아파, 피터슨 나리의 분신과도 같은 마추아 아파, 40년 동안 한 번도 이미 나 있는 길을 간 적이 없고 너무 위대해서 마추아 아파라는 이름 외에 다른 이름이 없는 마추아 아파가 벌떡 일어서더니 리틀 투마이를 머리 위 높이 들어 올리고 외쳤다. 「형제들이여, 내 말을 들으시오. 그리고 울타리 안에 있는 코끼리님들도 내 말을 들으시오. 나 마추아 아파가 말합니다! 앞으로 이 어린 소년의 이름은 리틀 투마이가 아니라, 옛날 이 소년의 증조부와 같이 코끼리들의 투마이가 될 것입니다. 지난밤에 소년은 인간이 본 적이 없던 것을 보았으니, 소년은 코끼리 부족과 정글 신들의 은혜를 입고 있소. 소년은 장차 위대한 추적꾼이 될 것이오. 소년은 심지어 나, 마추아 아파보다도 위대해질 것이오! 소년은 밝은 눈으로 새로운 길과 오래된 길, 뒤섞인 길을 따라가게 될 것이오! 케다 안에서 야생 코끼리를 밧줄에 묶기 위해 코끼리들의 배 아래를 지날 때에도 조금도 다치지 않을 것이오. 그리고 덤벼드는 수코끼리의 발 앞에서 미끄러지더라도 그 코끼리는 그가 누구인지 알아보고 짓밟지 않을 것이오. 아이하이! 사슬에 매인 나의 주인들이여,」 그는 줄지어 늘어선 코끼리 말뚝을 한 바퀴 돌았다. 「여기 그대들의 숨겨진 장소에서 그대들의 춤을 목격한 어린 소년이 있습니다. 인간이 보지 못했던 장면을 목격한 소년이! 주인들이여, 소년에게 경의를 표하시오! 인사드려라, 내 자식들이여. 코끼리들의 투마이에게 경례하거라! 궁가 페르샤드, 인사해라! 히라 구지, 비르키 구지, 쿠타르 구지, 인사해라! 푸드미니, 그 무도회에서 소년을 보았지, 그리고 코끼리 중의 진주, 칼라 나그, 너도 보았지! 인사해라! 다 함께 코끼리들의 투마이에게 경례하시오! 바라오!」

그 마지막 외침 소리에 줄지어 서 있던 코끼리들 모두가 코를 휙 올려 이마에 대고는 엄청난 소리로 인사했다. 인도의 총독, 케다의 우두머리나 들을 수 있는 우렁찬 코나팔이었다.

그러나 이 모든 함성은 리틀 투마이, 인간이 보지 못했던 광경을 보았던 소년을 위한 것이었다. 혼자서 한밤중의 코끼리 춤을, 그것도 가로 구릉지의 깊은 곳에서 보았던 소년을 위해서!

시바 신과 메뚜기
투마이의 어머니가 아기에게 불러 주던 노래

시바 신, 수확을 내려 주시고
바람을 불게 하는 신께서

아주 오래전
하루의 문간에 앉아서,
옥좌에 앉은 왕부터
대문 앞의 거지까지
저마다에게 자기 몫의 음식과
고난과 운명을 주셨다네.

모든 것을 만드셨으니,
수호자 시바 신이여.
마하데오! 마하데오! 모든 걸 만드셨네,
낙타를 위한 가시풀과
암소를 위한 꿀을,
그리고 졸린 아기 머리를 위한 엄마의 품을,
오 나의 아가야!

부자에게는 밀을,
가난한 자에게는 수수를,
집집마다 다니며 구걸하는
성자에게는 부스러기를.
호랑이에게는 소를, 솔개에게는 썩은 고기를,
밤에 기댈 벽이 없는 심술궂은 늑대에게는
쓰레기와 뼈를 주셨네.
시바 신 앞에서 고귀한 것도 없었고
천한 것도 없었다네.

시바 신 옆에는 파르바티 신께서
오가는 그들을 지켜보셨는데
남편을 속여서 웃음거리로
만들겠다고 다짐하시고는,
작은 메뚜기를 훔쳐서
가슴팍에 숨기셨다네.

그렇게 그녀는 남편을 속였지,
보호자 시바 신을.
마하데오! 마하데오! 고개를 돌려 보아라.
낙타는 키가 크고,
암소는 무거웠다네,
하지만 그것은 가장 작은 미물이었지,
오 나의 아가야!

모든 몫을 다 나누어 주었을 때,
그녀가 웃으며 말했다네,
「주인님, 백만 개의 입 중에서
먹이지 않은 게 하나도 없나요?」
시바 신이 웃으면서 대답했다네,
「모두가 제 몫을 받았다오,
심지어 당신 가슴 아래 숨은
그 작은 녀석도.」
도둑질한 파르바티가 가슴 밑에서

메뚜기를 꺼내 보니,
가장 작은 그 미물은
새로 자란 풀을 씹고 있었지!
그걸 보고 두렵기도 하고 경이로워서
시바 신에게 기도를 드렸다네,
살아 있는 모든 생명에게
어김없이 먹을 것을 주신 시바 신께.

모든 것은 그분이 만드셨네,
보호자 시바 신께서.
마하데오! 마하데오! 만물을 만드셨다네,
낙타를 위한 가시와,
암소를 위한 꿀을,
그리고 졸린 아기를 위한 엄마의 품을,
오, 나의 어린 아가야!

여왕 폐하의 신하들

분수나 간단한 3의 법칙으로
그걸 풀 수 있지,
하지만 트위들덤의 방식과
트위들디의 방식은 다르다네.
비틀고, 돌리고 쓰러질 때까지
그걸 닳을 수도 있어.
하지만 필리 윙키의 방식은
윙키 팝의 방식과 다르다네!

한 달 내내 줄기차게 비가 내리고 있었다. 3만 명의 인간과, 수천 마리의 낙타, 코끼리, 말, 수소, 노새가 인도 총독의 사열을 받기 위해 모여 있는 라왈 핀디 진지에도 비가 퍼붓고 있었다. 인도 총독은 아프가니스탄의 왕을 맞이하고 있었다. 아프가니스탄왕은 매우 미개한 나라의 미개한 군주였고, 그가 데리고 온 경호원 8백 명과 말들은 평생 캠프나 기관차를 한 번도 본 적이 없었다. 중앙아시아 오지 어디에선가 나고 자란 야만적인 인간들과 야만적인 말들이었다. 매일 밤 이 말들 중 한 무리가 뒷발에 묶은 밧줄을 끊고는 어둠 속 진흙을 밟으며 캠프 안을 휘젓고 다니기 일쑤였고, 그 바람에 풀려난 낙타들이 이리저리 도망치다가 텐트의 밧줄에 걸려 넘어지곤 했으니, 잠을 청하려 애쓰던 사람들에게 이것이 얼마나 유쾌한 일이었을지 충분히 상상할 수 있으리라. 내가 묵던 텐트는 낙타가 매여 있던 곳과는 멀리 떨어져 있어서 나는 안전하다고 생각했다. 그런데 어느 날 밤 한 남자가 불쑥 머리를 들이밀고 외쳤다. 「빨리 나가세요! 놈들이 와요! 내 텐트는 날아갔어요!」

나는 〈놈들〉이 누구인지 알고 있었다. 그래서 장화를 신고 방수포를 두른 채 허겁지겁 진흙탕 속으로 뛰어나갔다. 내가 기르는 폭스테리어 리틀 빅센은 다른 쪽으로 뛰쳐나갔다. 다음 순간 으르렁거리고 꿀꿀대고 부글거리는 소리가 들리는가 싶더니, 기둥이 부러졌는지 내 텐트가 움푹 꺼지고 미친 유령처럼 춤추기 시작하는 게 보였다. 낙타 한 마리가 텐트를 뒤집어쓴 것이었다. 나는 비에 젖고 화가 나 있었지만 웃지 않을 수 없었다. 그러나 얼마나 많은 낙타가 풀려나 왔을지 알 수 없었으므로 얼른 자리를 피했다. 그리고 머지않아 나는 캠프가 보이지 않는 곳에서 진흙탕 속을 철벅거리며 걷고 있었다.

결국 나는 포의 끝쪽에 걸려 넘어졌다. 아마도 밤에 대포를 쌓아 두는 포대 근처 어디쯤인 것 같았다. 밤중에 가랑비를 맞으며 계속 철벅거리고 싶지는 않았으므로, 나는 어느 포의 포구에 방수포를 씌우고, 손에 잡히는 꽂을대 두어 개로 천 오두막 같은 걸 만들어 또 다른 포의 뒤쪽에 나란히 누운 뒤, 빅센은 어디로 갔을까, 여기는 어디쯤일까 생각했다.

막 잠이 들려는 순간 딸랑이는 마구 소리와 툴툴거리는 소리가 들렸다. 노새 한 마리가 젖은 귀를 흔들면서 내 옆을 지나갔다. 스크루 포대 소속의 노새였다. 가죽끈과 고리, 사슬, 그리고 안장에 달린 것들이 달그락거리는 소리로 알 수 있었다. 스크루 포는 두 부분으로 되어 있어 사용할 때에는 나사처럼 돌려 결합한다. 노새가 갈 수 있는 곳이면 어디든, 산에도 가지고 갈 수 있어서 바위가 많은 지역에서 싸우는 데 매우 유용하다.

그 노새 뒤에는 낙타 한 마리가 있었는데, 크고 부드러운 발이 진흙탕 속에서 미끄덩거려 철벅댔고, 길 잃은 암탉처럼 고개를 좌우로 까딱거리고 있었다. 다행히 나는 토착민들에게서 배워 동물의 언어, 물론 야생 동물의 언어는 아니고 캠프 동물의 언어를 제법 알고 있었으므로 그 낙타가 하는 말을 알아들을 수 있었다.

그 낙타는 내 텐트 속에서 허우적대던 녀석이 틀림없었다. 왜냐하면 노새에게 이렇게 말했기 때문이다. 「어떻게 하죠? 어디로 가죠? 저 펄럭거리는 하얀 것과 싸웠는데, 그것이 막대기를 들고 내 목을 후려쳤어요.」(그것은 부러진 내 텐트 버팀목이었고, 그 사실을 알고 나는 무척 고소했다.) 「우리 계속 달아날까요?」

「아, 자네였군.」 노새가 말했다. 「캠프를 뒤집어 놓은 게 자네와 친구들인가? 그렇군. 날이 밝으면 매를 맞게 되겠지. 하지만 지금 내가 미리 손봐 주는 게 좋겠어.」

노새가 방울을 딸랑거리며 뒷걸음치더니 갈비뼈를 두 번 차서 낙타를 때리는 소리가 들렸다. 갈비뼈가 북처럼 울렸다. 「다음번에는 밤에 〈도둑이야, 불이야!〉 하고 소리치면서 노새 포대로 달려갈 생각은 하지 마. 자리에 앉게, 그 바보 같은 목으로 꿀꿀대지 말고.」

낙타는 낙타들이 하는 식으로 접이식 자처럼 몸을 접고는 끙끙거리며 자리에 앉았다. 어둠 속에서 규칙적인 발굽 소리가 들렸고, 커다란 군마 한 마리가 마치 행진을 하듯 느린 구보로 다가오더니 포의 뒤쪽을 뛰어넘어 노새 근처에 섰다.

「이게 무슨 난리람.」 말이 콧구멍에서 김을 뿜으며 말했다. 「또 낙타들이 우리 막사에서 소동을 피우다니. 이번 주에만 세 번째야. 도무지 잠을 잘 수가 없는데 말이 무슨 수로 좋은 상태를 유지하겠어? 여기 누구 있나요?」

「제1 스크루 포대 2번 포 포미 담당 노새요.」 노새가 말했다. 「그리고 또 하나는 댁의 친구고. 그 친구 때문에 나도 깼소. 댁은 누구시오?」

「제9 창기병대 E분대 15번, 딕 컨리프의 말입니다. 거기 조금만 비켜 주세요.」

「아, 미안하오.」 노새가 말했다. 「너무 어두워서 뭐가 보여야 말이지. 이 낙타들도 정말 지긋지긋하지 않소? 난 평화와 고요를 좀 찾아볼까 하고 내 대열에서 빠져나왔소만.」

「두 선생님들.」 낙타가 공손하게 말했다. 「우리는 오늘 밤 무서운 꿈을 꾸었고, 그래서 몹시 겁에 질려 있었어요. 나는 39 원주민 보병대의 짐꾼 낙타일 뿐이에요. 여러분만큼 그렇게 용감하지 않다고요.」

「그렇다면 막사에 머물고 있다가 39 보병대의 짐이나 날라야지 왜 막사를 휘젓고 다니는 건가?」 노새가 물었다.

「너무 무서운 꿈이라서요.」 낙타가 말했다. 「미안합니다. 잠깐, 들어 봐요! 저게 뭐죠? 다시 달아나야 할까요?」

「앉아 있게.」 노새가 말했다. 「그러지 않으면 포 사이에서 그 긴 다리가 부러질 테니.」 노새가 한쪽 귀를 쫑긋거리며 귀를 기울였다. 「수소들이군! 포대 수소들이야. 아, 이런. 자네와 자네 친구들이 캠프 전체를 깨워 버린 거야. 포대 수송 아지를 말리려면 발길질을 굉장히 많이 해야 하는데.」

사슬이 땅에 끌리는 소리가 들리더니 코끼리들이 발포 현장 근처에 가지 않으려 할 때 대신 대포를 끄는 크고 부루퉁한 흰 소들 중 멍에를 같이 지는 수소 한 쌍이 어깨를 들이밀며 끼어들었다. 그리고 바로 뒤 또 한 마리의 포대 노새가 끼어들며, 미친 듯이 〈빌리〉를 찾았다.

「우리 신병이라오.」 늙은 노새가 군마에게 말했다. 「그가 나를 찾고 있었군, 여길세, 젊은이, 그만 꽥꽥거리게. 어둠은 누구도 해치지 않으니.」

대포 포대 수소들이 함께 주저앉더니 되새김질을 시작했고, 젊은 노새는 빌리 옆에 붙어 몸을 움츠렸다.

「그거 말예요!」 젊은 노새가 말했다. 「무시무시하고 끔찍한 거였어요, 빌리! 우리가 자는데 우리 대열 속으로 쳐들어왔어요. 우릴 죽이려는 걸까요?」

「마음 같아선 한 대 차주고 싶군.」 빌리가 말했다. 「자네처럼 키는 14핸드나 되고 훈련까지 받은 노새가 이 신사 분들 앞에서 우리 포대 망신을 시키다니!」

「진정하세요, 진정해!」 군마가 말했다. 「처음에야 늘 그렇지요. 내가 처음 인간을 보았을 때, 물론 세 살 때 오스트레일리아에서의 일이지만, 나는 한나절을 달아났죠. 만약 그때 본 게 낙타였다면 아마 지금도 달아나고 있을 거예요.」

우리 영국 기병대에 속한 말들은 거의 전부 오스트레일리아에서 인도로 데려온 것이었고, 기병들이 직접 훈련시킨다.

「맞는 말씀이오.」 빌리가 말했다. 「젊은이, 그만 떨게. 그들이 처음 내 등에 사슬까지 달린 온갖 마구를 씌웠을 때 난 뒷발로 전부 다 차버렸지. 당시 나는 발차기를 제대로 배우지도 않은 때였지만, 포대에서는 다들 그런 광경은 처음이라고 했어.」

「하지만 그건 마구도 아니고 딸랑이는 것도 아니었어요.」 젊은 노새가 말했다. 「빌리, 아시다시피 이제 난 마구는 아무렇지도 않아요. 그건 나무 같은 거였는데, 대열을 따라 위아래로 마구 출렁대고 흔들리고 끓어넘쳤다니까요. 그러다가 내 머리 밧줄이 끊어졌고, 내 몰이꾼을 찾을 수가 없었죠. 빌리 선배도 보이지 않았고요. 그래서 달아난 거예요, 이 신사 분들하고 같이요.」

「흠!」 빌리가 끄덕였다. 「나는 낙타들이 풀려나는 소리를 듣자마자 나 혼자 조용히 자리를 떴다네. 포대에서 스크루 포대 노새가 대포 끄는 수소를 신사라고 부르다니, 정말 이만저만 겁먹은 게 아니군. 거기 바닥에 앉은 댁들은 누구시오?」

대포 포대 수소들이 되새김질하던 것을 굴리고는 함께 대답했다. 「대포 부대 1번 포 7번 멍에의 소들입니다. 낙타들이 왔을 때 우리는 자고 있었는데, 그들한테 짓밟히는 바람에 잠을 깨고 걸어 나왔죠. 푹신한 잠자리에서 잠을 방해받느니 차라리 진흙탕에 조용히 누워 있는 게 더 나으니까. 우리가 당신 친구한테 여기는 두려워할 만한 것이 없다고 타일렀지만, 그 친구는 아는 게 너무 많아서 다르게 생각하더라고요. 워!」

그들은 계속 새김질하며 씹고 있었다.

「다 두려워서 그러는 거라오.」 빌리가 말했다. 「자네는 대포 끄는 수소들에게 비웃음을 사네 그려. 자네 기분이 나쁘지 않으면 좋겠군, 젊은이.」

젊은 노새는 이를 갈며 딱딱거렸다. 이어서 세상에서 수송아지 같은 그 어떤 것도 두렵지 않다는 둥 하는 말을 중얼거렸다. 그러나 그 수소들은 서로 뿔을 딱딱 부딪치고는 계속 새김질을 할 뿐이었다.

「자, 실컷 겁먹고 나서 화내지 말아요. 그건 최고 겁쟁이나 하는 짓이니.」 군마가 말했다. 「밤에 알 수 없는 무언가를 보고 겁에 질린다는 건 얼마든지 용서받을 수 있다고 생각해요. 우리는 울타리를 부수고 달아난 적이 있었죠, 한두 번도

219

아니고 여러 번, 450마리나 말이에요. 새로 온 신병이 고향 오스트레일리아의 채찍뱀 이야기를 들려주었는데, 그 이야기를 듣던 우리는 머리 밧줄 끝이 풀린 것을 보고 죽을 만큼 겁에 질렸거든.」

「캠프에서는 그것도 다 괜찮아요.」 빌리가 말했다. 「난 하루 이틀 정도 캠프를 나가지 못할 때는 재미 삼아 이리저리 달리기도 하니까. 그런데 댁은 실전에 나가면 무슨 일을 하시오?」

「오, 그건 또 다른 얘기군요.」 군마가 말했다. 「그럴 때는 딕 컨리프가 내 등에 타서 무릎으로 나를 몰아대는데, 내가 해야 할 일은 어디에 발을 디딜지 잘 보고 뒷다리를 잘 놀리고 고삐를 따라 움직이는 것뿐이죠.」

「고삐를 따라 움직이는 게 뭐죠?」 젊은 노새가 물었다.

「아니 이게 무슨 소리야.」 군마가 코웃음을 쳤다. 「그 일을 하면서 고삐를 따라 움직이도록 배우지 않았다는 거예요? 고삐가 목을 조르는데 당장 몸을 돌리지 않는다면 무슨 일을 어떻게 할 수 있겠어요? 그건 댁을 모는 인간에게는 물론 댁한테도 목숨이 걸린 일이에요. 목에 고삐가 느껴지는 순간 뒷다리를 잘 놀려야 해요. 만약 방향을 바꿀 공간이 없다면, 살짝 뒷다리로 서서 돌아야 하고. 그게 고삐를 따라 움직인다는 거요.」

「우린 그렇게 배우지 않았소.」 노새 빌리가 완고하게 말했다. 「우리는 우리 머리 옆에 있는 인간에게 순종하도록 배운다오. 그가 가라고 하면 가고, 멈추라고 하면 멈춰요. 어쨌거나 결국 똑같은 것 같은데. 그런데, 뒷다리 관절에 아주 안 좋을 것 같은 그 뒷발 묘기와 그 멋진 일을 가지고 댁은 무얼 하시오?」

「경우마다 다르지요.」 군마가 말했다. 「보통 나는 칼을 들고 고함을 치는 수많은 털북숭이 인간들 사이로 들어가야 해요. 길고 번쩍이는 그 칼은 편자공의 칼보다 더 날카롭지요. 그리고 딕의 부츠가 바로 옆 사람의 부츠와 부딪치지 않을 만큼만 바짝 붙어서 나란히 가도록 신경을 곤두세워야 하고요. 내 오른쪽 눈 바로 옆에 딕의 창이 보이면 안전하답니다. 우리가 달릴 때는 딕과 나에게 맞서는 인간이나 말에 신경을 써서는 안 되고요.」

「칼이 아프지는 않나요?」 젊은 노새가 물었다.

「뭐, 한 번은 가슴을 가로질러 베인 적이 있지만, 딕의 잘못은 아니었어요……」

「나라면 누구 잘못인지 많이 따졌을 텐데, 아프다면요!」 젊은 노새가 말했다.

「댁이라면 그렇겠지요.」 군마가 말했다. 「만약 댁을 부리는 인간을 믿지 못한다면 당장에 도망치는 편이 나을 겁니다. 우리 동지들 중에도 더러 그러는 이들이 있지만 난 그들을 탓하지는 않아요. 그리고 말했다시피 그건 딕의 잘못이 아니었으니까. 그 남자가 땅에 누워 있어서 나는 그를 밟지 않으려고 몸을 길게 뻗었는데 그가 칼을 휘둘렀어요. 다음에는 누워 있는 인간을 넘어가야 한다면 그냥 밟아버릴 거예요, 세게.」

「흠!」 빌리가 말했다. 「어리석은 소리 같소. 칼이란 언제
든 고약한 물건이오. 차라리 균형 잡힌 안장을 얹고, 네발과
두 귀에 의지한 채 바닥을 기고 몸부림치면서 산을 오르는
게 괜찮은 일이오. 그러다 보면 다른 이들보다 수십 미터 높
은 곳에, 네 발굽만 겨우 디딜 수 있는 바위 위에 올라가게
되지요. 그런 다음 거기서 가만히 조용하게 있는 거요. 절대
인간에게 머리를 잡아 달라고 애원하지 말게, 젊은이. 포가
조립되는 동안 그렇게 가만히 있다가 작은 포탄들이 저 아
래 나무 꼭대기들 속으로 떨어지는 걸 지켜보면 될 일이야.」
　「발을 헛디디는 일은 없었나요?」 군마가 물었다.
　「노새가 발을 헛디디는 날에는 암탉의 귀를 떼어 낼 수 있
다는 말이 있다오.」 빌리가 말했다. 「이따금, 만에 하나 안장
을 비뚤어지게 얹으면 노새가 엎어질 때가 있지만, 그런 일
은 아주 드물어요. 댁한테 우리가 하는 일을 보여 주었으면
좋겠군. 아주 근사하다오. 사실 인간들의 의중을 알기까지
3년이 걸렸소. 중요한 건 절대 하늘을 배경으로 나타나지 말
아야 한다는 것이지. 그럴 경우 포탄이 날아올 수도 있으니
까. 젊은이, 그 점을 잊지 말게. 항상 최대한 숨어 있게, 설사
가야 할 길에서 1.6킬로미터나 벗어난다 해도 말이야. 그렇
게 산을 오를 때는 내가 앞장서 포대를 이끈다오.」
　「포를 쏘는 인간들 틈으로 뛰어들 기회도 없이 포탄을 맞
는다니!」 군마가 놀라서 곰곰 생각했다. 「나라면 견디지 못
할 것 같군요. 차라리 딕과 함께 돌격하고 싶을 겁니다.」
　「아니, 그럴 일은 없어요. 아시다시피 포들을 제자리에 놓

는 즉시 모든 공격은 포들이 할 테니까. 그것이 과학적이고 깔끔해요. 하지만 칼이라니, 푸하!」

짐꾼 낙타는 말참견을 할 기회를 잡고 싶어서 한동안 고개를 이리저리 까딱거리고 있었다. 그러다가 마침내 신경질적으로 목을 가다듬으며 입을 열었다.

「나, 나, 난 조금 싸워 보기는 했지만 그렇게 산을 오르거나 달리는 건 못해 봤어요.」

「그렇지. 말이 났으니 말인데.」 빌리가 말을 받았다. 「자네는 산을 오르거나 달리기를 잘하기에 적합해 보이지는 않는군. 그래, 그 싸움은 어땠나, 건초 뭉치 양반?」

「제대로 하는 방법은 이렇지요.」 낙타가 말했다. 「우리 모두 앉아 있었고…….」

「오, 안장 끈과 가슴받이 같은 소리!」 군마가 중얼거렸다. 「앉아 있었다고요?」

「우리 백 마리가 앉아 있었어요.」 낙타가 말을 이었다. 「커다란 정사각형 모양으로 앉으면, 인간들은 그 사각형 밖으로 우리 짐과 안장을 쌓아 두었지요. 그리고 우리 등 너머로 총을 쏘았어요. 사각형의 모든 면에서요.」

「어떤 인간들? 아무 인간이나 말인가요?」 군마가 물었다. 「기마 학교에서 인간들은 우리에게 엎드려서 주인들이 우리 몸에 걸치고 총을 쏘게 하는 법을 가르치지요. 하지만 그렇게 하도록 내가 믿고 맡기는 딕 컨리프뿐입니다. 그렇게 하면 내 뱃대끈이 간지럽고, 게다가 땅에 머리를 대고 있어서 아무것도 안 보이니까요.」

「당신 몸에 기대고 총 쏘는 사람이 누가 됐든 무슨 상관인가요?」 낙타가 물었다. 「주변엔 수많은 인간과 수많은 다른 낙타들이 있고, 자욱한 연기구름이 피어나죠. 그럴 때면 난 겁나지 않아요. 그냥 가만히 앉아서 기다려요.」

「그렇다 하더라도,」 빌리가 끼어들었다. 「자네는 밤에 캠프에서 악몽을 꾸고 캠프를 뒤집어 놓잖아! 좋아! 그래! 차라리 누워 버리지, 주저앉은 상태에서 인간이 내 몸에 기대고 총을 쏜다면, 내 발굽과 인간의 머리가 서로 뭔가 할 말이 있을 텐데. 혹시 그런 무시무시한 소리는 들은 적이 없나?」

긴 침묵이 흘렀다. 그러던 중 대포 끄는 수소 중 한 마리가 커다란 머리를 들어 올리고 말했다. 「다들 바보 같은 소리만 하네요. 싸움에는 한 가지 방법밖에 없어요.」

「그럼 어서 말해 보오.」 빌리가 말했다. 「부디 나는 개의치 마시고. 댁들은 꼬리로 서서 싸우기라도 하나?」

「한 가지 방법밖에 없어요.」 두 수소가 한 목소리로 말했다. (그들은 쌍둥이가 틀림없었다.) 「방법은 이렇죠. 〈두 꼬리〉가 나팔을 불자마자 우리 20개 멍에를 진 소들이 모두 그 큰 포에 묶이는 겁니다.」 (〈두 꼬리〉란 코끼리를 가리키는 캠프 은어다.)

「〈두 꼬리〉는 무엇 때문에 나팔을 부나요?」 젊은 노새가 물었다.

「자기는 다른 편에서 나는 연기 근처에는 절대 가지 않겠다는 걸 보여 주기 위해서죠. 〈두 꼬리〉는 정말 대단한 겁쟁이거든요. 그러면 우리는 힘을 합쳐 커다란 대포를 잡아당

기지요. 헤야, 훌라! 히야! 훌라! 우리는 고양이처럼 기어오르
지도 않고 송아지처럼 달리지도 않아요. 우리 스무 쌍의 소
들은 평평한 평원을 지나가고, 그러고 나서 멍에가 풀리면
풀을 뜯지요. 그사이에 커다란 포들은 평원 건너 흙 성벽이
있는 어느 도시에게 말을 걸고, 그 성벽을 산산조각 내어 무
너뜨려요. 그러면 마치 수많은 소 떼가 집에 돌아갈 때처럼
먼지가 피어오르지요.」

「와! 그런 시간에 풀을 뜯는다고요?」 젊은 노새가 물었다.

「그런 시간이든 다른 시간이든 상관없어요. 먹는다는 건
언제나 좋은 일이니까. 우리는 계속 먹다가 다시 멍에를 지
고 대포에 묶여서 〈두 꼬리〉가 대포를 기다리는 곳으로 돌아
가죠. 때로는 도시 안에 말대꾸를 하는 큰 대포가 있어서 우
리 중 몇몇이 죽기도 하는데, 그렇게 되더라도 남은 소들이
그만큼 풀을 더 많이 먹게 되는 거지요. 그게 운명이에요, 운
명일 뿐이죠. 어쨌거나 〈두 꼬리〉는 대단한 겁쟁이지만. 바
로 그게 제대로 싸우는 방법이에요. 우리는 하푸르 출신의
형제들입니다. 우리 부친은 시바 신의 신성한 소였고. 우린
그렇게 말해 왔어요.」

「그래, 오늘 밤 확실히 배우는 게 많군요. 당신네 스크루
포 부대 양반들은 대포가 당신들을 겨누고 있고, 〈두 꼬리〉가
뒤에 있는데 뭘 먹고 싶은 생각이 듭니까?」 군마가 물었다.

「자리에 주저앉아서 인간들이 우리 위로 몸을 뻗게 놔두
거나, 칼을 든 인간들 틈으로 뛰어드는 것도 식욕이 들지 않
기는 마찬가지지. 나는 그런 소리는 처음 듣소. 산의 바위턱,

225

균형 맞춰 단단히 실은 짐, 알아서 길을 가게 허락해 주는 믿을 만한 몰이꾼만 있다면 난 얼마든지 행복하오. 하지만 나머지 것들은…… 싫소!」 빌리가 발을 구르며 말했다.

「물론 그럴 테지요.」 군마가 말했다. 「모두가 똑같이 만들어진 건 아니니까. 사실 내가 보기에도 당신의 가족, 당신 부친의 핏줄은 많은 것들을 이해하지 못할 것 같군요.」

「내 부친 쪽 핏줄이야 댁이 알 바 아니오.」 빌리가 발끈했다. 노새라면 누구나 자기 아버지가 당나귀였다는 사실을 일깨우는 것을 몹시 싫어한다. 「내 부친은 남부의 신사였소. 그리고 만나는 말마다 넘어뜨리고 물고 차주어서 넝마를 만들어 주었지. 명심해, 이 덩치 큰 갈색 브럼비야!」

브럼비란 혈통이 없는 야생마를 뜻한다. 마차를 끄는 말이 경주마에게 〈말라깽이 늙은 말〉이라고 하면 경주마가 어떤 기분일지 상상해 보시라, 그러면 오스트레일리아산 말의 기분을 짐작할 수 있을 것이다. 어둠 속에서도 하얗게 번뜩이는 말의 눈이 보였다.

「이봐, 수입산 말라가 수탕나귀 자식.」 그가 이를 갈며 말했다. 「말해 두지만 내 외가는 멜버른 컵 대회 우승자인 카빈과 친척뻘이야. 그리고 내 고향에서 우리는 딱총 콩방울 포대의 앵무새처럼 나불거리는 돼지머리 노새한테 함부로 취급받는 데는 익숙하지 않아. 마음 단단히 먹어.」

「어디 덤벼 보시지!」 빌리가 빽 소리쳤다. 두 동물은 뒷다리로 일어서서 서로 마주보았다. 내가 한바탕 거친 싸움을 기대하고 있을 때, 어둠 속에서 꾸르륵 꾸르륵 하는 목소리가 오른쪽에서 들려왔다. 「얘들아, 거기 무엇 때문에 싸우느냐? 조용히 해라.」

두 동물은 정떨어진다는 듯 콧방귀를 뀌며 앞발을 내렸다. 말과 노새 모두 코끼리의 목소리를 참을 수 없었기 때문이다.

「〈두 꼬리〉로군!」 군마가 말했다. 「지긋지긋한 양반이야. 양쪽 끝에 꼬리가 달리다니 꼴사납지!」

「내 말이.」 빌리가 군마를 거들면서 말했다. 「어떤 점에서 우린 아주 비슷하군.」

「아마 그건 우리네 모친들에게서 물려받은 것 같군요.」 군마가 말했다. 「이렇게 말다툼할 일이 아닙니다. 안녕하세요! 〈두 꼬리〉 양반, 댁은 단단히 묶여 있나요?」

「그래.」 두 꼬리가 코까지 활짝 웃으면서 말했다. 「밤이라서 말뚝에 묶여 있지. 지금까지 자네들이 하는 말을 다 듣고 있었네. 하지만 겁내지 말게. 그쪽으로 가지는 않을 테니.」

수소들과 낙타가 낮게 외치며 말했다. 「〈두 꼬리〉를 두려워하다니, 말도 안 되지!」 수소들이 이어서 말했다. 「댁이 다 들었다니 유감이지만, 그건 사실이에요. 〈두 꼬리〉 양반, 대포를 쏠 때 왜 그리 포를 겁내는 거죠?」

「그게.」 〈두 꼬리〉가 꼭 어린 소년이 한마디 할 때처럼 한쪽 뒷다리로 다른 쪽 뒷다리를 문지르며 말했다. 「자네들이 이해할지 잘 모르겠군.」

「우린 이해가 안 가요, 하지만 우리가 포를 끌어야 하니까.」 수소들이 말했다.

「알고 있어, 그리고 너희가 스스로 생각하는 것보다 훨씬 더 용감하다는 것도 알고. 하지만 내 경우는 다르지. 우리 포대 대위는 언젠가 나를 〈가죽 두꺼운 시대착오〉라 불렀지.」

「그것도 싸움의 한 방법이오?」 기분이 좋아진 빌리가 물었다.

「물론 자네들은 그게 무슨 뜻인지 모를 테지만 난 알아. 그건 이도저도 아니고 어중간하다는 뜻인데, 내가 처한 상황이 바로 그렇다네. 난 포탄이 터질 때면 무슨 일이 벌어질지 내 머릿속을 들여다볼 수 있으니까. 자네들 수소는 그럴 수 없지 않은가.」

「난 할 수 있어요.」 군마가 말했다. 「적어도 조금은 가능해요. 그냥 그걸 생각하지 않으려 애쓸 뿐이지.」

「나는 자네들보다 더 많은 걸 볼 수 있고, 그것에 관해 생각도 하지. 나는 내가 돌봐야 할 일이 아주 많다는 것도 알고, 내가 아프면 날 치료할 방법을 아는 사람이 없다는 것도 안다네. 그들이 할 수 있는 것은 고작해야 내가 나을 때까지 내 몰이꾼에게 급료를 주지 않는 건데, 나는 내 몰이꾼도 믿을 수 없단 말이지.」

「아하!」 군마가 말했다. 「그래서 그렇군요. 나는 딕을 믿을 수 있는데.」

「딕 같은 사람을 한 연대나 내 등에 태운다고 해도 내 기분은 조금도 나아지지 않을 거야. 나는 많이 알아서 불편한 것일 뿐이야. 그래도 다 알지는 못해서 앞으로 가지 못하는 거지.」

「이해가 안 가네요.」 수소들이 말했다.

「나도 알아. 자네들한테 말하는 게 아니네. 자네들은 피가 뭔지 몰라.」

「안다고요.」 수소들이 말했다. 「그건 땅을 적시고 냄새 나는 붉은 거잖아요.」

군마가 한 번 발길질을 하고 껑충 뛰더니 코웃음을 쳤다.

「그 얘기는 하지 말아요. 지금 그걸 생각만 해도 냄새가 나는 것 같으니. 그건 나를 달리고 싶게 만들어요. 딕이 내 등에 타고 있지 않으면.」

「하지만 그건 여기 없잖아요.」 낙타와 수소들이 말했다. 「왜 그렇게 바보 같아요?」

「그거 아주 고약한 거야.」 빌리가 말했다. 「난 달리고 싶어지지는 않지만, 그것에 관해 말하고 싶지도 않소.」

「바로 그거야!」〈두 꼬리〉가 꼬리를 흔들며 설명했다.

「맞아요. 그래, 우리는 밤새 여기 있었지요.」 두 수소가 말했다.

〈두 꼬리〉는 발에 매단 쇠고리가 짤랑거리도록 발을 굴렀다. 「아니, 자네들한테 하는 말이 아니야. 자네들은 자기 머릿속을 보지 못하잖나.」

「맞는 말이에요. 우리는 우리의 네 눈으로 보니까.」 수소들이 말했다. 「우린 바로 우리 앞의 것을 볼 뿐이죠.」

「나도 그럴 수만 있다면 자네들이 대포를 끌 필요가 없겠지. 만약 내가 내 대위와 같다면, 그는 포격이 시작되기 전에 자기 머릿속의 것들을 볼 수 있고, 온몸을 떨지만 너무 많은 걸 알고 있기에 달아나지도 않아. 만약 내가 그와 같다면, 나는 대포를 끌 수 있었을 거야. 하지만 내가 정말 현명하다면 절대 여기 있지도 않았겠지. 옛날에 내가 그랬듯 숲속의 왕 노릇을 하면서 하루 중의 절반은 잠을 자고, 내킬 때 목욕을 하고 있겠지. 한 달 동안 목욕다운 목욕을 하지 못했네.」

「다 좋은데 말이오.」 빌리가 말했다. 「하지만 어떤 것에 거창한 이름을 붙인다고 그게 더 좋은 게 되는 건 아니잖소.」

「쉬!」 군마가 말했다. 「〈두 꼬리〉가 하는 말이 무슨 뜻인지 알 것 같습니다.」

「조금 후면 더 잘 이해하게 될 거네.」 〈두 꼬리〉가 화를 내며 말했다. 「자아, 자네들이 왜 이걸 좋아하지 않는지 설명해 보게!」

그는 있는 힘껏 세차게 코나팔을 불기 시작했다.

「그만해요!」 빌리와 군마가 함께 외쳤고, 나는 그들이 발을 구르며 몸을 떠는 소리를 들을 수 있었다. 코끼리의 코나팔 소리는 언제나 불쾌했지만, 밤에는 특히 그랬다. 「그만두지 않겠네.」 〈두 꼬리〉가 말했다. 「어서 설명해 보게. 뿌우! 크르르륵! 뿌우! 뿌우아!」 다음 순간 소리가 갑자기 멈추었고, 어둠 속에서 작게 낑낑거리는 소리가 들렸다. 마침내 나를 찾아낸 빅센이었다. 빅센은 코끼리가 세상에서 무엇보다도 두려워하는 것이 바로 개 짖는 소리라는 걸 나만큼이나 잘 알았다. 그래서 걸음을 멈추고 말뚝에 매인 〈두 꼬리〉를 괴롭혔고 그 커다란 발 주변을 다니며 요란하게 짖어 댔다. 〈두 꼬리〉가 이리저리 발을 끌며 소리를 질렀다. 「저리 가,

꼬마 강아지! 내 발목에서 킁킁거리지 마, 그랬다가는 발로 차버릴 테다. 착하지, 작은 개야, 그래, 착한 개로구나! 집으로 가라, 짖어 대는 꼬마 맹수야! 오, 왜 이 개를 데려가는 사람이 없는 거지? 이러다간 나를 물겠어.」

「내 생각엔 우리 친구 〈두 꼬리〉가 많은 것을 두려워하는 것 같소.」 빌리가 군마에게 말했다. 「그래, 만약 내가 연병장에서 만난 개들을 발로 찰 때마다 배불리 먹었더라면 거의 〈두 꼬리〉만큼이나 살이 올랐을 거요.」

내가 휘파람을 불자 온통 진흙을 뒤집어쓴 빅센이 나한테 달려와 내 코를 핥았고, 나를 찾아 캠프를 누볐다는 긴 모험담을 들려주었다. 나는 내가 동물의 말을 이해한다는 사실을 녀석에게 알리지 않았다. 만약 그랬다면 녀석은 자기 하고 싶은 대로 다 했을 것이다. 나는 빅센을 내 외투 가슴팍에 넣고 단추를 잠갔고, 〈두 꼬리〉는 이리저리 발을 구르고 혼자 투덜거렸다.

「특이하지! 정말 특이하지!」 그가 말했다. 「그게 우리 집안 내력이야. 그런데 그 고약한 꼬마 녀석은 어디로 간 거야?」

그 코끼리가 코로 여기저기 더듬는 소리가 들렸다.

「우리 모두 다양한 방식으로 겁을 먹는 것 같네.」 그가 코를 풀며 말했다. 「그런데 내가 코나팔을 불었을 때 자네들이 두려워하는 것 같더군.」

「정확히 말하면 두려워한 게 아니에요.」 군마가 말했다. 「하지만 내 안장이 있어야 할 자리에 말벌 떼가 있는 것 같았습니다.」

「나는 작은 개가 무섭네. 그리고 이 여기 있는 낙타는 밤중의 악몽을 두려워하고.」

「우리가 모두 똑같은 방식으로 싸우지 않아도 되는 게 참으로 매우 다행이네요.」 군마가 말했다.

오랫동안 조용히 있던 젊은 노새가 입을 열었다. 「궁금한 게 있어요. 내가 알고 싶은 건 왜 우리가 싸워야 하는지 그 이유에요.」

「왜냐하면 그러라고 시키니까.」 군마가 경멸하듯 코웃음을 치며 말했다.

「명령이지.」 노새 빌리가 말하고는 이빨을 딱딱거렸다.

「후큼 하이(명령이지)!」 낙타가 꾸르륵거리며 말했다. 그리고 〈두 꼬리〉와 수소도 그 말을 되풀이했다. 「후큼 하이!」

「네, 하지만 명령은 누가 하는 거예요?」 신병 노새가 다시 물었다.

「네 머리 앞에서 걸어가는 인간, 또는 네 등에 앉아 있는 인간, 또는 코줄을 잡고 있는 인간, 또는 네 꼬리를 비트는 인간이.」 빌리와 군마와 낙타와 수소들이 차례로 대답했다.

「그럼 그 인간들에게는 누가 명령하는 거예요?」

「젊은이, 자네는 너무 많은 걸 알려고 하는구먼. 그러다가 얻어 차이기 십상이지. 자네가 할 일은 머리 앞에 있는 인간에게 복종하고 아무 질문도 하지 않는 거네.」 빌리가 말했다.

「빌리 말이 맞아.」 〈두 꼬리〉가 거들었다. 「난 이도저도 아니라서 항상 복종할 수는 없어. 하지만 빌리 말이 맞아.

자네 옆에서 명령을 내리는 인간에게 복종하게. 그러지 않으면 채찍을 맞는 건 물론이고 포대 전체를 마비시키게 될 거야.」

대포 끄는 수소들이 자리를 뜨려고 일어섰다. 「날이 밝고 있어요. 우리는 대열로 돌아가겠어요. 우리가 눈으로만 본다는 건 맞는 말이에요. 그리고 우리는 별로 똑똑하지도 못해요. 하지만 오늘 밤 겁먹지 않은 건 우리 부족뿐이라고요. 안녕히 주무시죠, 용감한 양반들.」

아무도 대답하지 않았다. 군마가 화제를 바꾸며 말했다. 「그 작은 개는 어디 간 걸까요? 개가 있다는 건 근처 어딘가에 인간이 있다는 얘긴데.」

「나 여기 있어요.」 빅센이 요란하게 짖었다. 「내 인간이랑 포미 아래 있어요. 거기, 덩치 큰 실수투성이 낙타 양반, 댁이 우리 텐트를 뒤집어 버렸잖아요. 내 인간이 아주 화가 났어요.」

「어이쿠! 그 사람은 백인이겠지?」 수소들이 말했다.

「물론이지요. 내가 검은 수소몰이꾼의 시중을 받겠어요?」

「후아! 우아! 욱! 빨리 자리를 뜹시다.」 수소들이 말했다.

그들은 진흙탕 속에서 앞으로 고꾸라졌고, 어쩌다가 멍에가 탄약 수레의 기둥에 걸려 오도가도 못하게 되었다.

「드디어 자네들도 겁을 먹었군.」 빌리가 차분하게 말했다. 「발버둥치지 말게. 날이 밝을 때까지 가만히 있으라고. 대체 뭐가 문제야?」

수소들은 인도 소가 내는 씩씩거리는 긴 콧소리를 내기 시작했고, 밀고 뒤엉키고 돌고 발을 구르다 미끄러졌고 진흙 탕 속에서 쓰러질 뻔하면서 사납게 툴툴거렸다.

「그러다간 곧 목이 부러지고 말 거요. 백인들이 뭐가 문제 죠? 난 그들과 함께 사는데.」 군마가 말했다.

「그들이, 우리를…… 먹으니까! 당겨!」 가까이 있는 수소 가 말했다. 딱 소리와 함께 멍에가 부러졌고, 그들은 터벅터 벅 함께 자리를 떴다.

그때까지 나는 인도 소들이 무엇 때문에 영국인을 그렇게 무서워하는지 몰랐다. 소몰이꾼들은 소고기를 입에 대지도 않는데 우리는 소고기를 먹으니 물론 소들이 좋아할 리 없다.

「내 안장깔개 사슬로 맞은 기분이군! 저 커다란 녀석들이 머리 없는 바보일 줄 누가 알았겠어?」 빌리가 말했다.

「신경 쓰지 마세요. 난 그 남자를 한 번 볼 생각이에요. 내 가 알기로 대부분의 백인 남자들의 주머니에는 뭐가 있거 든.」 군마가 말했다.

「그렇다면 나는 가보겠소. 난 그들을 썩 좋아하는 편은 아 니니까. 게다가 잘 곳이 없는 백인이라면 도둑일 가능성이 높은데, 내 등에는 정부 재산이 많이 실려 있거든. 젊은이, 같이 가세. 우리도 우리 대열로 돌아가지. 잘 주무시오, 오스 트레일리아 양반! 내일 열병장에서 보게 되겠지. 잘 자게, 건 초 뭉치 양반! 기분 좀 조절해 보지 그러시오? 잘 주무시오, 〈두 꼬리〉! 내일 열병장에서 우리를 지나치더라도 코나팔은 불지 마시오. 그러면 우리 대열이 흩어질 거요.」

노새 빌리는 절뚝거리며 으스대는 노병의 걸음걸이로 자

리를 떴다. 그사이 군마가 주둥이로 내 가슴을 쿡쿡 밀어대자 나는 그에게 비스킷을 주었다. 그사이 콧대 높은 작은 개 빅센은 자기와 내가 그 동안 맡았던 수십 마리 말에 관해 허풍을 늘어놓았다.

「나는 내일 개 수레를 타고 열병식에 갈 거예요. 당신은 어디 있을 거예요?」 빅센이 물었다.

「제2 기병대대 왼쪽에. 내가 우리 부대 전체에 박자를 맞추지요, 아가씨.」 그가 정중하게 대답했다. 「이제 난 딕에게 돌아가야겠습니다. 꼬리에 온통 흙탕물이 튀었으니 열병식에 나가려면 딕이 두 시간 동안 열심히 나를 치장해야 할 테니까요.」

3만 명 전체가 벌이는 대규모 열병식은 그날 오후에 열렸고, 빅센과 나는 총독과 아프가니스탄왕에 가까운 좋은 자리에 있었다. 아프가니스탄왕은 검은색 아스트라한 모직으로 만들어 커다란 다이아몬드 별을 가운데 박아 넣은 높고 큰 모자를 쓰고 있었다. 열병식의 첫 부분은 햇살 가득한 가운데 펼쳐졌고, 각 연대가 모두 발을 맞추어 걸어가고 포들은 한 줄로 지나갔다. 계속되는 그 물결을 바라보고 있자니 눈이 어지러웠다. 이어서 기병대가 〈보니 던디〉에 맞추어 기병 구보로 다가왔다. 빅센은 개 수레에 앉은 채 귀를 쫑긋거렸다. 창기병 제2 대대가 날쎄게 지나갔는데, 거기에 그 군마가 있었다. 방금 자아낸 실크 같은 꼬리에 머리를 가슴까지 당기고, 한쪽 귀는 앞으로 한쪽 귀는 뒤로 젖힌 채 왈츠 음악처럼 매끄럽게 다리를 놀리며 대대 전체에 박자를 맞춰 주고 있었다. 이윽고 대포들이 지나갔다. 〈두 꼬리〉가 다른 두 코끼리와 나란히 18킬로그램의 공성포를 끌고, 그 뒤로 20쌍의 황소들이 걸어갔다. 일곱 번째의 한 쌍은 새 멍에를 쓰고 있었는데, 약간은 뻐근한 듯 피곤해 보였다. 마지막으로 등장한 것은 스크루 포였다. 노새 빌리가 마치 전 부대를 지휘하듯 당당히 걸었고, 기름칠하고 광을 낸 그의 마구가 빛에 반짝였다. 나는 혼자서 노새 빌리에게 환호했지만 그는 절대한눈을 팔지 않았다.

비가 다시 내리기 시작했다. 한동안은 안개가 너무 짙어부대원들이 무엇을 하는지 보이지 않았다. 그들은 평원에서커다란 반원 대형을 만든 다음 한 줄로 펼치고 있었다. 그 줄은 점점 길어져 마침내 이쪽 끝에서 저쪽 끝까지가 1.2킬로미터나 되었다. 사람과 말, 포로 이루어진 하나의 견고한 벽이었다. 이윽고 그 줄이 곧장 총독과 왕을 향해 다가왔는데, 줄이 조금씩 다가오면서 엔진이 빨리 돌아갈 때의 증기선 갑판처럼 땅이 흔들리기 시작했다.

그 현장에 있지 않았다면, 설사 그것이 열병식에 지나지않는다는 것을 알고 있더라도 그 부대가 착착 다가올 때 구경꾼이 느낄 두려움을 상상하지 못할 것이다. 나는 아프가니스탄왕을 쳐다보았다. 그때까지도 그는 놀란 기색이나 그밖의 어떤 기미도 보이지 않았다. 그러나 이제 그의 눈이 점점 커지기 시작하더니, 자기 말의 고삐를 잡고 뒤를 돌아보았다. 그는 당장이라도 칼을 빼 들고 영국인 남녀가 탄 마차들을 향해 휘두르며 달아날 것처럼 보였다. 그러나 다음 순간 행진이 갑자기 멈추면서 땅의 흔들림이 멈추었고, 대열 전체가 경례를 하자, 30개 군악대가 다 함께 연주를 시작했다. 그것이 열병식의 끝이었고 각 연대는 비를 맞으며 각자의 캠프로 향했다. 그리고 한 보병 군악대가 이런 노래를 시작했다.

> 동물들은 두 마리씩 짝지어 들어갔네,
> 만세!
> 동물들은 두 마리씩 짝지어 들어갔네,
> 코끼리와 포대 노새,
> 그들 모두 방주에 들어갔네,
> 비를 피하기 위해서!

그런 다음 아프가니스탄왕과 함께 온 나이 많고 희끗희끗한 긴 머리의 중앙아시아인 족장이 토착민 장교에게 묻는 말이 들렸다.

「그런데 이 멋진 일은 어떤 방식으로 이루어지는 겁니까?」

장교가 대답했다. 「명령을 하면, 다들 거기에 따르는 거죠.」

「그렇다면 이 동물들이 사람만큼 영리한가요?」 족장이 물었다.

「그들도 사람처럼 명령에 복종합니다. 노새, 말, 코끼리, 수소, 모두 각자의 몰이꾼에게 복종하고, 몰이꾼은 하사관에게 복종하고, 하사관은 소위에게, 소위는 대위에게 복종하고, 대위는 소령에게, 소령은 대령에게, 대령은 세 개 연대를 지휘하는 여단장에게, 여단장은 장군에게, 장군은 총독에게 복종하는데, 총독은 여왕 폐하의 신하입니다. 그렇게 되는 겁니다.」

「아프가니스탄에서도 그렇게 되면 좋겠군요!」 족장이 말했다. 「거기서 우리는 자기 뜻대로만 하거든요.」

토착민 장교는 콧수염을 배배 꼬면서 말했다. 「바로 그겁니다. 족장님이 족장님네 왕에게 복종하지 않기 때문에 족장님네 왕이 여기 와서 우리 총독의 명령을 받아야 하는 겁니다.」

캠프 동물들의 열병식 노래

포대 코끼리들
우리는 알렉산더 대제에게
헤라클레스의 힘과
우리 이마의 지혜와
우리 무릎의 꾀를 빌려주었지.
우리는 머리 숙여 봉사했고,
두 번 다시 풀려나지 않았지.
거기 길을 비켜라, 18킬로그램 대포 대열의
키 3미터 코끼리들을 위한 길을!

대포 끄는 수소들

굴레를 쓴 저 영웅들은 대포알을 피하고,
화약이 무엇인지 알기에
그들 모두 두려워한다네,
그러면 우리가 나아가
다시 대포를 끈다네.
거기 길을 비켜라, 18킬로그램 대포 대열의
20개 멍에를 진 소들을 위한 길을!

기병대 말들

내 기갑에 찍힌 낙인에 걸고 말하지만,
가장 아름다운 곡조는
창기병, 경기병, 용기병이
연주하는 노래라네,
그 노래가 내게는 〈마구간〉이나 〈물〉보다
더 달콤하다네.
기병대의 구보곡은 〈보니 던디〉!
그러니 우리를 먹이고 길들이고
다루고 빗질해 다오.
우리에게 훌륭한 기수와
넓은 공간을 다오,
기병대 대열을 지어 우리를 출발시켜
〈보니 던디〉에 맞춰 행진하는
군마의 모습을 지켜보아라!

스크루 포대 노새들

나와 동료들이 힘들게 언덕을 올라갈 때,
돌이 굴러 내려와 길이 사라져도 우리는 나아갔다네.
우리는 비틀거리며 기어올라 어디든 갈 수 있으니까.
발 디딜 곳만 있다면 산 높은 곳이 우리는 좋아라!
그러니 우리에게 길을 맡기는 모든 하사관에게 행운을.
등짐을 제대로 여미지 못하는 모든 몰이꾼에게 불운을,
우리는 비틀거리며 기어올라가, 어디든 갈 수 있으니.
발 디딜 곳만 있다면 산 높은 곳이 우리는 좋아라!

병참부대 낙타들

흔들흔들 걸어가게 힘을 줄 낙타의 노래는 없지만,
그러나 우리의 목은 털 많은 트롬본이지
(랏 타타타! 털 많은 트롬본이지!)
그리고 이것이 우리의 행진곡이야.
못해! 안 해! 안 할래! 안 한다고!
대열을 따라 그렇게 전해라!
누군가의 짐꾸러미가 등에서 미끄러졌네,
그게 내 것이라면 좋으련만!
누군가의 짐이 길 위로 쏟아졌네, 멈춰서 법석 떠니 신나
는구나!
우르르! 야르르르! 그르르! 아르르!
지금 누군가 그것을 줍고 있구나!

모든 동물이 함께

우리는 캠프의 아이들,
저마다 자기 자리에서 일한다네,
멍에와 막대기의 아이들,
모여서 마구와 안장을 얹고 짐을 져라.
평원을 건너는 우리 대열을 보아라
다시 감은 하나의 다리 밧줄처럼
몸을 뻗치고, 비틀고, 멀리 구르면서
거침없이 전장으로 나아간다네!
그러나 인간들은 옆에서 걸어가지,
먼지 쓰고, 말없이, 무거운 눈으로.
왜 우리나 그들이 날마다 이렇게
행진하고 고생하는지 알지도 못하면서.
우리는 캠프의 아이들,
저마다 자기 자리에서 일한다네.
굴레와 막대기의 아이들,
모여서 마구와 안장을 얹고 짐을 져라.

한 세기를 뛰어넘은 성장 소설

　키플링은 1907년 영미 문화권에서는 처음으로 노벨 문학 상을 받았다. 〈탁월한 관찰력, 독창적인 상상력, 힘이 넘치는 사상, 유명한 이 작가의 작품에서 특징적으로 나타나는 놀라운 이야기꾼의 재능〉을 인정받으면서 여태 깨어지지 않은 최연소 노벨상 수상 작가의 기록(42세)까지 보유하고 있다. 생전에 바이런 이후로 가장 빨리 젊은 나이에 명성을 얻은 작가로 알려졌고, 키플링 본인이 사양하기는 했지만 두 번이나 계관 시인 칭호를 제안받는 등 대단한 영예를 누렸던 그에게는 한편으로 〈제국의 시인〉, 〈영국 역사의 수치를 대표하는 기수〉라는 불미스러운 명성도 따라 다닌다. 『동물 농장』과 『1984년』으로 우리에게도 잘 알려진 조지 오웰 George Orwell(1903~1950)은 키플링보다 한 세대 어렸지만, 그와 비슷하게 인도에서 태어났으며 젊을 때는 버마(지금의 미얀마)에서 식민지 경찰로 근무한 경험이 있었다. 그러나 키플링과 정반대로 제국주의를 혐오하게 되었던 오웰은 키플링을 〈영국 제국주의의 선지자〉라고 크게 비판했었다. 실제로 많은 작가가 키플링에 대해서 그의 천재적인 문학적 재능은 인정하면서도 그를 불편하게 여겼다. 아울러 키플링의 작품에 대한 평가도 시대의 부침을 함께하는 운명을 맞았다.

식민지 시대를 겪은 우리에게 키플링의 작품은 많이 알려져 있지 않다. 대표작인 『정글 북』과 아들을 위해 쓴 「만약에」라는 시, 그리고 「표범의 얼룩무늬는 어떻게 생겨났을까」, 「게는 어떻게 집게발을 가졌을까」를 비롯해 〈딸에게 들려주는 이야기〉라는 형식으로 소개되는 『바로 그런 이야기들』의 우화적인 동물 이야기들 정도가 주로 소개되어 있다. 그에게 노벨 문학상을 안겨 준 작품은 인도에서 태어난 영국계 백인 고아의 성장을 다룬 소설 『킴』이지만, 아동 문학으로서는 꽤 복잡하고 제국주의적 관점이 배어 있기 때문에 쉽게 읽히거나 널리 권장되지는 않는 것 같다. 키플링이 평생 미친 듯 작품을 쏟아 냈던 열정을 생각하면, 시간 속에 많은 작품이 묻혀 버린 상황은 두 자녀를 먼저 보낸 아버지의 초상화와 겹쳐지는 듯하여 마음이 착잡하다. 그러나 『정글 북』의 인기는 백 년이 넘는 시간이 흘러도 식지 않고 있으며, 전 세계 어린이들을 위한 고전, 어른이 읽어도 재미있는 책으로 자리를 굳혔다. 모든 논쟁 속에서 살아남은 『정글 북』은 어떤 마력을 지니고 있을까.

『정글 북』은 늑대 소년 모글리 이야기 세 편과 나머지 동물 이야기 네 편으로 구성되어 있다. 사실상 『정글 북』을 대표하게 된 모글리 이야기는 인도를 배경으로 하는데, 인도는 키플링이 태어난 곳이며 기자로 일하면서 젊은 시절을 보낸 곳이다. 따라서 키플링이 1894년 『정글 북』을 내기까지의 행적은 검토해 볼 가치가 있다.

키플링은 1865년 12월 30일 인도의 봄베이(지금의 뭄바이)에서 미술 학교 건축 조각과 교수이자 화가였던 존 록우드 키플링의 아들로 태어났다. 어머니는 아름답고 재능 있는 맥도널드 가문의 네 딸 중 한 명인 앨리스였는데, 어머니의 자매들은 유명인들과 결혼해 키플링은 화가인 에드워드 번존스, 에드워드 포인터, 보수당 정치가 앨프리드 볼드윈을 이모부로 두게 되었다. 훗날 영국 총리가 된 스탠리 볼드윈과는 사촌 지간이다. 이런 배경이 훗날 키플링에게 많은 영향을 미쳤다고 한다.

어린 키플링의 인도 시절은 더없이 행복했지만, 5세 때 교육을 위해서 영국으로 보내지면서 부모와 따로 살게 되었다. 어머니의 손에 이끌려 사우스시 론로지에 도착해 위탁 부모의 집에서 자라게 되었는데, 그해 위탁부(父)이던 홀러웨이 대령이 죽고 그 아내와 아들의 구박과 괴롭힘을 받으며 6년을 지냈다. 마치 낙원에서 쫓겨난 사람처럼, 이 시절의 키플링은 굉장히 불행했고 시력까지 나빠져 이때의 경험이 이후의 작품에 약간 어두운 그림자를 드리우게 되었다. 12세가 되자 데번주 웨스트워드 호!에 있는 기숙 학교 유나이티드 서비스 칼리지에 입학했는데, 당시 교장이 아버지와 이모부들의 친구였고 키플링의 문학적 재능을 장려해 주었다고 한다. 훗날 영국의 기숙 학교를 배경으로 쓴 『스토키와 친구들』은 이때의 경험을 바탕으로 한 것이다. 그의 학창 시절도 썩 행복하지는 않았으리라고 짐작되는데, 이 소설은 몇 세대 동안 남학생들에게 인기를 끌었지만 사실 폭력과 복수, 괴롭힘 등의 요소가 많기 때문이다. 시어도어 루스벨트는 이 소설을 싫어해서 〈쓰이지 말았어야 할 이야기〉라고 했다.

어쨌거나 키플링은 16세 때 학교를 졸업하고 곧장 인도로 돌아갔다. 인도에서 라호르의 영국인 군인과 시민을 위한 영자 신문인 『시빌 앤드 밀리터리 가제트』에서 일하기 시작했고, 5년 후에는 알라하바드에서 그 자매지인 『파이어니어』에서 근무했다. 키플링은 기사를 쓰면서 틈틈이 시와 단편을 썼는데, 이때의 작품을 묶은 책들이 초기 명성의 토대가 되었다. 1889년에 영국으로 돌아간 키플링은 시집 『병영의 노래』로 단번에 명성을 얻었다. 그리고 이듬해에 미국 작가이자 출판업자 울컷 밸러스티어와 친해졌고, 1892년 초에 밸러스티어가 갑자기 세상을 뜨면서 2월에 울컷의 누이 캐럴라인과 결혼했다. 아내 캐럴라인은 일기에 사적인 내용 외에도 키플링의 집필 과정까지 세세하게 기록해 그녀의 일기는 훗날 전기 작가에게 귀중한 자료가 되었다. 키플링은 아내와 신혼여행을 떠났다가 8월에 처가인 버몬트주 브래틀보로에 도착했고, 그곳에 정착하기로 하고 〈놀래카〉라는 이름의 새 집을 지었다. 『정글 북』은 인도가 아닌 바로 이곳 미국 버몬트주의 브래틀보로에서 탄생했다.

모글리 이야기

사실 모글리 이야기는 결혼 전후의 단편들을 엮어서 낸 『꾸며 낸 많은 이야기들*Many Inventions*』(1893)에서 처음 등장한다. 이 책에 실린 「러크에서In the Rukh」는 인도 펜치 지역 영국인 산림 관리인 기즈번이 모글리라는 사냥꾼을 만나게 된 이야기다. 동물을 추적하고 모는 비상한 재주를 가진 모글리는 알고 보니 정글의 늑대 무리 사이에서 자랐다는 것이다. 여기서 다 자란 성인인 모글리는 기즈번의 집사 딸과 결혼해 아들까지 낳는다. 이 이야기는 모글리 이야기 중 가장 먼저 쓰였지만 그 모험의 마지막 장을 이룬다. 이 이야기와 『정글 북』, 『정글 북 2』에 실린 모글리의 이야기들은 나중에 사건 발생 순으로 배열되어 『모글리 이야기 전편*All the Mowgli Stories*』(1933)으로 출간되었는데, 키플링은 이 이야기를 넣는 걸 주저했다고 한다. 모글리 이야기의 마지막 장이지만, 사실상 백인 사회, 결혼, 문명으로의 진입을 뜻하기 때문이다. 어린 시절 모글리를 좋아하던 독자들은 「러크에서」의 모글리 모습에 크게 실망하기도 한다.

대부분의 독자에게 모글리를 소개하는 첫 번째 이야기로 자리 잡은 「모글리의 형제들」은 1893년 11월 29일에 완성되어 1894년 1월 한 잡지에 처음 발표되었고 5월에 『정글 북』으로 묶여서 나왔다. 여기서 정글의 배경은 「러크에서」의 배경과는 무려 885킬로미터나 떨어진 시오니로 바뀐다. 키플링은 출간 직전에 배경 지역을 시오니산으로 바꾸었다고 하는데, 기자 생활을 하는 동안 자주 가보아서 친숙했던 북인도의 산림과는 달리 시오니 지역은 그가 한 번도 가보지 않은 곳이었다. 그러나 키플링은 알라하바드에서 친하게 지냈던 지리학자 알렉 힐 교수의 시오니 사진을 본 적이 있었고, 많은 책을 참고해서 마치 그 지역을 잘 아는 것처럼 생생하게 묘사했다. 그 묘사가 굉장히 실감 났기 때문에 키플링이 『정글 북』을 쓰는 동안 시오니 지역에서 지냈다는 소문이 20세기 말까지도 떠돌았다고 한다. 「모글리의 형제들」은 짧은 분량 속에 버려지고 입양되고 다시 소외되며 성장해 가는 구조가 압축되어 있다. 모글리의 정글 교육과 관련해 규칙과 학습을 이야기하는 「카의 사냥」, 모글리의 성장에서 결정적 사건인 호랑이와의 싸움과 인간들로부터의 추방을 다룬 「호랑이다! 호랑이!」가 그 뒤를 잇는다. 모글리의 성장기는 『정글 북 2』에서도 계속된다. 모글리 이야기 중 유일하게 브래틀보로가 아닌 곳에서 완성된 「정글에 들어가다」에서 모글리는 마을 사람들의 살해 위협에 처한 메수아와 그 남편을 구하고 코끼리와 물소 등 동물들을 보내 마을을 짓밟고 뭉개 버린다. 「왕의 막대기」는 카를 따라 차가운 소굴에 간 모글리가 지하 보물 창고에서 가져온 코끼리 몰이 막대기를 두고 벌어진 사건을 다룬다. 「붉은 개」는 모글리가 카의 도움으로 늑대를 이끌고 승냥이 떼와 벌이는 전쟁 이야기이며, 마침내 「봄의 달리기」에서 17세가 다 된 모글리는 심적 방황을 하다가 우연히 들른 마을에서 메수아가 어린 아들을 키우는 모습을 보고 상심해서 정글로 돌아간다.

나머지 이야기들

「하얀 물개」는 1893년 8월에 처음 발표되었다. 시오니 지역에 가본 적 없이 여러 책을 참고해서 모글리 이야기를 생생하게 썼듯, 이 이야기도 미국의 어업과 알래스카 물개잡이에 관한 책들을 참고해서 실제 경험한 것처럼 수많은 지명을 넣었다. 「리키 티키 타비」는 같은 해 11월에 처음 발표되었는데, 인도에서 오래전부터 전해지는 우화집 속의 몽구스 이야기를 참고한 것으로, 알라하바드에서 친하게 지낸 알렉 힐 부부의 허름한 방갈로 정원을 배경으로 했다. 힐 부인의 별칭이 〈테디〉였다고 한다. 「코끼리들의 투마이」는 1893년 12월에 처음 발표되었다. 여기 등장하는 피터슨 나리는 실제 벵골 지역에서 코끼리를 조달했던 조지 페레스 샌더슨 George Peress Sanderson(1848~1892)을 모델로 했다. 졸탄 코르더Zoltan Korda는 이 작품을 토대로 한 영화 「코끼리 소년Elephant Boy」으로 베니스 영화제 감독상을 받았다. 1894년에 발표된 「여왕 폐하의 신하들」은 키플링이 기자로 일하면서 인도 총독과 아프가니스탄왕의 만남을 취재한 경험을 반영한 것이다.

키플링은 『정글 북』을 탄생시킨 브래틀보로에서 첫째 딸 조지핀과 둘째 딸 엘시까지 얻었지만, 처남과 싸운 후 1897년에 영국으로 돌아가 서식스의 로팅딘으로 이사했고 아들 존을 얻었다. 삶이 만족스럽게 여겨질 때쯤 어린 딸 조지핀이 1899년에 6세의 나이로 세상을 떴고, 죽은 딸을 기리며 『바로 그런 이야기들』(1902)을 펴냈다. 아버지가 딸의 침대 맡에서 들려주는 이야기 형식의 이 책 역시 아동 문학의 고전으로 꼽힌다. 이후 키플링이 언제나처럼 끊임없이 생산해 낸 애국시나 전쟁 관련한 시와 담화문은 우리에게 잘 알려지지 않았지만, 민족주의가 고조되었을 때의 그의 명성은 최고에 달했다. 군대를 좋아했고 애국심에 넘쳤던 키플링은 제1차 세계 대전에 아들 존을 참전시켰으나 결과적으로 전쟁에서 아들을 잃었다. 이후 중요한 소설 작품은 내지 못하고 무명용사를 기리는 시와 애국시를 주로 썼다.

제국주의 시대가 저물자 키플링에 대한 비판이 커졌지만, 시간이 흘러 최근 들어서는 다시 그의 문학적 재능이 조명되면서 새로이 평가받고 있다. 조지 오웰은 결국 키플링에 대한 이중적 감정을 끝까지 버리지 못했던 것 같다. 그는 1936년에 출간한 『에세이집 *A Collection of Essays*』에서 이렇게 말했다. 〈13세 때 나는 키플링을 숭배했고, 17세 때는 그를 혐오했으며, 20세 때는 그를 즐겼고, 25세 때는 경멸했지만 지금은 다시 그를 존경한다.〉『정글 북』에 훗날 그의 제국주의적 부르짖음으로 발전할 목소리가 전혀 없다고 보기도 힘들지만, 꼭 거기에 초점을 맞출 필요는 없을 것이다. 이 책이 백 년 넘게 인기를 끌었다는 사실은, 거꾸로 그 백 년 사이에 빛을 잃은 수많은 작품을 생각해 볼 때, 굉장한 보편성을 가진다는 방증이며, 그 자체가 고전으로 자리매김했음을 말해 줄 뿐이다. 물론 『정글 북』의 끊이지 않는 인기에는 디즈니 애니메이션 「정글 북」도 큰 역할을 했다. 디즈니 영화들이 대개 그렇듯 미국식 색채를 넣어 어린이용으로 각색되기는 했지만, 모글리라는 캐릭터를 어린이들에게 친숙하게 만들었다. 이 책을 무척 좋아했던 영국의 육군 장교이자 보이 스카우트 창시자인 로버트 바덴파월Robert Baden-Powell (1857~1941)은『정글 북』이야기의 요소를 사용하게 해달라고 키플링에게 허락을 구해 11세 미만 소년들을 위한 스카우트인 〈울프 컵스Wolf Cubs〉를 창설했다. 지혜와 권위, 리더십을 갖춘 지도자를 〈아켈라〉라고 부르는 등『정글 북』의 여러 단어와 요소를 그대로 썼다고 한다.

〈어린이라면 누구나 읽어야 할 고전〉인『정글 북』이지만, 부끄럽게도 나는 그 〈누구나〉에 해당되지 않았다. 생각해 보면, 모글리를 알기 전에 인도의 정글에서 발견된 늑대 소녀에 관한 기사를 보았기 때문이 아닌가 싶다. 산발한 머리에다 사슬에 묶여 벌거벗은 채 앉아 있는 어린 소녀의 흐릿한 사진은 충격적이었고, 제대로 먹지도 못하다가 얼마 안 가 죽었다는 소식은 더욱 충격적이라, 야생 소년에 관해 어떤 환상을 가질 여지가 없었다. 따라서 나에게『정글 북』은 이번이 처음이었는데, 재미있기도 했지만 적잖이 놀랍기도 했다. 요즘 동화 같으면 모글리가 천진하게 노는 에피소드가 상당 부분을 차지했을 텐데, 키플링은 그 부분은 상상에 맡기고 그보다는 아픈 성장통을 더 조명하는 듯 했다. 어릴 적 읽었던 동화를 어른이 되어서 새롭게 짚어 볼 때 사실상 그것들이 굉장한 잔혹 동화였음을 깨닫는 경험들이 많은 것처럼,『정글 북』은 매우 다면적이고, 때로는 잔인하고, 가끔은 모순적으로 보였다. 그것 때문에 『정글 북』은 오히려 동화를 뛰어넘는 힘을 가지게 되었고, 어른이 읽어도 재미있는 책이 되지 않았나 한다. 더욱이 각 이야기 전후에 덧붙인 시들은 때론 익살스럽고, 때론 폭발적이라 상당한 생동감을 더해 주는데, 짧은 분량으로 이야기를 더욱 완성도 있게 만드는 역할을 한다.

　『정글 북』을 읽지 않았던 옛날에, 이 책 제목을 들을 때마다 밀림의 북소리를 떠올렸던 기억이 있다. *The Jungle Book*이 유감스럽게도 『정글 이야기』가 되지 못한 것은 워낙에 『정글 북』이 굳어졌기 때문일 것이다. 아니, 긴장감을 더하는 파열음으로 끝나는 〈북〉 소리가 솔직히 더 매력적이다.

2019년 6월

오숙은

러디어드 키플링 연보

1865년 출생 12월 30일 봄베이(지금의 뭄바이)에서 미술 학교 교수이자 화가인 아버지 존 록우드 키플링John Lockwood Kipling과 어머니 앨리스 키플링Alice Kipling 사이에 태어남.

1868년 3세 부모와 함께 처음으로 영국을 방문. 동생 앨리스Alice가 영국에서 태어남

1870년 5세 부모가 러디어드와 앨리스를 영국에 데려가 사우스시 론로지의 홀러웨이 대위 집에 하숙을 맡기고 인도로 돌아감. 하숙집에서 구박과 괴롭힘을 받으면서 불행하게 지냄.

1877년 12세 어머니가 러디어드만 하숙집에서 데려가 웨스트워드 호!의 장교 및 공무원 자녀 기숙학교인 유나이티드 서비스 칼리지에 입학시킴.

1880년 15세 동생을 데리러 사우스시에 갔다가 같은 학교 학생 플로렌스 개러드를 만나 사랑에 빠짐. 학창 시절 중 수많은 시를 그녀에게 보내는 등 그 관계를 소중히 여겼지만 몇 차례 헤어졌다 다시 만나기를 반복하게 됨.

1881년 16세 학교 신문 편집자가 됨. 러디어드가 모르는 사이 인도 라호르에서 부모가 그의 시집 『남학생의 노래*Schoolboy Lyrics*』를 사적으로 펴냄.

1882년 [17세] 학교를 졸업한 후 10월에 부모가 있는 인도의 라호르로 돌아가 북인도의 영국인들을 위한 영자 신문『시빌 앤드 밀리터리 가제트*Civil and Military Gazette*』에서 부편집자로 일하기 시작.

1883년 [18세] 콜카타의『잉글리시맨*The Englishman*』과『시빌 앤드 밀리터리 가제트』에 시 발표.

1884년 [19세] 러디어드와 동생 앨리스가 공동으로 작업한 패러디 시리즈『두 작가의 메아리*Echoes by Two Writers*』출간.

1885년 [20세] 키플링 가족 4명의 작품집『4인조*Quartette*』출간.

1886년 [21세] 『파이어니어*The Pioneer*』신문의 특파원으로 시밀라에서 한 달을 보냄. 인도의 영국인들에 관한 희극적인 시집인『부문별 소곡*Departmental Ditties*』를 자비로 출판해 완판됨. 두 번째는 새커 스핑크 출판사에서 출간.

1887년 [22세] 알라하바드의『파이어니어』지로 전근. 큰 영향을 받게 될 알렉 힐Alec Hill 교수 부부와 친해짐. 라지푸타나에 특파원으로 파견됨. 이때 쓴 기사들이 1891년에『마르크의 편지*Letters of Marque*』로 출간됨.

1888년 [23세] 알라하바드에서 힐 부부의 집에 하숙하게 됨. 영국의 인도인들과 식민지 사람들의 관계 문제를 다룬『구릉지의 평온한 이야기*Plain Tales from the Hills*』출간. 철도 도서관 시리즈 단편소설이 6권『세 병사*Soldiers Three*』,『개즈비가 이야기*The Story of the Gadsbys*』,『흑과 백 속에서*In Black and White*』,『히말라야 삼나무 아래서*Under the Deodars*』,『유령 릭쇼*The Phantom Rickshaw*』,『위 윌리 윙키*Wee Willie Winkie*』로 출간됨.

1889년 [24세] 인도를 떠나『파이어니어』지 이동 통신원이 됨. 힐 부부와 함께 버마, 싱가포르, 홍콩, 광둥, 일본, 샌프란시스코 등지를 여행함. 9월에 런던에 도착해 빌리어스 스트리트에 방을 구함.

1890년 [25세] 3월 25일 자『더 타임스*The Times*』지에서 따로 다뤄질 정도로 유명해짐. 초기의 모든 작품이 영국판과 미국판으로 출간됨. 소설 『꺼져 버린 빛*The Light that Failed*』으로 인기를 얻었고 미국 작가이자 출판업자 울컷 밸러스티어Wolcott Balestier와 친해져 그 어머니와 누이들을 만남.

1891년 26세 인도에서 썼던 단편들과 새로운 단편들을 모은 『인생의 불리한 조건*Life's Handicap*』 출간. 과로로 쇠약해짐. 남아프리카, 오스트레일리아, 뉴질랜드 등지를 여행하고 가족을 만나러 인도로 갔다가 밸러스티어 사망 소식을 듣고 런던행.

1892년 27세 1월 18일 울컷 밸러스티어의 누이 캐럴라인 밸러스티어 Caroline Balestier와 결혼. 아내와 함께 세계 일주 항해를 떠났지만 은행 파산으로 자산을 잃고 처가의 도움으로 미국에 정착. 12월에 딸 조지핀이 태어나자 어린이를 위한 글을 쓰기 시작함. 밸러스티어와 공동으로 썼던 『놀래카*The Naulahka*』, 『병영의 노래*Barrack-Room Ballads and Other Verse*』 출간.

1893년 28세 결혼 전후에 쓴 단편들을 모아 『구며 낸 많은 이야기들 *Many Inventions*』 출간. 이 책에 모글리에 관한 첫 번째 이야기가 실림. 밸러스티어와 함께 사둔 땅에 지은 집 〈놀래카〉로 이사.

1894년 29세 『정글 북*The Jungle Book*』 출간.

1895년 30세 『정글 북 2*The Second Jungle Book*』 출간.

1896년 31세 둘째 딸 엘시Elsie가 태어남. 처남과 심하게 다툰 후 아내와 함께 영국 토키로 건너감. 『7대양*The Seven Seas*』, 『군인 이야기 *Soldier Tales*』 출간.

1897년 32세 서식스의 로팅딘에 정착. 아들 존John이 태어남. 뉴잉글랜드의 어선단을 다룬 소설 『용감한 선장들*Captains Courageous*』 출간.

1898년 33세 남아프리카에서 처음으로 겨울 휴가 보냄. 그곳에서 정치가 세실 로즈와 친분을 쌓음. 단편집 『하루 일과*The Day's Work*』, 해군에 관한 기사 시리즈 『현존 함대*A Fleet in Being*』 출간.

1899년 34세 가족과 함께 마지막 미국 방문 중 폐렴으로 조지핀이 사망하고 러디어드도 죽을 뻔 함. 보어 전쟁이 발발하자 군수 물자 마련 기금 모금에 참여함. 여행 기사와 『파이어니어』에 썼던 나머지 단편들과 여행 기사를 모은 『바다에서 바다로*From Sea to Sea*』, 기숙 학교를 다룬 자전적인 소설 『스토키와 친구들*Stalky and Co.*』 출간.

1900년 35세 보어 전쟁 중 남아프리카로 가서 전쟁 기사를 쓰고 작품 활동을 계속함.

1901년 36세 인도를 배경으로 한 마지막 소설 『킴*Kim*』 출간.

1902년 37세 죽을 때까지 살게 될 서식스 버워시의 주택 베이트먼으로 이사. 죽은 딸을 기린 동화집 『바로 그런 이야기들*Just So Stories*』 출간.

1903년 38세 보어 전쟁과 그 이후의 일을 다룬 시집 『5개국*The Five Nations*』 출간.

1904년 39세 보어 전쟁 이야기, 해군 이야기, 초기 자동차에 관한 소극 등을 엮은 단편집 『교통과 발견*Traffics and Discoveries*』 출간.

1906년 41세 새로 이사 간 베이트먼과 그 주변 역사에 영감을 얻어 쓴 역사적 이야기와 시를 모은 『푸크 언덕의 요정*Puck of Pool's Hill*』 출간.

1907년 42세 『시집*Collected Verse*』 출간. 영국 작가로는 처음으로 노벨 문학상 수상. 캐나다 방문.

1909년 44세 하늘을 나는 배를 다룬 선구적인 과학 소설을 비롯한 단편이 실린 『작용과 반작용*Actions and Reactions*』 출간.

1910년 45세 『푸크 언덕의 요정』에 대한 성인판 속편이라 할 『보상과 요정*Rewards and Fairies*』 출간. 가장 유명한 시 「만약에*If*—」가 여기 실렸음.

1911년 46세 우파 역사학자 C.R.L. 플레처와 함께 『잉글랜드사*A History of England*』 집필.

1913년 ^{48세} 이집트 방문. 『책의 노래들*Song from Books*』 출간. 딸 엘시와 함께 쓴 희곡 『항만 경비대*The Harbor Watch*』 발표.

1914년 ^{49세} 제1차 세계 대전 발발. 아들 존이 17세로 참전.

1915년 ^{50세} 아일랜드 방위군으로 참전한 아들 존이 서부 전선에서 실종. 사망한 것으로 추정됨. 전쟁 저널리즘 기사를 모은 『훈련 중인 신형 군대*The New Army in Training*』, 『전쟁 속 프랑스*France in War*』 출간.

1916년 ^{51세} 전쟁 저널리즘 『해전*Sea Warfare*』, 『아시아의 눈*The Eyes of Asia*』 출간.

1917년 ^{52세} 전쟁 전의 단편들과 후기 주요작을 모은 『피조물의 다양성*A Diversity of Creatures*』 출간.

1919년 ^{54세} 보어 전쟁 이후 제1차 세계 대전 이후 시기의 시를 모은 『전쟁 사이의 시절*The Years Between*』 출간.

1920년 ^{55세} 일본, 미국, 캐나다, 이집트에 관한 오래전의 기사들을 모은 『여행 편지*Letters of Travel*』 출간.

1923년 ^{58세} 세인트앤드루스 대학교 명예 총장으로 선출됨. 참전 군인들의 편지, 일기, 생존자의 회고록 등을 모은 『대전쟁의 아일랜드 방위군*The Irish Guards in the Great War*』, 미발표 단편과 시를 모은 『육지와 바다*Land and Sea*』 출간.

1924년 ^{59세} 딸 엘시가 아일랜드 방위군 출신 조지 밤브리지George Bambridge 대위와 결혼.

1926년 ^{61세} 단편집 『차변과 대변*Debits and Credits*』 출간.

1927년 ^{62세} 브라질로 항해. 시집 『바다의 노래*Songs of the Sea*』 출간.

1928년 ^{63세} 연설문 모음 『발언집*A Book of Words*』 출간.

1930년 ^{65세} 개의 입장에서 영국인 가족 이야기를 쓴 『당신의 하인 개입니다*Thy Servant A Dog*』 출간. 서인도 제도를 방문했다가 아내가 병을 얻어 버뮤다 제도에 3개월 체류.

1932년 67세 마지막 단편집『한계와 부활*Limits and Renewals*』출간.

1933년 68세 위궤양 진단. 프랑스에 대한 애정을 나타낸 에세이집『프랑스의 기념품*Souvenirs of France*』출간.

1934년 69세 『개 이야기집*Collected Dog Stories*』출간.

1936년 1월 18일 향년 70세에 십이지장 천공으로 사망.

1937년 말년에 썼던 글을 모은 유고집『알려진 친구들과 알려지지 않은 친구들을 위한 나의 면모*Something of Myself for My Friends Known and Unknown*』출간.

1937~1939년 러디어드의 개정판을 포함한 작품집인 서식스 에디션 출간.

1940년 키플링 부인 사망.

열린책들 세계문학 241 정글 북

옮긴이 오숙은 한국 브리태니커 회사에서 일한 뒤 전문 번역가로 활동하고 있다. 옮긴 책으로 『사랑학 개론』, 『단테의 신곡에 관하여』, 『공감 연습』, 『정치 철학』, 『식물의 힘』, 『문명과 전쟁』(공역), 『위작의 기술』, 『세상과 나 사이』, 『먼저 먹이라』, 『Perv, 조금 다른 섹스의 모든 것』 등이 있다.

지은이 러디어드 키플링 **옮긴이** 오숙은 **발행인** 홍지웅·홍예빈
발행처 주식회사 열린책들 **주소** 경기도 파주시 문발로 253 파주출판도시
전화 031-955-4000 **팩스** 031-955-4004 **홈페이지** www.openbooks.co.kr
Copyright (C) 주식회사 열린책들, 2019, *Printed in Korea.*
ISBN 978-89-329-1241-7 04840 **ISBN** 978-89-329-1499-2 (세트)
발행일 2019년 6월 30일 세계문학판 1쇄

이 도서의 국립중앙도서관 출판예정도서목록(CIP)은 서지정보유통지원시스템 홈페이지(http://seoji.nl.go.kr)와 국가자료공동목록시스템(http://www.nl.go.kr/kolisnet)에서 이용하실 수 있습니다 (CIP제어번호: CIP2019024247)

열린책들 세계문학
Open Books World Literature

각 권 8,800~15,800원